NACHSAISON

SIE NAHMEN ihn einfach mit. Entgegen ihrer Gewohnheit suchten sie den Laden seiner Eltern zuletzt auf. Einige ahnten deshalb, dass etwas Unangenehmes bevorstand, und blieben von der Straße weg.
Sie betraten die Küche, in der der Fernseher lief. Tu was, sagte die Frau.
Sie sah den Mann an. Der Mann wandte sich um und warf einen Blick auf die Burschen an der Tür. Dann sah er wieder auf den Bildschirm.
Sie hatten die Tochter gehabt, und sie würden den Sohn mitnehmen. Man musste etwas tun.
Tu was, sagte sie noch einmal.
Der Mann verließ die Küche, ohne ein Wort zu sagen. Im Licht des Fernsehers sah sein braunes Gesicht bläulich aus.
Sie ließen dem Jungen den Vortritt. Im Hinausgehen schlug der Dunkle die Frau, die versucht hatte, ihnen zu folgen.
Als sie zusammen mit dem Jungen aus dem Laden kamen, war die Straße verlassen. Auch später kam an diesem Abend niemand mehr vor die Tür.
Sie gingen mit dem Jungen die Straße bis zum Ende und an den Strand. Er sah sich nicht um, wozu, es würde ihm niemand helfen. Zwischen ihnen wurde nichts besprochen. Nur einmal sagte der Blonde:
Mach das Maul auf.
Der Junge fiel in den Sand. Sie suchten ein Brett und schoben es ihm unter die Schulter. Die Plastiktüte mit dem Arm legten sie seinen Eltern vor den Laden. Dann fuhren sie weiter. Es war etwa 22.00 Uhr. Das Dorf war leer.

Die Frau schrie den ganzen Tag und noch die folgende Nacht. Dann hörte sie auf. Sie hatten die Tochter zerstört, den Sohn getötet und sie dazu gebracht, ihren Mann zu verachten.
Angemessenes Schreien wäre sowieso nicht möglich gewesen.

ICH MÖCHTE, dass du heute um vier fertig bist, Carlos. Bella stand mit dem Rücken zum Zimmer und sah aus dem Fenster auf den toten Hafen. Elbaufwärts kam langsam ein mit Containern beladener Frachter heran. Die langsame Fahrt, die glatten Schiffswände und die hoch aufgetürmten Container verstärkten den leblosen Eindruck der Hafenlandschaft.
Es ist gleich vier.
Seine Stimme klang enttäuscht. Er hatte eine weiche, dunkle Stimme und sprach ein wunderbares Spanisch.
Ich weiß, Carlos. Stell das Tablett auf den Schreibtisch und nimm zwei Gläser, bitte.
Bellas Spanisch war schnell besser geworden. Sie beglückwünschte sich noch immer zu der Idee, Carlos angestellt zu haben.
Vor ein paar Monaten hatte sie das Haus gefunden; eine winzige »Villa«, in Wirklichkeit eine Bruchbude am Elbhang. Sie hatte das Haus möbliert gemietet. Niemals, so hatte sie sich geschworen, würde sie wieder eigene Möbel oder ein eigenes Haus besitzen.
Es war ihr schwergefallen, das schöne, alte Haus in Roosbach aufzugeben. Als der Makler, dem sie den Verkauf des Hauses samt Inventar übergeben hatte, zu einer ausführlichen Beschreibung der Käufer ansetzte, hatte sie ihn unterbrochen. Sie wollte sich niemand anders dort vorstellen. Es war ganz deutlich, dass sie eine Wunde davongetragen hatte – eine überflüssige, wie sie fand –, die sie sich freiwillig nie wieder zufügen lassen wollte.
Die Idee, einen Spanier einzustellen, der ihr die unangenehme

Hausarbeit abnahm, war ihr während des Einzugs in das neue Haus gekommen. Sie hatte mit zwei Schrankkoffern, die ihre gesamte Habe enthielten und auf dem gebrauchten Polizeiporsche festgemacht waren, ziemlich lange an der Kreuzung warten müssen. Ein Demonstrationszug blockierte den Verkehr. Die fröhliche Gruppe spanischer Arbeiter, die ihr aus dem Zug zugewinkt hatten, war ihr wieder eingefallen, als sie dann in dem neuen Haus zwischen den verstaubten Möbeln gesessen hatte.
Gleich am nächsten Tag hatte sie im örtlichen Anzeigenblatt eine kleine Annonce aufgegeben: Spanier für Hausarbeiten gesucht. Vier Männer hatten sich in den folgenden Tagen bei ihr vorgestellt. Sie hatte Carlos genommen, weil er am wenigsten Deutsch sprach. Jetzt kam er schon seit fünf Monaten. Das Haus war inzwischen sauber, die alten, schwarz-braunen Möbel glänzten, das bunte Glas der kleinen Lampen leuchtete, die Fensterscheiben waren durchsichtig und Bellas Spanisch wieder ganz passabel.
Jedenfalls, dachte sie, reicht es, um das Schild an der Haustür ein weiteres Mal zu rechtfertigen. Sie hatte es anfertigen lassen, noch bevor sie eingezogen war. Carlos' erste Aufgabe war es gewesen, das Ding anzubringen.
B. BLOCK. *Nationale und internationale Ermittlungen* stand in schwarzer Schrift auf weißer Emaille. Sie hatte Carlos gebeten, das Schild nicht zu putzen. Inzwischen sah es aus, als sei es beim Bau des Hauses vor etwa achtzig Jahren dort angebracht worden.
Hinter ihr stellte Carlos das Tablett mit den zwei Gläsern und der Wodkaflasche auf den Schreibtisch. Bella lächelte ihm freundlich zu.
Auch das Eis, bitte, Carlos.
Sie gab sich große Mühe, ihm die Arbeit so angenehm wie möglich zu machen, denn sie hatte schnell gemerkt, dass er sich mit der Rolle des Aufwartemannes zu viel zugemutet hatte. Seine

unglückselige Erziehung zur »Männlichkeit« stand ihm dauernd im Wege. Er ging noch einmal hinaus.
Der Frachter war inzwischen elbaufwärts verschwunden. Eine kleine, weiße Barkasse überquerte die Elbe in Richtung Finkenwerder. Unter dem offenen Dach stand ein einzelnes Pärchen an der Reling. Der Schal des Mannes flatterte im Wind.
Carlos klirrte mit den Eiswürfeln. Sie wandte sich um. Er hatte sich inzwischen umgezogen. In der eleganten, weiten Hose und dem schwarzen Leinenjackett hätte er in jede bessere Modeanzeige gepasst. Bella hatte ihn im Verdacht, dass er sein sauer verdientes Geld ausschließlich zu den Herrenausstattern im Hanse-Viertel trug.
Auf Wiedersehen, Carlos.
Er lächelte freundlich, und sie bewunderte nicht nur seine Erscheinung, sondern auch dieses Lächeln. Es musste ihn eine Menge Kraft kosten.
Wir sehen uns in einer Woche?
Ja, natürlich.
Bella lächelte freundlich zurück. Carlos hob leicht die Hand, wandte sich um, und kurz darauf hörte sie ihn die Haustür sorgfältig und leise hinter sich ins Schloss ziehen. Sie ging an den Schreibtisch, goss ein wenig Wodka in eins der Gläser, tat drei Eiswürfel dazu und stellte sich wieder ans Fenster. Auch die Barkasse war jetzt verschwunden. Der Himmel war grau, das Wasser des Flusses war grau, die Blätter der alten Kastanie, die am Hang über ihrem Haus stand, segelten gelb am Fenster vorbei. Bella hob das Glas und trank ihnen zu. Sie konnte sich nicht erinnern, dass es ihr jemals so gut gegangen war wie in den Monaten, seit sie den Polizeidienst aufgegeben hatte.
Als es an der Haustür klingelte, stellte sie das Glas auf die Fensterbank und ging, um zu öffnen.
Es war nicht Beyer.
Vor ihr stand eine sehr junge, sehr elegante Frau, die sofort an ihr

vorbei durch den Hausflur ging und sich neben den Schreibtisch setzte. Bella blieb nichts anderes übrig, als der Frau zu folgen. Sie ging zurück ans Fenster, nahm ihr Glas wieder in die Hand und lehnte sich mit dem Rücken an die Fensterbank. Niemand sagte etwas.
Die Frau sah mit interessiertem Blick auf das zweite Glas auf dem Tablett, und als Bella ihr zunickte, stand sie auf und goss sich einen kräftigen Schluck Wodka ein. Sie tat das weder hastig noch zögernd, sondern so normal, als säße sie unbeobachtet bei sich zu Hause vor dem Fernseher und wäre dabei, sich ihre abendliche Dröhnung zu besorgen. Überhaupt ging von ihr eine unerhörte Selbstsicherheit aus. Und wenn man davon absah, dass es vielleicht etwas ungewöhnlich war, dass eine kaum Zwanzigjährige nachmittags um vier mit der größten Selbstverständlichkeit Wodka aus einem Wasserglas trank, war eigentlich alles an ihr in Ordnung. Bella lächelte ihr zu, sie lächelte zurück.
Wir ...
Das Wort hing eine Weile im Raum. Anscheinend wollte sie warten, dass es wieder verschwand, denn es war offenbar nicht das Richtige gewesen. Bella hatte die Vorstellung von einem hellblauen Wortwölkchen, das sich langsam in Luft auflöste, und wartete geduldig, bis nichts mehr davon zu sehen war.
Ich habe Ihre Anzeige gelesen. Bevor ich Ihnen nähere Einzelheiten erzähle, wäre eine Grundsatzfrage zu klären. Wie viel nehmen Sie, um jemanden beiseite zu schaffen?
Bella dachte nach. Über ihren Kontostand, die beiden Aufträge, die sie seit Mai gehabt hatte, und ihren Lebensunterhalt. Um ein Jahr angenehm leben zu können, wären sechzigtausend nicht schlecht gewesen.
Ich bringe keine Leute um, sagte sie, ging an das Tablett, goss sich noch einen Wodka ein und setzte sich hinter den Schreibtisch.
Ich verstehe das, sagte die Kleine verständig. Wenn es so einfach

wäre, würde ich es selbst machen. Sie müssen nur wissen, ich habe überhaupt keine Erfahrung in solchen Sachen. Mir wäre schon lieber, wenn Sie die Geschichte erledigen würden.
Muss es denn unbedingt Mord sein?
Bella gefiel die Frau noch immer. Sie sprach von Mord wie andere Frauen vom Wäschewaschen. Das war sehr unwirklich und gleichzeitig sehr real.
Ich denke schon, sagte das Mädchen, und sah dabei sehr jung und unschuldig aus und nur ein ganz kleines bisschen durchtrieben.
Wissen Sie, ich könnte ihn verlassen. Aber der Nächsten würde es ebenso gehen wie mir, und damit wäre niemandem gedient. Und, ich will ganz offen sein, gewisse geschäftliche Interessen meinerseits scheinen mir bei dieser Lösung auch am besten gewahrt.
Bella betrachtete aufmerksam die Veränderung, die bei den letzten Worten auf dem Gesicht ihrer Gesprächspartnerin vor sich gegangen war. Trotz der gestelzten Sprache sah sie plötzlich ziemlich billig aus. Bella fand sie mit einem Mal zu stark geschminkt, und ihre Stimme hatte einen zynischen Unterton bekommen. Sie erinnerte Bella an bestimmte intelligente Bardamen in bestimmten Etablissements, die sie während ihrer Arbeit als Polizistin manchmal aufgesucht hatte, um verschwundene minderjährige Mädchen zu suchen. Diese Frauen waren nie um eine ausweichende Antwort verlegen. Und wenn man sie in die Enge trieb, erzählten sie eine rührselige Geschichte von einem Vater oder Onkel oder Bruder, der sie vergewaltigt hatte. Was sie offenbar nicht daran hinderte, andere Mädchen in den von ihnen verwalteten Etablissements vergewaltigen zu lassen und damit so viel Geld zu verdienen, dass sie sich in den gleichen teuren Boutiquen einkleiden konnten wie ausgehaltene Freundinnen gut verdienender Ehemänner.
Es klingelte zum zweiten Mal an der Haustür. Warten Sie bitte

einen Augenblick, sagte Bella und ging, um Beyer die Tür zu öffnen. Sie hatte sich das Wiedersehen ein bisschen anders vorgestellt.
Bitte, geh einen Moment nach oben, sagte sie leise. Sie zeigte auf die schmale, steile Treppe.
Mein Besuch ist gleich verschwunden.
Die junge Frau saß noch immer neben dem Schreibtisch. Das Glas hatte sie abgestellt. Es war leer. Bella hatte keine Lust mehr, sich mit ihr zu unterhalten.
Es tut mir leid, sagte sie. Sie müssen jetzt gehen. Und wenn ich Ihnen raten darf, dann versuchen Sie es trotzdem mit Verlassen. Es ist auf jeden Fall billiger.
Das würde ich nun gerade nicht sagen.
Die Frau lächelte.
Sie trug sehr teure, leuchtend grüne Schuhe und das raffinierteste dunkelblaue Kostüm, das Bella je gesehen hatte. Ihren Hals zierte eine feine Platinkette, deren verschlungenes Muster sich auf dem Ring an ihrer linken Hand wiederholte.
Unser Geschäft wäre zu Ihrem Vorteil gewesen. Aber so ... Bitte, vergessen Sie meinen Besuch.
Ich sagte schon, antwortete Bella, ich bringe keine Leute um. Und Sie sollten ebenfalls die Finger davon lassen.
Ciao.
Die Kleine stand auf und ging. An der Tür drehte sie sich noch einmal um und sah auf Bellas Füße.
Sie haben wunderschöne Füße, sagte sie. Ich würde den Nagellack eine Idee heller wählen, das macht sie noch schöner.
Die Tür fiel ins Schloss, und zurück blieb ein zarter Duft nach Blankenese mit einer nicht ganz unbekannten Beimischung, die Bella nachdenklich stimmte.
Das Eis in der Schale war geschmolzen. Sie trug das Tablett in die Küche, stellte zwei saubere Gläser darauf und füllte die Schale mit neuen Eisstücken. Dann ging sie zurück ins Wohnzimmer

und setzte sich in den alten, ledernen Sessel, in dem vor ihr wahrscheinlich ein Kapitän seinen Lebensabend verbracht hatte, auf die Elbe sehend, Kautabak kauend und allein; was sie aus dem Zustand schloss, in dem sie das Haus übernommen hatte. Auf dem Fluss mühte sich ein später Segler. Seine gelbe Öljacke leuchtete über dem Wasser. Es wurde früh Herbst in diesem Jahr. Bella meinte, den Geruch von Herbst durch das geschlossene Fenster wahrzunehmen. Aber vielleicht sollte sie nachsehen, weshalb Beyer nicht auftauchte. Er musste doch gehört haben, dass die Frau gegangen war.

Bella stand auf und stieg die Treppe hinauf. Unter dem Dach befand sich ein einziger Raum, von dem das Bad abgeteilt war. In dem riesigen Bett, das fast so breit war wie die Giebelwand mit den kleinen Fenstern, lag Beyer und schlief. Er hatte seine Sachen sorgfältig über einen Sessel gehängt. Obenauf lag die Dienstpistole. Während sie sich leise auszog, betrachtete sie ihn. Er sah sehr jung aus und ein bisschen erschöpft. Als sie vorsichtig zu ihm ins Bett kroch, öffnete er die Augen, ohne sich zu bewegen, sah sie an und lächelte.

Deine Haare sind noch grauer geworden.

Für den Anfang werde ich erst mal deine Schultern küssen, sagte sie und legte sich auf ihn.

Er ging am Morgen gegen sechs, glücklich und unausgeschlafen. Bella schlief bis zum Mittag. Dann holte sie die Milchflasche, die beiden Brötchen und die Zeitungen herein. Sie deckte sorgfältig den Frühstückstisch auf einer Ecke des Schreibtisches und begann die Zeitung zu lesen.

Der israelische Staatspräsident hatte die Auffassung geäußert, die Idee, zwischen Palästinensern und Israelis bestehe ein Konflikt, sei eine Erfindung. Wenige Zeilen darunter wurde darüber informiert, dass bisher zweihundertfünfzig Palästinenser, zum größten Teil Kinder und Jugendliche, von israelischen Soldaten getötet worden waren. Im Wirtschaftsteil fanden sich einige An-

gaben über die Höhe der Umsätze in der Porno-Industrie und der Hinweis, dass ein Viertel der Stahlarbeiter, zur Zeit Titelseiten-Thema, sich inzwischen »heimlich« einen anderen Arbeitsplatz besorgt hätte.
Gesegnet sei das System, dachte sie, das jedem Arbeit bietet. Stahlarbeitern, jedenfalls einem Viertel, Porno-Produzenten – die produzieren für den Rest, damit der sich nicht langweilt – und Revolutionären, die haben wenigstens noch eine Perspektive. Irgendwann wird sie schon kommen, die Revolution.
Sie legte die Zeitung beiseite, weil sie keine Lust hatte, sich die gute Laune verderben zu lassen. Automatisch griff sie nach der neben der Kaffeetasse liegenden Lokalzeitung und blätterte darin herum. Tennisspielende Albinos und säulenbeinige Fußballspieler interessierten sie nicht. Aber diesmal war die Sportseite aus einem anderen Grund interessant. Unter der Rubrik »Lokalsport« prangte das Foto zweier Tennisspielerinnen. Die linke war eindeutig die junge Frau, die gestern versucht hatte, sie für einen Mord zu engagieren. Aufmerksam las Bella den Text unter dem Foto: »Karen Arnold (links) gewann am Wochenende in einem spannenden Spiel das Dameneinzel in der diesjährigen Meisterschaft des TuS Blankenese. Ihre Gegnerin ...« Bella betrachtete das Foto genau. Ein Irrtum war nicht möglich. Genauso selbstsicher und elegant, wie sie ihr gestern gegenübergesessen hatte, lächelte sie jetzt aus dem Bild.
Der Tennisclub galt als sehr zurückhaltend in der Aufnahme von Mitgliedern. Praktisch gab er seine Zurückhaltung erst bei einem Jahreseinkommen von 100 000 DM auf. Bella konnte sich nicht erinnern, einen Ehering an der Hand der Frau gesehen zu haben. Ihr Freund hatte offenbar Geld. Sie nahm das Telefonbuch zur Hand, suchte unter dem Namen Arnold und fand ihn mit der dazugehörigen feinen Adresse.
Eine merkwürdige Frau, dachte sie. Es fehlt ihr an nichts, und sie plant einen Mord.

Dann stand sie auf, zog den Morgenrock aus und öffnete das Fenster. Vor ein paar Wochen hatte sie das erste Zugeständnis an ihr Alter gemacht und sich jeden Morgen zehn Minuten Gymnastik verordnet. Seit einer Woche wurde sie dabei von einem älteren Herrn beobachtet, der im Gebüsch unter ihrem Fenster saß und betete, dass in diesem Herbst die Blätter etwas langsamer abfallen möchten. Das hätte er nicht nötig gehabt, denn Bella hatte ihn schon am ersten Tag entdeckt. Aber Männer waren ihr im Allgemeinen so gleichgültig, dass sie es für überflüssig hielt, wegen eines Voyeurs ihre Gewohnheiten zu ändern. Ihn, hätte er geahnt, dass Bella um seine Anwesenheit wusste, hätte das sicher ernüchtert. Mindestens die Hälfte seines Vergnügens bezog er, wie alle Voyeure, nicht aus dem, was er sah, sondern aus der erniedrigenden Situation, in die er sich begab, um seine Beobachtungen heimlich anzustellen.

Unter der Dusche dachte Bella darüber nach, ob sie Beyer bitten sollte, ihr ein paar Informationen über Karen Arnold zu besorgen. Auch wenn sie bisher nicht polizeilich aufgefallen war, ließ sich das sicher ganz leicht über gespeicherte Daten erledigen. Früher, dachte sie, mussten Privatdetektive oder Polizisten mühsame Erkundungen bei Nachbarn und beim Kaufmann einholen. Wie schön, dass das heute nicht mehr nötig ist.

Sie verwarf den Gedanken, weil sie fand, dass die Sache sie eigentlich nichts anging. Der Himmel über dem Fluss war dunkelgrau. Sie nahm eine Regenjacke vom Haken und verließ das Haus.

Locker lief sie die sechzig Stufen hinunter, ging unten ein Stückchen die alte, unbefahrene Kopfsteinpflasterstraße entlang, an der alte Lagerhallen, eine Schmiede, ein Schiffskontor lagen. Die Gebäude wurden schon lange nicht mehr genutzt. Die Scheiben waren blind, einige eingeworfen. Als sie den Strand erreichte, begann ein stiller, grauer Regen zu fallen. Niemand war um diese Zeit und bei diesem Wetter hier unten. Nach einer

Stunde kehrte sie um. Statt Muscheln hatte sie eine Plastikhülle mit bunten Bildern gefunden. Sie hatte im Sand gelegen, etwa dort, wo ein paar Schritte weiter ein schmaler, unter verwilderten Büschen fast verborgener Weg den Hang hinauf und in den Garten eines alten, strohbedeckten Hauses führte. Bella hatte die Hülle in die Jackentasche gesteckt. Wenn sie gewusst hätte, dass sie dabei wütend beobachtet worden war, hätte sie ihren Fund sicher noch interessanter gefunden.
Ein angenehmer Spaziergang, dachte sie, als sie die Treppe am Elbhang emporstieg. Wenn man den Teer und die angeschwemmten Präservative nicht rechnet, die den Strand verschönern. Sie war dabei, vor der Haustür die verschmierten Gummistiefel auszuziehen. Drinnen begann das Telefon zu läuten. Sie brauchte lange, um die Gummistiefel loszuwerden, ohne ihre Hände und die Hauswand mit Teer einzuschmieren. Es läutete auch lange. Sie nahm den Hörer ab und hörte die freundliche Stimme von Karen Arnold.
Sie brauchen aber lange.
Ich war nicht da.
Wie schön, dass Sie's jetzt sind. Ich hab mir die Sache nochmal gründlich überlegt. Ich glaube, ich werd das Ganze sein lassen. Wissen Sie, das war nur so eine Idee ... Sie zögerte einen Augenblick. Dann sprach sie weiter. Ihre Stimme klang frisch und liebenswürdig.
Man soll nicht jede Idee gleich in die Tat umsetzen, finde ich.
Sie hätten wohl nicht zufällig Lust, mir zu sagen, wem Ihre reizende Idee eigentlich gegolten hat? Jetzt, wo Sie sie fallen gelassen haben?
Weshalb nicht? Es ging um meinen Freund, aber Sie werden ihn nicht kennen.
Deutlich war der Blankeneser Unterton zu hören. Bella entdeckte einen Teerfleck auf ihrer Hose.
Natürlich nicht, Herzchen, sagte sie. Und eigentlich ist es mir

auch ziemlich wurscht, von wem du dich aushalten lässt. Solange es dir nur Spaß macht.

An der Stille am anderen Ende der Leitung merkte Bella, dass sie eine empfindliche Stelle getroffen hatte. Sie wartete. Aber es kam nichts mehr. Außer, nach einer Weile, das Geräusch, das entsteht, wenn jemand den Hörer sanft auf die Gabel legt.

Es war Zeit für einen Wodka. Sie ging in die Küche und nahm die Flasche aus dem Eisfach; nicht, ohne Carlos einen freundlichen Gedanken zu widmen. Seit er da war, war immer etwas zu essen und zu trinken im Haus. Dann fiel ihr die Plastikhülle wieder ein. Mit dem beschlagenen Glas in der Hand ging sie in den Flur und nahm die Hülle aus der Jackentasche. Im Wohnzimmer stellte sie das Glas auf die Fensterbank, zog die Bilder aus der Hülle, die inzwischen getrocknet war, und legte sie ordentlich in einer Reihe neben das Glas. Es waren zehn Fotos und die dazugehörigen Negative. Abgebildet waren halbe Frauen, jeweils die nackte untere Hälfte und mit Stöckelschuhen. Die Bilder waren anscheinend alle vor derselben Wand gemacht worden. Zwei der Unterteile waren über den Knöcheln mit Ketten an der Wand befestigt. Bella drehte ein Bild um.

»Spiel des Monats: Erkennen Sie die Dame wieder!« Die gleiche Aufforderung fand sich auch auf den anderen Bildern. Aber kein Hinweis, wo dieses hübsche kleine Spiel stattfinden sollte. Bella steckte die Bilder zurück in die Hülle, legte sie in die unterste Schreibtischschublade und ging in die Küche, um sich die Hände zu waschen.

Das ist es, dachte sie, weshalb ich diese Stadt so liebe. Nieselregen, hin und wieder ein Schiff im Hafen und lauter phantasievolle Männer. Nicht zu vergessen die ehrbare Kaufmannschaft. Und das Ganze bewacht von einer ehrlichen, sauberen Polizei, die jederzeit und unerbittlich zuschlägt, wenn sie von unsauberen Geschäften erfährt.

Als sie das Glas von der Fensterbank nahm und hinaussah, stellte sie fest, dass der Regen stärker geworden war. Fast liebevoll betrachtete sie den gelb glänzenden Abhang und den einzelnen Busch, hinter dem der ältere Herr morgens seiner besonderen Art des Vergnügens nachging.

Wie reizend altmodisch ist er doch, dachte sie. Aber die Laune war ihr verdorben und wurde auch dadurch nicht besser, dass ihr, wie immer in trüben Augenblicken, ihre Mutter einfiel.

»Über fünfzig, keine Arbeit, keinen Mann. Dabei sprichst du mehrere Sprachen. Mach doch was aus dir. Ich verstehe überhaupt nicht, wie du die Arbeit bei der Polizei aufgeben konntest. Wo du so schön verdient hast. Und überhaupt. Deine Hose ist viel zu eng.«

Die hohe, dünne Greisinnenstimme konnte stundenlang so auf sie einreden. Bella wunderte sich manchmal, woher die alte Frau die Energie dazu nahm. Wahrscheinlich waren das die letzten Reserven eines Lebens, das einmal sehr abenteuerlich gewesen war. Noch immer trat ein sanfter Glanz in die Augen der Mutter, wenn sie mit brüchiger Stimme Gedichte von Alexander Block sprach, der ihr Vater gewesen war und den sie nie gesehen hatte. Und ihre Liebe zur Revolution war immer noch so groß, dass sie tagelang hinter Bella hertelefonieren konnte, nur um ihr mitzuteilen, dass sie bei Rosa Luxemburg einen wunderbaren Satz zu ihrem Lieblingsthema gefunden hatte.

»Bella, mein Gott, wo steckst du denn! Seit Tagen versuche ich dich zu erreichen. Nun hör bloß mal zu. Wie findest du das?«

Pause.

Bella hörte sie am anderen Ende der Leitung tief Luft holen, bevor sie mit lauter Stimme ins Telefon schmetterte: »Die Revolution ist großartig, alles andere ist Quark.« Pause. »Rosa Luxemburg.«

Nun lächelte Bella doch in Gedanken an die alte Frau. Auf ihre Weise hatte sie schon recht. Wenn man die Handlungen der Menschen oberflächlich betrachtete, schienen sie völlig sinnlos.

Weshalb jemand hierhin ging oder dorthin, war vollkommen gleichgültig. Begann man jedoch tiefer nach ihren Motiven zu suchen, spürte man hinter jeder Handlung ein verzweifeltes Suchen nach Glück, das natürlich unerreichbar war. Und man wusste, es war unbedingt notwendig, die Revolution zu machen, damit sich das Glück wenigstens irgendwann verwirklichen ließe. Aber das war eben ein sehr altmodischer Gedanke, für dessen Verwirklichung es schon lange keine Chance mehr gab.

Die Mutter – Bella liebte sie wegen der Tapferkeit, mit der sie sich durchs Leben geschlagen hatte. Gleichzeitig gingen ihr die ständigen Quengeleien unsäglich auf die Nerven.

Genau an diesem Punkt ihrer Überlegungen angekommen, wurde ihr klar, dass der Tag nicht mehr zu retten war. Irgendwann war er umgekippt, und wenn sie nicht versuchte, das Beste aus diesem elenden Haufen von gefesselten Frauenbeinen, Teerstücken, Greisinnengejammer und Blankeneser Hochdeutsch zu machen, würde es ihr schlecht gehen.

Der Regen hatte aufgehört, und der Wind hatte sich gelegt. Das passierte manchmal gegen Abend. Am rechten Fensterrand ging die Sonne unter. Das Wasser des Flusses war glatt und dunkel. Bella rückte einen Sessel vor das Fenster. Dann ging sie in die Küche und holte die Flasche aus dem Kühlfach. Vom Schreibtisch nahm sie einen schweren Lederband mit Gedichten und Reden ihres Großvaters. Sie setzte sich vors Fenster und sah zu, wie draußen Sonnenuntergang gespielt wurde. Das Stück dauerte ziemlich lange und endete, anders als im Theater, mit der völligen Verdunkelung des Zuschauerraums. Während der Vorstellung trank sie drei Gläser Wodka. Nach jedem Glas fühlte sie sich ihrem Großvater näher. War er vielleicht in der gleichen Stimmung gewesen wie sie jetzt, als er schrieb:

> Die Stadt hat roten Horizonten
> Ihr Totenantlitz zugewandt,
> In Sonnenblut getaucht die Fronten,
> Den grauen Leib aus Stein und Sand.

und weiter,

> Ein roter Hausknecht kippt die Eimer,
> Ein scharlachrotes Wasser aus.
> Feuerscheite tanzen, Feuerbeine
> Der Straßenhur' von Haus zu Haus.

So hatte Alexander Block Petrograd im Jahr 1904 gesehen. Dass damals an den Ufern der Newa auch die Präservative aus nahe gelegenen Bordellen angeschwemmt worden waren, so wie heute an den Ufern der Elbe, konnte sie sich allerdings nicht vorstellen.

ALS SIE ERWACHTE, noch immer im Sessel sitzend, zogen draußen langsam Lichter vorbei. Eine Weile verfolgte sie das Backbordlicht des Schiffes mit den Augen. Das Buch war auf den Boden gefallen. Im Zimmer war es so dunkel, dass sie auf dem Fußboden nichts erkennen konnte. Bella tastete neben dem Sessel herum, bis sie den Ledereinband in der Hand hielt, unter dem die harten Kanten des Buchdeckels zu spüren waren. Mit einem Fuß betätigte sie den Lichtschalter. Die Schreibtischlampe gab einen hübschen kleinen Lichtfleck auf der dunklen Platte. Weniger hübsch schien der Kerl zu sein, der es sich an ihrem Schreibtisch bequem gemacht hatte. Jedenfalls nach der behaarten Pfote zu urteilen, die, geschmückt mit einem sauber gearbeiteten Schlagring, auf der Tischplatte lag.

Die Bilder, Süße.
Er bewegte die Finger der Hand mit dem Schlagring hin und her. Soweit sie erkennen konnte, waren die Fingernägel sauber. Er legte auch die andere Hand auf den Schreibtisch und beugte sich vor. Bella konnte sein Gesicht erkennen. Ein fleischiges Männergesicht, gut rasiert, kleine Augen ohne Ausdruck. Er bewegte beim Sprechen nur die Lippen. Das Gesicht blieb vollkommen starr, ungefähr so wie bei einem Krokodil, kurz bevor es zuschnappt. Sie war nicht sicher, ob das Krokodil wirklich zuschnappen würde. Es sah so normal aus. Aber sie hatte auch keine Lust, das auszuprobieren.
In der Schublade, unten links.
Die rechte Hand blieb auf dem Schreibtisch liegen. Die linke fummelte unten am Schreibtisch herum und kam nach kurzer Zeit mit der Plastikhülle wieder zum Vorschein. Der Inhalt wurde auf den Schreibtisch geschüttet, gezählt und wieder in die Hülle geschoben. Der Kerl blieb sitzen. Die Plastikhülle lag vor ihm auf der Schreibtischplatte.
Schönes, kleines Häuschen hast du hier, Süße.
Ganz so gefährlich wie er tat, war er nicht. Das Buch würde ihn am Kopf treffen. Sie könnte seine Überraschung ausnutzen und ihn aufs Kreuz legen. Und dann? Sie könnte ihm die Bilder wieder abnehmen. Sie könnte ihn beim nächsten Polizeirevier abliefern. Wegen Einbruchs. Man würde dann seine Personalien aufnehmen, feststellen, dass er ordentlich gemeldet war, und ihn wieder laufen lassen.
Du willst doch sicher hier wohnen bleiben, Süße, was?
Bella antwortete nicht.
Kannst du ruhig, du musst nur eine Kleinigkeit beachten. Du mischst dich hier in gar nichts ein, verstanden? Du bleibst schön ruhig. Dann passiert dir nichts.
Es war also nicht besonders sinnvoll, ihm eins auf die Nase zu geben. Außer, dass es ihr guttun würde.

Hast du verstanden?
Wahrscheinlich hatte er sie noch einmal mit »Süße« anreden wollen. Es klang jedenfalls wie ein Ssss, was da aus seinem Mund kam, als ihn das Buch über der Nase ins Gesicht traf und Bella ihn fast in der gleichen Sekunde aus dem Sessel kippte. Da lag er nun und starrte auf den Brieföffner, dessen Spitze Bella ihm an den Hals gesetzt hatte.
Wie im Kino, dachte sie.
Sie stand auf und er ebenfalls. Er wirkte etwas schüchterner als vor der Attacke, während er sich mit verzerrtem Gesicht an die Nasenwurzel fasste.
Verschwinde, du Haufen Scheiße.
Nicht sehr vornehm, aber es war das Einzige, was ihr in ihrer Wut einfiel. Er verschwand tatsächlich ziemlich schnell. Die Plastikhülle vergaß er.
Bella untersuchte das Haustürschloss. Es war nicht besonders gesichert und leicht mit einem Dietrich zu öffnen. Sie würde das ändern müssen. Dann ging sie ins Wohnzimmer zurück und öffnete das Fenster, um frische Luft hereinzulassen.

BELLA HATTE herrlich geschlafen. Sie erwachte vom Geklapper des Briefkastendeckels. Nackt und barfuß holte sie die Zeitungen und die zwei Brötchen herein, legte die Brötchen in die Küche, die Zeitungen auf den Schreibtisch und ging unter die Dusche. Noch vor dem Einschlafen hatte sie beschlossen, ihre eiserne Reserve anzugreifen und ein paar Tage Urlaub zu machen. Sie wunderte sich, dass sie die Idee nicht schon früher gehabt hatte. Das Telefon klingelte. Eine weibliche Stimme erkundigte sich nach ihren Sprechstunden. Bella vereinbarte einen Termin in einer Stunde, frühstückte und brachte das Zimmer in einen Zustand, der mögliche Auftraggeber nicht sofort

abschrecken würde. Pünktlich um zwölf klingelte es an der Tür. Bella, ordentlich mit Schuhen, Jeans und Jackett bekleidet, öffnete. Vor der Tür stand ein Mann.
Sie bat ihn ins Zimmer. »Büro«, sagte sie, und platzierte ihn in den Stuhl neben dem Schreibtisch. Er blieb allerdings nicht lange dort sitzen. Schon während Bella sich hinter den Schreibtisch setzte und einen Block zu sich heranzog, stand er auf und begann, im Zimmer auf und ab zu wandern. Bella, die den Namen vergessen hatte, den er an der Tür genannt hatte, sah auf die kleine, weiße Karte, die vor ihr auf dem Schreibtisch lag. Paul Korthum, mehr stand nicht drauf. Der Mann mochte etwa sechzig Jahre alt sein. Er war mittelgroß, hielt mit Mühe sein Gewicht bei achtzig Kilo, hatte eine dunkelrosa Hautfarbe, jedenfalls im Gesicht, und war teuer angezogen. Gürtel und Schuhe aus Krokodilleder, Jackett aus Cashmere, offenes seidenes Hemd, Kette um den Hals. Das alles aber fein im Rahmen und noch weit unterhalb der Grenze, die das Ganze hätte geschmacklos erscheinen lassen. Seine Bewegungen waren selbstsicher, auch wenn er im Augenblick ein wenig ratlos auf und ab lief. Eigentlich hätte er dabei schnaufen müssen, aber er tat es nicht.
Mir scheint, meine Kundschaft bleibt teuer, dachte Bella. Hoffentlich will er nicht auch jemanden umgebracht haben. Irgendetwas gefiel ihr nicht an ihm, aber sie hätte nicht sagen können, was es war. Jedenfalls noch nicht. Der Mann setzte sich wieder in den Sessel neben dem Schreibtisch und schlug die Beine übereinander. Bella sah, dass er seidene, dunkelrote Socken trug. So übereinandergeschlagen wirkten seine Beine ein bisschen kurz.
Ich hoffe, dass Ihnen mein Anliegen nicht ungewöhnlich vorkommt, sagte er.
Er hatte eine leicht schnarrende Stimme und eine sehr gepflegte Aussprache.
Sehen Sie, ich bin jetzt sechsundfünfzig. Er machte eine kleine Pause. Ich kann doch offen sprechen?

Wenn Sie damit meinen, dass das, was Sie mir sagen, unter uns bleibt, dann ja, sagte Bella.
Anscheinend war die Altersangabe die Eröffnung für eine längere Geschichte.
Ich glaube, ich habe alles erreicht, was ich erreichen wollte.
Wie traurig.
Er sah sie irritiert an. Offenbar hätten seine Worte eine andere Wirkung auf sie haben müssen. Er konnte ja nicht wissen, dass Bella Leute, die mit sechsundfünfzig alles erreicht hatten, was sie wollten, für sehr bedauernswert hielt. Als er weitersprach, hatte seine Stimme einen sachlicheren Ton angenommen, nicht mehr ganz so vertraulich. Bella war's recht.
Ich lebe von meiner Frau getrennt, schon mehrere Jahre, sagte er.
Es klang nicht so, als ob er besonders darunter litte.
Wenn wir uns scheiden lassen, bekommt sie eine Menge Geld. Daran liegt mir nichts.
Dann lassen Sie sich eben nicht scheiden, schlug Bella vor. Sie war noch immer damit beschäftigt, herauszufinden, was sie an dem Mann beunruhigte. Ihre Antwort war deshalb eher automatisch ausgefallen.
Natürlich. Das geht allerdings nur so lange, bis man wieder heiraten will.
Und das haben Sie vor?
Bella fragte aus Höflichkeit. Außerdem fand sie, dass er langsam zur Sache kommen sollte.
Allerdings.
Seine Stimme war, in Aussicht auf das neue Glück, nicht freundlicher, sondern härter geworden. Bella sah ihn interessiert an. Zu gern hätte sie ihn gefragt, ob die Auserwählte über oder unter zwanzig war, aber sie hielt sich zurück.
Sie werden verstehen, dass ich die Summe, die ich meiner Frau auszahlen muss, so klein wie möglich halten möchte.

Bella verstand vollkommen.

Sie fährt morgen für vierzehn Tage in Urlaub. Ich glaube nicht, dass sie allein fährt. Was ich brauche, sind Fotos, Kopien von Hotelrechnungen, Sie wissen schon. Alles, womit ich nachweisen kann, dass sie nicht allein lebt. Praktisch – er machte eine kleine Pause, so als wollte er noch einmal nachdenken, ob auch richtig sei, was er zu sagen beabsichtigte –, praktisch möchte ich über jeden ihrer Schritte da unten informiert werden.

Während er sprach, überlegte Bella.

Nach dem geltenden Scheidungsrecht, einem nicht zu Ende gedachten Relikt aus längst vergangenen reformfreudigen Zeiten, war es ziemlich unerheblich, welchen Lebenswandel eine getrennt lebende Ehefrau hatte. Auf die Höhe des Zugewinnausgleichs hatte das keinen Einfluss. Der Mann, der vor ihr saß, musste also einen anderen Grund haben, seine Frau im Urlaub so gründlich überwachen zu lassen. Dass er ihr diesen Grund nicht mitteilte, sprach nicht unbedingt für ihn. Aber sie wurde neugierig.

Und wenn nötig, fügte er hinzu, auch noch nach dem Urlaub. Es wäre gut, wenn wir auch hinterher noch ein paar Belege sammeln könnten.

Jedenfalls war die Katze aus dem Sack. Es war eine ganz gewöhnliche, miese, räudige Katze. Aber sie zog einen größeren Beutel mit Spesen hinter sich her.

Wohin wird Ihre Frau fahren?

Bella zog den Block noch näher zu sich heran und sah fragend und sachlich auf den Mann ihr gegenüber. Der griff mit gepflegten Fingern in die Jackentasche, zog einen Zettel heraus und nannte einen kleinen süditalienischen Ort an der Küste unterhalb von Neapel.

Mit der Bahn über München, Rom, Neapel, sagte er abfällig. Anscheinend fand er, dass seine von ihm getrennt lebende Frau eine andere Fortbewegungsart hätte wählen sollen.

Hier haben Sie die Abfahrtszeit.
Er schob den Zettel über den Schreibtisch. Als Manschettenknöpfe trug er schlichte, dünne Platinscheiben. Sie vermutete eine ähnliche Platinscheibe als Anhänger an seiner Halskette. Der Zug fuhr am nächsten Abend. Sie würde genug Zeit haben, sich auf die Reise vorzubereiten.
Bevor ich den Auftrag übernehme, würde ich gern ein bisschen mehr wissen.
Wenn's nötig ist.
Er sah sie jetzt gleichgültig an, bereit, nur das Notwendigste auf ihre Fragen zu antworten. Bella war entschlossen, den Auftrag anzunehmen. Aber sie konnte ihr Gegenüber noch immer nicht richtig einschätzen.
Ja, sagte sie. Ich habe gern ein paar Hintergrundinformationen. Es lässt sich leichter arbeiten.
Sie sind Kaufmann?
Diese Schlussfolgerung war einfach. Er sah weder wie ein Intellektueller aus noch wie ein Arbeiter.
Ja, ich habe ein paar Schuhgeschäfte. Teure Schuhgeschäfte, die in der richtigen Gegend liegen, fügte er hinzu, als er Bellas zweifelnde Miene sah. Tonio-Schuhläden, wenn Ihnen das etwas sagt.
Bella kannte die Läden. Es gab sie in München, Düsseldorf und Hamburg. Schuhe und Handtaschen ab dreihundert Mark, nach oben hin unbegrenzt, so ungefähr jedenfalls. Die Schuhe, die sie trug, hatte sie bei Tonio im Ausverkauf erstanden. Ganz in der Nähe gab es einen Laden.
Wie lange sind Sie verheiratet? Und wie lange leben Sie von Ihrer Frau getrennt?
Zwanzig Jahre, davon ... gehört das zur Sache?
Ja, sagte Bella. Haben Sie ein Foto von ihr?
Er zog die Brieftasche aus der Innenseite des Jacketts, Kroko, und suchte einen Augenblick. Dann reichte er ihr ein kleines

Schwarzweißfoto, das an den Rändern beschädigt war, über den Tisch. Er musste es schon länger in der Brieftasche haben.
Das ist Marianne. Das Foto ist ungefähr sechs Jahre alt.
Das andere Foto, 9 × 12, bunt und glänzend, das er ebenfalls in der Brieftasche trug, zeigte eindeutig ihre gestrige Besucherin. Sie biss in eine Mohrrübe und lachte unverschämt, jedenfalls in der Perspektive, aus der Bella das Foto zu Gesicht bekam, bevor er die Brieftasche schloss.
Bella sah auf dem Schwarzweißfoto das Gesicht einer Frau von Mitte vierzig mit großen, wahrscheinlich blauen Augen. Die Frau lachte angestrengt. Um die Augen sah sie alt und müde aus.
Ist die Haarfarbe echt?
Ja, sagte er. Dürfte inzwischen ein bisschen grauer geworden sein. Ich sehe sie nicht mehr oft.
Woher wissen Sie, dass sie in Urlaub fährt?
Sie hat es mir gesagt.
Haben Sie ihr gesagt, dass Sie sich scheiden lassen wollen?
Ich – nein, natürlich nicht.
Natürlich nicht, dachte Bella. Er wird sie doch nicht warnen.
Sie merkte, dass der Mann ihr langsam unsympathisch wurde. Und immer noch rätselte sie daran herum, was mit ihm los war. Er hatte nichts Besonderes an sich, mal abgesehen von ein paar sehr teuren Accessoires. Vielleicht war er ein bisschen nervös, aber das konnte an der für ihn ungewohnten Situation liegen. Eigentlich hatte er das ganz normale Selbstbewusstsein eines erfolgreichen Mittelstandsunternehmers, weder »von des Gedankens Blässe angekränkelt« noch von allzu großen Sorgen über Alter und Figur geplagt. Er war wieder aufgestanden und zum Fenster gegangen.
Einen schönen Ausblick haben Sie hier, sagte er unvermittelt.
Ich mache mit meinen Kunden vorher ein Honorar aus. Unvorhergesehene Ausgaben nicht eingerechnet.

Natürlich, antwortete er schnell. Er kam zurück und setzte sich wieder in den Sessel.
Reichen fünftausend fürs Erste?
Aus der Brieftasche nahm er fünf neue, glatte, schöne, braune Scheine und legte sie vor Bella auf den Schreibtisch.
Ziemlich sicher. Sie bekommen eine genaue Abrechnung.
Ich rechne mit Ergebnissen in drei Wochen, oder?
Ich rufe Sie an, wenn ich zurück bin.
Er stand auf. Die Bügelfalten waren so makellos wie vorher. Bella hätte ihn zur Tür bringen müssen, aber sie hatte plötzlich keine Lust mehr dazu. Schließlich hatte er nicht ihre Manieren, sondern ihre Arbeit gekauft. Sie beobachtete, wie er zur Tür ging. An der Tür wandte er sich um und nickte ihr zu. Dann hörte sie ihn durch den Flur gehen und die Tür hinter sich schließen. In dem Augenblick, als die Tür hinter ihm ins Schloss fiel, wurde ihr klar, was mit ihm los war. Eigentlich war es ihr schon klar gewesen, als er sich in der Zimmertür nach ihr umgesehen hatte. Er sah so aus, wie bestimmte Figuren in bestimmten Kriminalromanen, von denen man bei ihrem ersten Auftreten weiß, dass sie das Ende des Romans ganz bestimmt nicht erleben werden. Sie hätte nicht sagen können, weshalb, aber es war so. Er hatte weder ängstlich gewirkt noch so, als ob er sich ohne Grund größeren Gefahren aussetzen würde. Einfach ein rundherum erfolgreicher Geschäftsmann. Und vollkommen überflüssig.
Bella ging in die Küche, um sich etwas zu trinken zu holen. Durch das Küchenfenster sah sie Korthum in einem schokoladenbraunen Jaguar davonfahren.
Sie buchte telefonisch in ihrem Reisebüro die Fahrkarte und packte eine kleine Tasche. Sie suchte eine ganze Weile in ihren Büchern herum und legte dann einen Gedichtband (Ungaretti) und, natürlich, Alexander Block obenauf. Den Rest des Nachmittags verbrachte sie damit, italienische Lieder zu hören. Sie wollte sich wieder an die Sprache gewöhnen.

Bella war in Spanien geboren, wohin der revolutionäre Drang ihrer Mutter sie 1936 verschlagen hatte. An die Zeit nach 1939, als ihre Mutter sich mit ihr zuerst in Canga de Onis, einem winzigen, nordspanischen Bergdorf, und dann in Südfrankreich an verschiedenen Orten vor den Faschisten versteckt hatte, erinnerte sie sich kaum. Ihre Erinnerung setzte erst 1943 ein, als sie, nach der Landung der Alliierten im Süden Italiens, mit ihrer Mutter nach Neapel gekommen war. Zu der Zeit starben die Neapolitaner, die bei der Suche nach etwas Essbarem in den Trümmern der Stadt den Kampf gegen die Ratten meistens verloren, an Hunger und Seuchen. Bellas Mutter, die Ratten fürchtete, hatte sich erneut auf die Traditionen der Familie besonnen, jedenfalls auf die Traditionen des weiblichen Teils der Familie. Es war ihnen nicht schlecht gegangen dabei. Manchmal hatte die amerikanische Schokolade auch für die Nachbarskinder gereicht.

Bella begann damals, sich vor den Soldaten zu ekeln, die in ihre Behausung kamen. Aber sie konnte darüber mit ihrer Mutter nicht sprechen. Es war klar, dass es keine andere Möglichkeit gab, dem Hunger zu entkommen.

In Spanien, Bella, sagte die Mutter, haben wir für die Revolution im Puff gearbeitet. Hier ist es, damit wir nicht verhungern. Wo ist da der Unterschied?

Während sie eine der von Carlos sorgfältig zubereiteten, tiefgefrorenen Mahlzeiten auftaute, dachte sie daran, dass sie ihm eine Nachricht hinterlassen musste. Sie würde ihn bitten, in der Zeit ihrer Abwesenheit das Haus zu bewohnen. Um das Telefon zu bewachen, reichte sein Deutsch aus. Wer weiß, vielleicht war ja der nächste Blankeneser Biedermann schon auf dem Weg zu ihr.

An Beyer dachte sie nicht. Vielleicht hätte sie es getan, wenn sie gewusst hätte, dass er gerade dabei war, eine Anzeige zu lesen, die aus Versehen in seine Dienstpost gerutscht war. Eine auf-

gebrachte Dame beschwerte sich in wütenden Worten über die nächtlichen Ruhestörungen, die, wie sie fand, für ihre Gegend »unmöglich« wären. Sie schloss ihren Brief mit dem Satz »auch wenn es sich bei den Wagen ausschließlich um sehr teure Modelle handelt, so sagt jedenfalls mein Mann, gehe ich davon aus, dass die Polizei jetzt ihres Amtes waltet«. Bevor Beyer den Brief in den Papierkorb warf, sah er auf den Absender.
Na ja, da haben nächtliche Kunden es tatsächlich nicht leicht, sich leise davonzumachen, dachte er. Die Dame wohnte in einer stillen Nebenstraße der Elbchaussee. Vielleicht hätte er den Brief aufgehoben, wenn er gewusst hätte, dass Bella sich bald für die Geschichte interessieren würde. Aber die wusste bisher selbst noch nichts davon.
Bella fiel ein, dass sie vergessen hatte, Korthum nach der Adresse seiner Frau zu fragen. Es schien ihr sicherer, schon vor der Abreise einen Blick auf die Dame zu werfen. Im Blankeneser Telefonbuch fand sie eine M. Korthum in der Baron-Voght-Straße. Sie kramte den Stadtplan hervor. Zu Fuß würde sie vielleicht eine halbe Stunde brauchen. Sollte es sich nicht um die richtige Dame handeln, konnte sie Korthum immer noch anrufen.
Vierzig Minuten später ging sie an dem Haus vorüber und war ziemlich sicher, dass Korthums Frau hier wohnte. Es handelte sich um kleine, elegante Appartements, die in ehemaligen Tagelöhnerwohnungen untergebracht waren. Das Äußere der Häuschen war unverändert geblieben, während innen moderne Wohnungen ausgebaut worden waren. Jetzt, am späten Nachmittag, lag die Straße ruhig in der milden Herbstsonne. Leider gab es keine Kneipe, in die sie sich hätte setzen können, um das Haus zu beobachten. Noch während Bella überlegte, ob es klug wäre, unter einem Vorwand an der Tür des Nachbarhauses zu klingeln und ein paar Fragen zu stellen, hielt vor dem Haus, an dessen Tür der Name Korthum stand, ein Taxi, und Marianne Korthum stieg aus. Zwar hatte Bella sich die Frau kleiner vorgestellt und

runder; so eine Art Matrone. Und die hier war groß und schlank und machte einen ziemlich sportlichen Eindruck. Aber der Kopf war derselbe wie auf dem Foto. Während die Frau dem Taxifahrer das Geld durch die heruntergedrehte Scheibe reichte, lachte sie. Ihr Haar glänzte schmutzig gelb in der Abendsonne.
Halb elf morgen Abend reicht, sagte sie, drehte sich um und öffnete die niedrige Gartenpforte, um ins Haus zu gehen. Sie würde also mit dem Taxi zum Bahnhof fahren. Ihren Freund konnte sie natürlich auch auf dem Bahnhof treffen. Aber Bella hatte aus irgendeinem Grund das Gefühl, dass die Frau überhaupt keinen Freund hatte; jedenfalls keinen, der beabsichtigte, mit ihr eine Urlaubsreise anzutreten.

WENN MAN davon absah, dass der alte Herr hinter dem Busch daneben trat und in leicht derangiertem Zustand ein paar Meter den Abhang hinunterrutschte – was Bella dazu veranlasste, sich taktvoll umzudrehen –, verlief der nächste Tag ereignislos.
Gegen zehn Uhr abends warf Bella die kleine Reisetasche in den Porsche und fuhr los. Sie parkte den Wagen vor dem Hauptbahnhof, wo Carlos ihn am nächsten Tag abholen würde. Dann stellte sie fest, dass sie viel zu früh losgefahren war, und ging über die Straße, um bei »Nagel« einen Wodka zu trinken.
Sie fand einen freien Platz am Fenster. Am selben Tisch saßen ein Mann und eine Frau, vor sich zwei halb volle Biergläser. Bella bestellte einen doppelten Wodka und einen Hawaii-Toast. Der Wodka war warm und der Toast in seiner Ungenießbarkeit den politischen Zuständen der Insel, deren Namen er trug, angemessen. Sie schob den Teller beiseite und beobachtete die Leute, die draußen am Fenster vorbeigingen. Sie wusste, dass in dieser Gegend die Huren der zweiten und dritten Garnitur arbeiteten. Seit einiger Zeit gehörten auch Kinder dazu. Einige Mädchen

waren so spärlich angezogen, dass ihre Anbieterei schon fast einem Akt der Verzweiflung gleichkam. Auch die Freier waren in dieser Gegend eher von der einfachen Sorte. Interessiert sah Bella einem Mann, von dem sie wusste, dass er Kommunist war, bei den Verhandlungen mit einer dünnen Blonden zu. Sie konnte nicht feststellen, ob die beiden sich einig wurden. Eine Gruppe von Männern in Abendanzügen und Frauen auf Stöckelschuhen, denen andere ähnlich gekleidete Leute folgten, verdeckte die beiden.

Offenbar war die Vorstellung in dem nahe gelegenen Theater zu Ende gegangen. Der Mann und die Frau an ihrem Tisch hatten noch immer kein Wort miteinander gewechselt. Allerdings hatte der Kellner ihre inzwischen geleerten Biergläser gegen zwei volle ausgetauscht. Bellas Blick fiel auf das Werbeplakat für die Theatervorstellung.

Der Regisseur hatte sich die Tatsache zunutze gemacht, dass die meisten Intellektuellen ihre Portion Pornographie am liebsten in eine Geschichte gekleidet serviert bekommen. Das Plakat zeigte das Foto einer Frau, die sich bis zur Taille dem Besucher nackt darbot. Der Oberkörper war nicht zu sehen. Durch die flachen Kinderschuhe, die die Frau trug, wurde dem Betrachter ein kindlich-obszöner Eindruck vermittelt. Vor dem Torso stand ein kleiner Mann und starrte der Frau von unten zwischen die Beine und auf die Schamhaare. Der Unterschied zu den Bildern, die Bella vor zwei Tagen am Strand gefunden hatte, bestand darin, dass das Plakat aus Steuergeldern subventioniert wurde, während die Bilder irgendjemand aus privater Tasche bezahlt hatte. Dafür waren wahrscheinlich seine Modelle billiger gewesen.

Sie winkte dem Kellner. Er kam ziemlich bald, ein alter Mann, mager, mit unglaublich platten Füßen und einer langen, grünen Schürze vor dem Bauch. Sie schob ihm den Teller mit dem Hawaii-Toast entgegen, der inzwischen kleiner geworden war und aussah, als hätte er den Tag im Liegestuhl verbracht.

Der ist für den Chef, sagte sie.
Der Kellner sagte gleichmütig: fünf Mark.
Bella gab ihm sechs und stand auf. Die Frau am Tisch hob den Kopf und sah sie an. Sie hatte ein blau unterlaufenes Auge. Die Frau senkte den Kopf wieder. Bella drängte sich durch das volle Lokal. Draußen holte sie tief Luft. Es roch nach Abgasen und Pizza.
Ein Gruß aus Italien, dachte sie.
Durch das Fenster sah sie das Paar, mit dem sie am Tisch gesessen hatte. Die beiden starrten noch immer schweigend vor sich hin.
Der Bahnhof war nicht besonders belebt. Zwei uniformierte Polizisten hatten einen Betrunkenen zwischen sich, der laut protestierte. Neben dem Kiosk mit den ausländischen Zeitungen stand ein Paar und küsste sich selbstvergessen. Es stank nach Bier und Staub und Urin. Bella kaufte die L'Unita, den Corriere de la Sera und ein Taschenbuch und suchte dann auf der Anzeigentafel nach dem richtigen Bahnsteig. Sie hatte ihn gerade entdeckt, als Marianne Korthum an ihr vorbeiging. Sie trug einen Trenchcoat und flache schwarze Schuhe, vermutlich von Tonio. Ihr Gang war für diese Tageszeit provozierend locker. Hinter ihr lief ein Gepäckträger mit einem mittelgroßen schwarzen Lederkoffer. Bella folgte den beiden langsam auf den Bahnsteig. Als der Zug einlief, war noch immer kein Mann aufgetaucht, der sich der Korthum genähert hätte. Es sah auch nicht so aus, als ob sie auf jemanden wartete. Sie entlohnte den Gepäckträger, der ihr daraufhin den Koffer in den Zug trug. Bella stieg ein. Der Zug setzte sich in Bewegung. Der Bahnsteig war leer bis auf den Gepäckträger und die Frau mit dem blaugeschlagenen Auge, die ihr bei »Nagel« am Tisch gegenübergesessen hatte. Bella konnte im Vorüberfahren deutlich zwei dicke Tränen sehen, die langsam über ihre Wangen rollten. Sie sah sich um. Der Mann, dem die Tränen galten, stand auf dem

Gang und sah blass und angestrengt auf der anderen Seite zum Fenster hinaus.

Es stellte sich heraus, dass das Abteil von Marianne Korthum drei Türen entfernt lag. Sie teilte es mit einer alten Dame. Bella hatte ihres für sich allein und dankte im Stillen noch einmal dem großzügigen Besitzer von Tonios Schuhläden.

Der Zug würde in der Nacht ein paarmal halten, aber sie glaubte nicht an ein Tête-à-tête mit dem geheimnisvollen Unbekannten im Beisein der alten Dame. Die Frau machte nicht den Eindruck, als warte sie auf irgendjemanden.

Sie kramte den schmalen weißen Band aus der Reisetasche: Leonardo Sciascia. Es gab Leute, die behaupteten, dass im Zeichen der Bombe Kriminalromane zu schreiben, überflüssig sei. Zumindest bei Sciascia konnte sie dem nicht zustimmen.

Der Schaffner kam, um seine Dienste beim Herrichten des Abteils anzubieten. Bella wartete auf dem Gang, bis er fertig war, und bat ihn, als er nach weiteren Wünschen fragte, um Wodka, Eis und ein Glas. Der Mann war zu sehr dressiert, um sich sein Erstaunen anmerken zu lassen. Er sagte, er würde zuerst die übrigen Betten aufschlagen und dann zurückkommen. Bella fand das nicht ganz korrekt, wollte aber seine gewohnte Arbeitseinteilung nicht stören und war einverstanden. Er erschien, als der Zug leicht gebremst den nächtlichen Bahnhof von Uelzen passierte. Bella, die am Fenster stand, wandte sich um und sah ihm zu, wie er das Abteil betrat. Er schloss hinter sich die Tür, zog den Vorhang sorgfältig vor die Scheiben zum Gang und stellte das Tablett ab. Auf dem Tablett waren Wodka, Eis und zwei Gläser. Bella sah ihn an. Er war ungefähr so groß wie sie, etwa zehn Jahre jünger und hatte glatte, dunkelblonde Haare, die dringend gewaschen werden mussten. Er war mager, und die Fingerspitzen der rechten Hand waren gelb vom Nikotin. Es kam ihm offenbar überhaupt nicht in den Sinn, dass ihn jemand abstoßend finden könnte. Er war der ganz gewöhnliche, miese kleine Schlafwa-

genbumser, der sich jede Fahrt an eine andere Frau ranmacht und an seinen dienstfreien Tagen am Stammtisch damit prahlt, wie wild die Weiber auf ihn sind. Bella beobachtete ihn und wartete. Mehr als zwei Methoden, zur Sache zu kommen, hatte er bestimmt nicht drauf. Sie war gespannt, welche er wählen würde. Er wählte den Draufgänger. Das war unkompliziert. Sie brauchte nicht einmal etwas zu sagen. Als er vor ihr stand, zog sie das Knie hoch. Er ließ sich auf den Sitz fallen und hielt sich den Unterleib. Ihm war übel.
Raus.
Sie stand wieder mit dem Rücken ans Fenster gelehnt. Ihre Stimme war leise. Er erhob sich wimmernd und schlich zur Tür.
Das Glas.
Er kam zurück, immer noch gekrümmt, nahm das zweite Glas vom Tablett und verschwand. Bella ging hinter ihm her und schloss die Tür ab.
Im Abteil war es warm. Sie öffnete einen Augenblick das Fenster. Der Zug raste jetzt sehr schnell durch die Dunkelheit. Wenig später lag sie nackt unter der leichten Schlafdecke, hielt das Glas mit den leise klirrenden Eisstücken in der Hand und sah in die Dunkelheit. Bella fand das Leben herrlich.

KURZ NACH sieben Uhr früh stand sie auf dem Münchener Hauptbahnhof und überlegte, ob sie sich den Appetit aufs Frühstück mit einem fetttriefenden und schokoladengefüllten Croissant verderben sollte. Sie konnte nicht widerstehen. Während sie neben dem Verkaufsstand zwei dieser Beispiele für die negativen Auswirkungen der Aussöhnung zwischen Deutschen und Franzosen auf die Esskultur genoss, bewunderte sie Marianne Korthum, die schlank und unberührt von derlei Anwandlungen auf dem Bahnsteig auf und ab ging.

Dreiundfünfzig Minuten nach ihrer Ankunft in München saß Bella im Zug nach Rom und vertiefte sich in die Zeitungen. Die berichteten mit geheuchelter Empörung über enge Verbindungen von Regierungsmitgliedern zu Mafia und Camorra – nichts Neues also. Die Korthum traf sie im Speisewagen beim Mittagessen. Selbst wenn sie Bella bemerkt hatte, nahm sie keine Notiz von ihr. Sie nahm auch von sonst niemandem Notiz, und Bella war sicherer als je zuvor, dass die Korthum die Fahrt allein hinter sich zu bringen gedachte.

In Rom, fast zwölf Stunden später, war Bellas Reisebegeisterung auf dem Nullpunkt angekommen, wozu nicht nur die lange Bahnfahrt, sondern auch ihr streikender Magen beigetragen hatte. Sie war, angesichts der in Öl schwimmenden Spaghetti, die ihr gegen Mittag im Speisewagen Übelkeit verursacht hatten, auf die zweite Hälfte der Wodkaflasche ausgewichen. Jetzt hatte sie das dringende Bedürfnis, zu duschen und sich hinzulegen. Stattdessen stand sie weitere anderthalb Stunden später im Gang des überfüllten Zuges Rom–Neapel und verfluchte die Idee, damit Geld zu verdienen, dass sie sich in die Probleme anderer Leute einmische.

Es war heiß, und die Hitze wurde so unerträglich, dass selbst die geöffneten Gangfenster keine Abkühlung brachten. Am ganzen Körper fühlte sie kitzelnde Schweißtropfen. Selbst Marianne Korthum, die selbstverständlich einen Sitzplatz erwischt hatte, schien leicht mitgenommen, was Bella wenigstens ein bisschen befriedigte.

Gegen Mitternacht kam der Zug in Neapel an. Es war immer noch sehr heiß, und während der letzten Kilometer hatte sich ein unerträglicher Gestank im Zug verbreitet, dessen Herkunft unklar war. Bella betete im Stillen, dass Marianne Korthum ein Hotel aufsuchen möge. Die aber ging elastisch und unberührt von Hitze, Lärm und den unzweideutigen Angeboten einiger im Bahnhof herumstrolchender Italiener auf den Bahnsteig, von dem am Morgen der Zug weiterfahren sollte. Zu Bellas allergrößtem Entsetzen setzte sie sich auf eine Gepäckkarre, lehnte den Rücken an den Lederkoffer von Tonio und schloss die Augen. Eleganter und gelassener hätte sie auch in der ersten Reihe der Mailänder Scala nicht sitzen können.

Bella hatte genug von der Dame, vom Zugfahren, vom Gestank und von sich selbst. Sie stellte fest, wann der Zug fuhr, auf den die Korthum wartete, verließ den Bahnhof, überquerte einen mit hupenden Autos und schreienden Menschen überfüllten Platz und mietete ein Zimmer im ersten Hotel, das sie sah. Es hieß »Lux« und kam ihr tatsächlich wie ein Licht in der Finsternis vor. Sie würde ausgiebig duschen, sich eine Weile auf dem Bett ausstrecken und vor der Weiterfahrt einen ordentlichen Kaffee trinken.

Als sie das Zimmer betrat, fragte sie sich, ob es wohl auch Leute gab, die zum Schlafen hierherkamen. Sie jedenfalls hätte bei der Hitze und dem Lärm, der von der Straße heraufdrang, auch unter günstigeren Umständen nicht schlafen können.

Drei Stunden später, beim Überqueren des Bahnhofsvorplatzes, war sie voll Bewunderung für das Volk von Neapel.

Phantastisch, dachte sie, was diese Leute für Lärm machen können.

Marianne Korthum saß im Bahnhofscafé, aß nichts und trank eine Tasse Kaffee. Eine Zigeunerin versuchte gerade vergeblich, ihr eine rote Rose zu verkaufen. Bella fand, sie hätte die Rose ruhig nehmen können. Am Buffet gab es keinen Wodka. Bella ließ sich einen mittelgroßen Grappa einschenken und beschloss, ab sofort nur noch einheimische Speisen und Getränke zu sich zu nehmen. Sie würde so versuchen, wenigstens ein paar positive Erinnerungen an Neapel wieder zu wecken.

Ihre Hoffnungen, in der vergangenen Nacht den unangenehmsten Teil der Reise hinter sich gebracht zu haben, erfüllten sich nicht. Der letzte Teil der Bahnfahrt übertraf ihre kühnsten Vorstellungen. Der Zug hielt an jedem winzigen Dorfbahnhof; allein sechsmal, bevor er überhaupt das Stadtgebiet von Neapel verließ. Er blieb auf der Strecke zweimal für längere Zeit stehen, heizte sich in der glühenden Sonne schnell auf und erreichte endlich nach sechs Stunden, als die Mittagshitze am stärksten war, seinen Bestimmungsort. Unterwegs hatten, wie auf der Flucht vor derart anstrengenden Reisebedingungen, fast alle Passagiere den Zug verlassen. Zuletzt hatte Bella ein Abteil für sich allein. Die Korthum ebenfalls, ein paar Türen weiter. Bella hatte den Eindruck, dass sie und die Frau die einzigen lebenden Seelen in einem Höllenzug waren. Nach ihrer Fahrkarte fragte niemand, was sie dazu bewog, während der letzten Stunde die Hose und die Bluse auszuziehen. Natürlich hätte sie dann zum Schluss fast das Ziel verdöst. Aber sie war schon daran gewöhnt, sich neben Marianne Korthum so zu fühlen, wie sich in ihrer Vorstellung ein langsam durch die Waffeltüte laufendes Vanilleeis neben einem kunstvoll konstruierten, frisch zubereiteten Eisbecher von »Le Notre« fühlen musste. Und deshalb nahm sie den letzten Rest ihres Humors zusammen und fand die zwei einsamen, so völlig unterschiedlichen Frauen, die in der Mittagshitze auf dem gottverlassenen Bahnsteig eines gottverlassenen Nestes in Süditalien standen und dem in Glut und Dunst verschwindenden Zug nachsahen, eher komisch.

Später wusste sie nicht mehr genau, wie sie eigentlich ins Hotel gekommen war. Sie erinnerte sich an einen endlosen, steinigen Weg ohne Schutz vor der Sonne, vorbei an einem Haufen antiker Trümmer. Nachdem sie eine halbe Stunde mühsam vorangestolpert war, kam ihr das Taxi entgegen, das die Korthum bestiegen hatte, während sie auf dem Bahnsteig damit beschäftigt gewesen war, Hose und Bluse anzuziehen. Sie hielt das Taxi an, obwohl sie sich gerade vor einem Restaurant befand, dessen Schild kühle Getränke versprach. Der Taxifahrer sah sie mitleidig an. Er zeigte ihr bereitwillig den Eingang des Campingplatzes, vor dem er die Korthum abgesetzt hatte. Bella ließ ihn weiterfahren. Auf Campingplatzromantik hatte sie überhaupt keine Lust.

Der Taxifahrer hielt vor einem Hotel. Vor dem Eingang blieb sie einen Augenblick stehen und sah sich um. Auf der Dorfstraße war niemand. Die Farbe an den Wänden der wenigen niedrigen Häuser rechts und links der Straße blätterte ab. Am Ende der glühenden, grauen Betonstraße lag das Meer, ebenfalls grau und giftig glitzernd.

Mit letzter Kraft schaffte sie es, an der Rezeption des flachen, kühlen und dunklen Hotels ein Zimmer mit Blick aufs Meer zu mieten und das Bett in besagtem Zimmer zu erreichen. Das Hotel schien ohne Gäste zu sein.

Im Zimmer war es still. Bella stieg langsam und benommen aus ihren Kleidern, füllte lauwarmes Wasser in ein ziemlich sauberes Zahnputzglas, trank, legte sich aufs Bett und schlief sofort ein.

Draußen lief der Tag ab wie immer. Die Dorfstraße vor dem Hotel blieb leer. Der Wind, der vom Meer herüberkam, schurrte Sand und schmutziges Zeitungspapier am Straßenrand entlang. Andere Geräusche als diese gab es nicht.

In den großen, offenen Läden neben der Straße, die wie ärmliche Jahrmarktsbuden aussahen, saßen alte Frauen und schliefen. Im Dunkel der ersten Bude saß unter aufgeblasenen Gummibooten und ausgeblichenen Badeanzügen ein Mädchen und starrte vor sich hin. Sie saß auf einem hölzernen Stuhl, und an ihrer rechten Hand fehlte das erste Glied des Ringfingers. Später lehnte eine Frau mit dicken, krampfaderüberzogenen Beinen an der Blechwand der Bude und sah träge dem offenen Sportwagen nach, der langsam über die betonierte Dorfstraße fuhr. Die Straße endete direkt am Meer. In dem Wagen saß ein einzelner Mann. Er war, außer der Frau, vermutlich der Einzige, der eine Erklärung für die verstümmelte Hand des Mädchens gehabt hätte. Aber natürlich fragte ihn niemand.

BELLA SCHLIEF lange und tief. Sie wurde wach, weil sie Hunger hatte. Von draußen drangen Musik und das Hupen von Autos herein. Sie stand auf, öffnete die Fensterläden, sah bunte Glühbirnen an Bäumen hängen und linker Hand dunkle, ruhige Nacht – das Meer, vermutlich.

Wenig später saß sie auf der Dorfstraße vor einem kleinen Restaurant – im Hotel war der Restaurantbetrieb schon eingestellt worden –, wartete auf das Essen und trank ein eiskaltes Bier. Ein paar Meter neben ihr, im nächsten Restaurant, saß die Korthum. Sie war allein. Noch während Bella beim Essen war, stand sie auf und ging in die Richtung des Campingplatzes. Sie trug ein weißes, schmales Kleid und weiße Sandalen. Bella hielt es für möglich, dass sie Eisstücke in der Handtasche trug. Neben Bella hatte inzwischen eine italienische Familie Platz genommen. Drei Generationen begannen laut und ungeniert darüber zu streiten, was zum Abendbrot bestellt werden sollte.

Die Spaghetti, die Bella vorgesetzt bekam, schwammen in Olivenöl. In dem Olivenöl spiegelten sich die roten Glühbirnen. Die ganze Straße sah jetzt wie der Eingang zu einem traurigen Jahrmarkt aus. Vor den Jahrmarktsbuden, deren blinkende Lichtreklamen nicht mehr vorhandene Käufer anlocken sollten, standen alte Frauen in Hausschuhen und unterhielten sich. Bella beobachtete, während sie ein wunderbares Eis mit Namen »Tartufio« aß und dazu einen doppelten Grappa trank, einen Sportwagen, der ans Meer fuhr. In dem Wagen, dessen Verdeck aufgeklappt war, saßen zwei Männer, die die Verkaufsbuden musterten. Der Wagen fuhr langsam, und Bella nahm an, dass die Männer nach Mädchen suchten, mit denen sie den Abend verbringen könnten. Nach einer Weile kam der Wagen zurück und hielt vor dem Restaurant. Einer der beiden, klein, etwa dreißig, mit kurz geschorenem schwarzem Haar und ungepflegtem Vollbart, stieg aus und steuerte die erste der Verkaufsbuden an.

Bella sah ihm nach. Er hatte breite Schultern und kräftige Waden, die sich in seinen Hosenbeinen abzeichneten. Obwohl es sehr warm war und windstill, trug er eine geschlossene, ausgeblichene Windjacke. Der andere Mann, ein junger, blonder Typ, blieb im Wagen sitzen, drehte das Radio sehr laut und begann, sich die Fingernägel zu säubern. Er hatte dazu einen Zahnstocher aus seinem Mundwinkel genommen.

Die Frauen waren in den Buden verschwunden. Die italienische Familie neben ihr hatte plötzlich aufgehört, durcheinanderzureden. Aus irgendeinem Grund saßen sie alle mit dem Rücken zur Straße. Bella hätte gerne noch ein Bier getrunken. Sie wandte sich zum Restaurant, konnte aber den Kellner nicht entdecken. So saß sie da und blickte auf die beleuchtete Straße, die jetzt leer war.

Der untersetzte Mann kam aus dem Dunkel der ersten Verkaufsbude zurück. Er zog den Verschluss seiner Jacke hoch, steckte die Hand in die Hosentasche und ging langsam auf die nächste Bude zu. Die Familie neben Bella redete plötzlich wieder wild durcheinander. Nachdem der Mann auch die dritte Bude besucht hatte, kam er quer über die Straße und betrat das Restaurant, vor dem Bella saß. Das Radio dröhnte noch immer laut, sodass sie seine Schritte auf den steinernen Stufen nicht hören konnte. Bella sah, wie der Kellner hinter dem Tresen ihm eine Schachtel Zigaretten zuschob. Der Mann steckte die Zigaretten ein, drehte sich um und ging, diesmal zum Wagen, der noch immer mit dröhnendem Radio vor dem Restaurant stand. Der Mann öffnete die niedrige Wagentür. Dabei stieß er einen Stuhl um, der zu Bellas Tisch gehörte. Er zwängte sich in den Wagen, und Bella sah seine schwarzbehaarten Unterarme und die kräftigen Hände, mit denen er sich an der Frontscheibe festhielt. Auf der Haut der rechten Hand, zwischen Daumen und Zeigefinger waren fünf kleine, dunkle Punkte zu sehen.

Der Blonde gab vorsichtig Gas, und der Wagen fuhr langsam an.

Er fuhr ein paar Meter unter den rot leuchtenden Glühbirnen dahin und verschwand dann in der Dunkelheit. Die Musik war noch eine ganze Weile zu hören.

Der Stuhl war liegen geblieben. Der Kellner kam, hob den Stuhl auf, fragte nach ihren Wünschen und nahm am Nebentisch eine lange Bestellung auf. Bella bekam einen Espresso und zahlte. Sie füllte viel Zucker in die kleine, dickwandige, braune Tasse und löffelte das Gemenge. Als sie aufstand, um zu gehen, standen die alten Frauen wieder vor den Verkaufsbuden und unterhielten sich leise.

Im Vorübergehen trafen sich ihre Blicke mit den Blicken der alten Frau aus der Bude, die der Dunkle zuerst aufgesucht hatte. Bella versuchte ein vorsichtiges Lächeln. Die Frau lächelte höflich zurück. Ihr Gesicht verzog sich dabei zu einer so traurigen Grimasse, dass Bella erschrak.

Sie ging die Straße entlang, anfangs unter Girlanden von Glühbirnen, schließlich durch eine Art Torbogen, ein Gestell aus Holz, mit Fahnen besteckt und bunt angemalt, das über die Straße gebaut worden war. Hinter dem Torbogen wurde es dunkel, keine Ketten aus Glühbirnen mehr, und der Beton der Straße endete im Sand. Ihre Augen gewöhnten sich schnell an die Dunkelheit. Nach ein paar Metern stand sie vor der dunklen, ruhigen Wasserfläche. Sie setzte sich in den Sand, der noch warm war.

An diesem Strand hatten im Sommer 1943 die amerikanischen Truppen versucht, an Land zu gehen. Sie hatten sich einige Tage mit den Deutschen erbitterte Kämpfe geliefert, bevor ihnen die Landung geglückt war. Tage später waren sie dann in Neapel gewesen.

Bella sah in den Himmel. Die Sterne, die immer deutlicher aus dem Dunkel hervortraten, je länger sich ihre Augen an die Nacht gewöhnt hatten, waren die gleichen wie damals. Sie hingen über Schutzgeld eintreibenden Muskelmännern genauso wie über zerschossenen Soldatenleibern und einem kleinen Mädchen, das die Männer nicht mochte, die ihre Mutter besuchten. Sie hatte Sterne schon immer zum Kotzen gefunden. In Augenblicken wie diesem fühlte sie sich so fremd auf der Welt, dass sie die Einsamkeit körperlich fühlte; ein widerliches Gefühl, von dem sie manchmal nachts erwachte und das sie »die kleine Angst« nannte.

Sie streifte die Schuhe ab und schob die Füße in den tröstlich warmen Sand. Die rechte Hand steckte sie in die rechte Tasche ihres Jacketts. Sehr aufmunternd waren die Verse ihres Großvaters nicht, die ihr durch den Kopf gingen:

> Wie oft wohl weinen wir wegen
> Unseres Lebens Armseligkeit!
> Ach liebe Freunde, was ist das gegen
> Kälte und Finsternis kommender Zeit!

Glatt und tröstend lag die Beretta in ihrer rechten Hand. Nach einer Weile zog sie die Schuhe wieder an und ging zurück. Die Lichterketten über der Betonstraße beleuchteten ein paar riesige, merkwürdig bewegliche Mülleimer. Beim Näherkommen sah sie, dass auf den herunterhängenden Deckeln Katzen turnten. Als sie die Fahrscheine, die sie zerknüllt noch immer in der Jackentasche trug, in einen der Mülleimer warf, sprangen ihr unvermutet ein paar Katzen entgegen. Der Gestank aus den Eimern war so grässlich, dass sie schnell weiterging, durch die menschenleere Straße bis zum Hotel, begleitet vom Geschrei tobender Katzen.

In der Halle war es kühl und ebenfalls menschenleer. Außer ihrem fehlte kein Schlüssel an der Wand hinter der Rezeption.

AM NÄCHSTEN Morgen saß Bella schon früh vor dem Café auf der Dorfstraße. Sie bestellte einen Milchkaffee, dann einen zweiten, betrachtete die trostlose Straße und warf bei Gelegenheit einen Blick auf das hohe Eisentor des Campingplatzes. Es hatte viel Ähnlichkeit mit jenen Toren, auf denen vor fünfzig Jahren in Deutschland der Satz »Arbeit macht frei« zu sehen gewesen war. Gegen zehn Uhr, auf Bellas Haut bildeten sich die ersten kleinen Schweißtropfen, obwohl die Sonne hinter grauem Dunst nicht zu sehen war, trat die Dame Korthum durch das Tor auf die Straße. Sie trug ein weißes Hemd ohne Ärmel und eine schlabberige weiße Leinenhose, die bis zu den Waden reichte. In der rechten Hand hielt sie eine leuchtend blaue Badetasche, über der linken Schulter einen kleinen, blauen Sonnenschirm. Bella hatte die furchtbare Vision, von nun an vierzehn Tage lang von morgens bis abends am Strand liegen und beobachten zu müssen, wie sich die Haut von Marianne Korthum langsam braun färbte. Sie sah hinter ihr her, wie sie die Dorfstraße entlang zum Meer ging, zahlte dann ihren Milchkaffee und ging hinüber zum Campingplatz.

Das eiserne Tor war nur angelehnt. Sie ging über hartgetrockneten Lehmboden, vorbei an zwei oder drei schlafenden Hunden, bis zu einem niedrigen Gebäude, einer Art Stall, vor dem in einigen Kästen halb vertrocknete grüne Bohnen, runzelige Mohrrüben und faulende Tomaten lagen. Neben den flachen Steinstufen saß ein nacktes Kind im Staub und kaute an einer Speckschwarte. Im Innern des Hauses weinte ein Säugling. Die junge Frau, die ihr entgegentrat, war schwanger.

Bella kaufte zwei verschrumpelte Orangen und erkundigte sich nach der Korthum. Die Frau, an deren Rock inzwischen zwei kleine, halb nackte Kinder hingen, zeigte unbestimmt auf einen der Wohnwagen. Sie nahm das Geld für die Orangen schweigend entgegen und verschwand im Hintergrund des niedrigen, dunklen Raumes, aus dem es nach Gewürzen und Windeln roch.

Bella ging über den harten, kahlen Boden an den Wohnwagen entlang. Es mochten etwa dreißig sein. Ein Hund, dessen rechte Vorderpfote verkrüppelt war, humpelte ihr entgegen. Die Wohnwagen waren unbewohnt, vielleicht kamen die Gäste nur am Wochenende oder in der Hauptsaison. Vor dem letzten war ein Vordach aufgespannt. Darunter stand ein kleiner Tisch, auf dem eine deutsche Illustrierte lag. Daneben ein Campingstuhl. Der Wagen war abgeschlossen. Bella sah durch ein Fenster in den Innenraum, der aufgeräumt war. Nur ein paar teure Kosmetikutensilien und ein weißer Bademantel waren zu sehen.

Bella ging langsam über den Platz zurück. Der Hund mit der verkrüppelten Pfote folgte ihr humpelnd und ohne einen Laut von sich zu geben. Die Hunde, die am Tor gelegen hatten, waren verschwunden, bis auf eine riesige, räudige Hündin mit rosabraunen Zitzen unter dem aufgequollenen Bauch. Sie machte einen unruhigen Eindruck. Vielleicht stand sie kurz vor der Niederkunft.

Bella schloss sorgfältig das Tor hinter sich. Im Hotel kramte sie ihren alten Bikini aus der Reisetasche hervor, nahm ein Hotelhandtuch und ging an den Strand. Es war nicht schwierig, die Korthum zu entdecken, denn am Strand waren kaum Menschen. Sie lag, das Gesicht bedeckt vom Schatten des blauen Sonnenschirms, schmal und reglos in der Sonne und vermittelte einen Eindruck äußerster Ruhe und Abwesenheit. Zwei Gruppen von Italienern und ein struppiger, gelb-grauer Hund, der davonlief, als Bella auf ihn zuging, stellten das Badeleben dar. Und Bella natürlich, die sich in ihren etwas zu kleinen, roten Bikini zwängte und sich auf das viel zu kleine Handtuch legte, wobei sie beschloss, umgehend eine Strandmatte zu kaufen. Auf dem Handtuch lag sie entweder mit dem Rücken oder mit dem Hintern im Sand; auch das entsprach ihren Vorstellungen von einem angenehmen Badeleben nur entfernt.

Gegen dreizehn Uhr erhob sich die Korthum, die sich bis dahin,

offenbar von einer inneren Uhr gesteuert, jede halbe Stunde einmal gewendet hatte, und ging in das einzige noch geöffnete Strandcafé. Bella, vom Liegen in der Sonne und von Langeweile betäubt, folgte ihr nach ein paar Minuten über den heißen Sand. Es war ihr völlig egal, dass die Korthum den Eindruck haben musste, sie interessiere sich für sie. Und im Übrigen interessierte sie sich in ihrem augenblicklichen Zustand für niemanden.
Unter dem zerfledderten Binsendach des Strandcafés wehte ein zarter Wind. Bella ging an den Tresen und ließ sich von einem mürrischen Kellner einen doppelten Grappa und eine Flasche Mineralwasser geben. Sie setzte sich an einen Tisch, möglichst weit weg von der dröhnenden Musikbox, auf den am wenigsten beschädigten Stuhl. Als sich ihre Augen an das dunkel flirrende Licht unter dem Dach gewöhnt hatten, sah sie neben der Musikmaschine eine hölzerne Bank, die einmal türkis angestrichen gewesen und deren Farbe jetzt verblichen war. Auf der Bank saß eine sehr magere, grauhäutige junge Frau in schwarzem Badeanzug und rauchte. Vor der Musikbox tanzte ein kleines Mädchen in einem rosa Tüllkleid.
Am Tisch neben Bella saß die Korthum, aß ein Eis und blickte aufs Meer, das jetzt, in der Mittagshitze, wenigstens zum Ufer hin den Versuch machte, blau auszusehen. Der Himmel aber war grau, und der graue Rand des Meeres und der Horizont gingen irgendwo ganz hinten ineinander über, ohne dass sich feststellen ließ, wo das Wasser aufhörte und wo der Himmel anfing. Als die Korthum aufstand und sich an Bellas Tisch setzte, hatte es ein gütiges Schicksal gerade gefügt, dass der liebevollen Mutter auf der Bank neben der Musikbox das Kleingeld ausgegangen war. Einen Augenblick lang breitete sich eine Stille unter dem Sonnendach aus, die so wunderbar war, dass Bella den Eindruck hatte, sogar das Meer leuchte vor Dankbarkeit etwas blauer als vorher.
Natürlich hat er Sie geschickt, sagte die Korthum in die Stille hinein, aber das ist mir egal. Und ihm wird es nichts nützen.

Bella antwortete nicht, sie genoss noch immer die Stille. Die Korthum stand auf, warf einen mitleidigen Blick auf die Außenseiten von Bellas Oberschenkeln, die leuchtend rot waren, und sagte in das einsetzende Gebrüll des Mädchens vor der Musikbox hinein einen Satz, den Bella nicht verstand, in dem aber der Name eines teuren Sonnenschutzmittels vorkam. Dann wandte sie sich ab, das löcherige Binsendach warf ein paar zitternde Schatten auf ihren hellbraunen Rücken. Langsam ging sie über den heißen Sand zurück zu ihrem Sonnenschirm.

Bella ging an den Tresen und ließ sich ein paar Münzen für den Musikautomaten geben. Die gab sie der ungerührt rauchenden Mutter auf der Bank, denn sie fand das Gebrüll noch unerträglicher als die Musik. Die Frau stand schweigend auf und ließ die Münzen im Oberteil ihres Badeanzuges verschwinden. Bella erwartete, sie auf den hervorstehenden Knochen klimpern oder durch die Beinausschnitte auf den Betonboden fallen zu hören. Nichts von beidem geschah. Die Frau nahm das noch immer schreiende Mädchen bei der Hand und trat auf die Dorfstraße. Die Füße in dünnen Gummilatschen, überquerte sie ungerührt und in sich versunken die steinige, schattenlose Straße. An der rechten Hand hielt sie das schreiende Kind, in der linken, zwischen den dünnen, blassen Fingern eine halb gerauchte Zigarette. Ihre Beckenknochen zeichneten sich beim Gehen unter dem Badeanzug ab.

Bella sah ihr nach, bis sie in dem kleinen, türkisfarben gekachelten Fischladen verschwand, in dem es, seit die Saison vorbei war, nichts mehr zu kaufen gab. Seine Kacheln waren ein auffallender Farbfleck im eintönigen Gelbgrau der Straße. Dann ging sie zurück an den Strand, um ihr Handtuch zu holen. Sie hatte beschlossen, unter dem ausgefransten Binsendach sitzen zu bleiben.

Am Nachmittag, vielleicht auch am frühen Abend, Bella hatte jedes Zeitgefühl verloren – sie hätte auch nicht sagen können,

wie weit wirklich entfernt –, sah sie in der Ferne die Korthum über den Sand in Richtung Campingplatz stapfen.
Am Strand spielten jetzt drei Kinder mehr als am Vormittag. An der Stelle, an der die Korthum gelegen hatte, schnüffelte ein Hund im Sand. Er war schmutzig gelb und sehr mager. Als Bella näher kam, legte er den Kopf schräg, sah sie von unten herauf an und ging langsam ein paar Schritte rückwärts, bevor er sich umdrehte und davonlief.
Kleine Wellen rollten regelmäßig und kraftlos an den Strand und fielen ebenso kraftlos wieder zurück. Der Sand, den sie berührt hatten, war glatt und glänzte in der tief stehenden Sonne wie ein Spiegel. Es war, als rutsche das kraftlose Wasser von dem glatten Spiegel ab, zurück ins Meer.
Bella sah eine Weile dem schlaffen Wasser zu. Dann ging sie über den Sand zum Campingplatz. Die Tür des Wagens war geschlossen. Die Gardinen vor den Fenstern waren zugezogen. Bella nahm an, dass die einzige Bewohnerin des Campingplatzes sich schlafend von dem anstrengenden Tag am Strand erholte.
Am Ausgang des Platzes lagen, ein paar Meter näher zum Tor als am Morgen, aber genauso unbeweglich, dieselben Hunde und schliefen. Auch die trächtige Hündin schlief. Neben ihrem riesigen Bauch lag das braunrosa Gesäuge im Sand, als ob es nicht dazugehöre.
Bella ging zurück ins Hotel. Ihr Bett war ordentlich gemacht. Die Fensterläden waren geschlossen. Durch die Ritzen drang vorsichtig ein wenig Licht ins Zimmer. Das Zimmer war kühl und still. Im Bad hing ein sauberes Badelaken. Sie duschte und legte sich dann auf das Bett. Beim Einschlafen begann sie sich mit dem Gedanken vertraut zu machen, dass sie zum ersten Mal in ihrem Leben ihr Geld dadurch verdiente, dass sie gezwungen war, sich zu langweilen.

ALS BELLA sich an einen der Tische vor dem Restaurant setzte, saß die Korthum bereits im Restaurant nebenan. Sie sprach mit dem Kellner, als ob sie schon länger mit ihm bekannt sei. Nach einer Weile stand sie auf, um im Hintergrund des Restaurants zu telefonieren. Ein paarmal trommelte sie ungeduldig mit den Fingern der rechten Hand auf den Tresen. Es war, als versuche sie, jemanden am anderen Ende der Leitung von irgendetwas zu überzeugen. Als sie den Hörer endlich auflegte, schien es, als habe sie Erfolg gehabt. Sie ging zurück an ihren Tisch und lächelte dem Kellner zu. Es war das erste Mal, dass Bella sie lächeln sah.

Auf der Straße standen wie am Abend zuvor die alten Frauen vor den Verkaufsbuden. Wie am Abend zuvor rollte der niedrige Sportwagen ins Dorf, als Bella gerade Kaffee und Grappa bestellt hatte. Begleitet von lauter Musik aus dem Autoradio, ging der Muskelmann in den Buden seinen Geschäften nach, ließ sich im Restaurant wieder eine Packung Zigaretten über den Tresen schieben, und die Männer fuhren davon, ohne mit irgendjemandem gesprochen zu haben.

Während Bella zahlte, begann sie mit dem Kellner ein Gespräch darüber, woher denn die Besitzerinnen der Verkaufsbuden jetzt, wo die Saison vorüber war, ihre Einnahmen bekämen. Sie erfuhr, dass täglich mehrere Busse mit Touristen kämen, die die nahe gelegenen Tempelruinen besichtigten. Anschließend würden sie von den Busfahrern vor die Buden gefahren. Der Kellner versicherte, dass die Geschäfte noch immer gut gingen – auch für ihn im Restaurant.

Als Bella ihn fragte, ob die Geschäfte denn auch so gut gingen, dass die beiden Burschen im Sportwagen ebenfalls davon leben könnten, sah er sie aufmerksam und fast feindselig an und wechselte das Thema.

Bella erhob sich, nachdem die Korthum gegangen war. Sie verließ die beleuchtete Dorfstraße in Richtung Campingplatz. Im

Dunkeln kam sie zu nah an den Mülleimern vorbei. Die Katzen erschraken, und ein paar suchten mit lautem Gekreisch das Weite. Sie ging vorbei an dem niedrigen steinernen Haus der Frau, die den kleinen Laden führte. Das Haus und die Campingwagen bildeten dunkle Blöcke gegen den Nachthimmel. In einem einzigen Wagen am Ende des Platzes war noch Licht zu sehen. Vorsichtig trat Bella an das Fenster. Die Korthum lag im Bett und las. Sie trug kein Nachthemd, und ihre Schultern hoben sich schmal und braun von dem weißen Kopfkissen ab. Sie war allein.
Bella nahm den Rückweg am Strand entlang. Ihre Augen hatten sich jetzt so an die Dunkelheit gewöhnt, dass sie Wasser und Sand unterscheiden konnte. Es war noch immer vollkommen windstill. Das schwarze Wasser lag unbeweglich am Strand. In einiger Entfernung liefen geduckte Schatten über den Sand. Beim Näherkommen erkannte sie ein Rudel Hunde. Es waren vier, drei davon ziemlich groß, alle sehr mager. Bella ging auf sie zu. Sie liefen nicht davon, umkreisten sie lautlos mit schräg gehaltenen Köpfen, wandten sich aber bald ab und liefen über den Strand.
Bella hatte unwillkürlich nach der Beretta in ihrer Jackentasche gefischt. Als die Hunde davonliefen, lächelte sie über ihre Reaktion.
Auf der Dorfstraße ließen die alten Frauen mit lautem Knallen die Aluminiumjalousien vor den Verkaufsbuden herunterfallen. Nur die erste Bude am Eingang des Dorfes war noch geöffnet. Neben dem Eingang saß ein Mann auf einem Sessel und schlief. Bella betrat den Innenraum und befand sich zwischen hohen, voll gestopften Regalen und Bergen von verstaubtem Tongeschirr, die auf dem Fußboden standen. An der Kasse im Hintergrund lehnte die dicke Frau und sah ihr entgegen. Ihre mit Krampfadern überzogenen Beine steckten in weiten Filzpantoffeln.
Die Kasse ist kaputt, sagte sie mit gleichgültiger, halblauter Stimme.

Wenn Sie etwas kaufen wollen, machen Sie das ruhig. Aber einen Kassenzettel können Sie nicht bekommen.
Bella nickte und begann in dem dämmrigen Durcheinander nach einer Strandmatte zu suchen. Sie ging langsam zwischen den Regalen umher, auf denen T-Shirts, Pullover, Jeans und Badehandtücher lagen, als wären sie vor Jahren dort hingelegt und nie wieder bewegt worden. Die Alte humpelte hinter ihr her, Bella hörte sie beim Gehen mühsam atmen. Alle Waren waren mit Staub überzogen. In der Nähe des Eingangs standen zwei Ständer mit Badeanzügen. Darüber hingen Badeanzüge von der Decke, die auf Drahtbügel gespannt waren. Sie schob einen der Ständer beiseite und erschrak.
Auf einem hölzernen Stuhl saß unbeweglich und kerzengerade eine Frau mit sorgfältig gekämmten Haaren. Auf dem Kopf hatte sie eine große weiße Schleife. Die Frau war noch jung, aber der abwesende, blöde Ausdruck auf ihrem Gesicht machte es schwierig, ihr Alter zu schätzen. Ihr Mund stand halb offen. Den Blick hatte sie auf ihre Hände gerichtet, die unbeweglich im Schoß lagen. Am Ringfinger der rechten Hand fehlte das erste Glied.
Bella sah auf die Frau. Sie atmete schneller vor Wut und spürte ihren Mund trocken werden. Als sie zurücktrat, schob die Alte, die hinter ihr gestanden hatte, den Ständer mit Badeanzügen an seinen Platz. Der Stuhl mit der darauf sitzenden Frau war nicht mehr zu sehen. Die Alte schlappte vor Bella her, zurück in den Hintergrund, und setzte sich neben die Kasse, deren Schublade herausgezogen war. Bella sah ihr ins Gesicht.
Wenn Sie nichts kaufen wollen, gehen Sie, sagte die Alte gleichgültig.
Ich kaufe eine Information, sagte Bella.
Die Alte antwortete nicht und sah an Bella hoch, etwa bis zu ihrem Hals. Ihr rechtes Augenlid hing unbeweglich herunter wie nach einem Schlaganfall.

Ich will wissen, wer das war.
Beide, sagte die Alte. Ihre Stimme war vollkommen gleichgültig.
Die beiden aus dem Auto, das abends kommt. Bella wartete.
Sie machen das seit Jahren. Die Mädchen wollen weg von hier. Sie bringen sie nach Deutschland oder nach Frankreich, was weiß ich. Sie haben ihre Puffs überall.
Die Alte sprach nicht weiter.
Bella wartete. Nach einer Weile sagte die Frau:
Sie wollte nicht. Es ist nicht richtig, dass sie zur Polizei wollte. Der Junge, ja. Sie wollte bloß weg von hier. Im Zug nach Neapel ist sie ihnen wohl begegnet. Am nächsten Abend haben sie sie mitgebracht. Ich hab sie gewaschen. Seitdem sitzt sie so.
Die alte Frau sah nicht mehr auf Bellas Hals. Sie hatte den Kopf gesenkt. Jetzt hob sie ihn wieder.
Sie sollten sich lieber den da draußen ansehen, sagte sie. Da sitzt er und schläft. Er träumt von seinen Kindern. Und von Enkelkindern. Er wird keine haben. Und er weiß auch, warum. Fragen Sie ihn doch, was er getan hat, damals. Fragen Sie ihn doch, weshalb er keine Enkelkinder haben wird.
Ihre Stimme wurde beim Sprechen leiser und klarer. Sie wurde zu der scharf geschliffenen Klinge, schmal und biegsam, die sie dem Mann da draußen unzählige Male in den Leib gestoßen hatte, seit sie begriffen hatte, dass er ein Feigling war.
Bella nahm fünf Zehntausend-Lire-Scheine aus der Hosentasche und legte sie in die offene Kassenschublade. Langsam beugte sie sich vor und strich der alten Frau behutsam über die Hände. Dann drehte sie sich um und ging. Vor der Bude, direkt unter dem abwechselnd rot und grün aufleuchtenden Neonlicht, lag auf einem Korbsessel ein Mann und schlief. Er mochte etwa sechzig Jahre alt sein. Sein gebräuntes Gesicht unter dem weißen, dichten Haar war schön und friedlich. Er hatte die braunen, gepflegten Hände auf die Lehnen des Sessels gelegt. Am linken

Handgelenk hing ein schmales, goldenes Kettchen. Er sah schön und verloren aus, wie er da lag und schlief. Fast hätte er ihr leidgetan.

Bella ging zurück über die Straße und setzte sich an einen Tisch vor dem Restaurant. Sie bestellte einen Grappa. Sie war jetzt der einzige Gast, und auch die Straße war leer. Der Nachtwind schob eine große, schmutzige Zeitung, die am Straßenrand lag, kraftlos etwas näher heran. Bella sah auf die geschlossenen Metallfronten der Verkaufsbuden und dachte, dass sie noch niemals eine Straße gesehen hatte, die so öde war wie diese.

Dann erwachte der schöne alte Mann auf dem Korbsessel. Er stand auf, reckte sich verschlafen, nicht ohne Anmut, und begann, mit einer langen Stange die auf den Bügeln hängenden Badeanzüge abzunehmen. Er bediente einen Hebel über dem Korbsessel, und mit lautem Krachen fiel auch die letzte Metalljalousie herunter. Der Mann verschwand in dem schmalen, dunklen Gang zwischen den Buden. Der Nachtwind unternahm einen vergeblichen Versuch, die Zeitung hinter ihm herzuschieben.

Bella blieb sitzen und dachte darüber nach, dass es Leute gab, die behaupteten, »die Natur« behandele Männer und Frauen im Alter unterschiedlich. Auch über zwei Männer in einem schwarzen Sportwagen dachte sie eine Weile nach. Als sie ins Hotel ging, um sich schlafen zu legen, merkte sie an ihrem lockeren, beschwingten Gang, dass sie gute Laune hatte.

IHRE GUTE LAUNE war auch beim Frühstück am nächsten Morgen noch da. Sie schlug das Buch auf, das sie neben ihre Tasse gelegt hatte, und las:

> Mein Stern ist längst in meinem Glas versunken.
> Doch will ich hoffen, nicht für alle Zeit.
> Heut fass ich Mut und bin vor Freude trunken:
> Mein Stern ist wieder da – ich bin bereit.

Sie hätte gern ihr Glas erhoben und ihrem Großvater zugetrunken, aber sie hatte sich Abstinenz verordnet. Stattdessen bestellte sie noch zwei Stücke Gebäck und aß mit Genuss den süßen Teig, nachdem sie ihn sorgfältig, nicht zu lange und nicht zu kurz, in den Kaffee eingetaucht hatte.

Als die Korthum erschien, in Weiß und Blau, leicht gebräunt und so elegant, als käme sie gerade von der Frühstücksterrasse des Grand-Hotels in Cannes und nicht vom schäbigsten aller Campingplätze, blieb Bella ruhig sitzen, bis sie nicht mehr zu sehen war. Erst viel später setzte sie sich unter das zerfledderte Binsendach, las und warf hin und wieder einen Fünftausend-Mark-Blick auf die Frau unter dem blauen Sonnenschirm, die heute zur Abwechslung einen weißen Bikini angezogen hatte.

Am frühen Nachmittag, die Korthum war inzwischen unter das Binsendach gekommen, hatte ihr Eis gegessen und sich, diesmal ohne Bella zur Kenntnis zu nehmen, wieder unter ihren Sonnenschirm gesetzt, erschienen auch Mutter und Tochter wieder und nahmen neben der Musikbox Platz. Beide trugen dieselbe Bekleidung wie am Tag vorher. Die Mutter sah noch ein wenig grauer und dünner aus, so, als habe sie beschlossen, endgültig von Zigarettenrauch zu leben und sich zur Bekräftigung ihres Vorsatzes mit Zigarettenasche eingerieben. Dann begann die Musikbox zu lärmen, und Rosa-Baby begann, das Tanzbein zu schwingen. Bella ergriff die Flucht.

Im Hotelzimmer machte sie ein paar gymnastikähnliche Bewegungen, fand, dass sie ausgezeichnet in Form war, und legte sich hin, um zu schlafen.

Der Traum, an den sie sich beim Aufwachen erinnerte, gefiel

ihr so gut, dass sie lachen musste. Sie war mit einer Gruppe von Frauen über Häuserschluchten locker von Dach zu Dach gesprungen. Eine Frau, die sie wegen ihrer Engstirnigkeit überhaupt nicht ausstehen konnte, war nicht weit genug gesprungen und in der Tiefe verschwunden.

So einfach, Bella, wird's heute Abend wohl nicht werden, dachte sie, aber das störte sie nicht.

Sie zog sich sorgfältig an. Statt der üblichen Hosen und flachen Sandalen ein enges, knallrotes Seidenkleid, die roten Schuhe mit den sehr hohen Absätzen und lange, schwarze Ohrringe. Zufrieden betrachtete sie sich im Spiegel. Es war richtig gewesen, das Zeug mitzunehmen. In ihrem Beruf, fand sie, musste sie für jede Situation gut ausgerüstet sein. Für das, was sie vorhatte, wären blonde Locken natürlich besser gewesen, aber so ging's auch. Die Beretta verstaute sie sorgfältig in einer flachen Unterarmtasche aus rotem Lackleder; einer von diesen Taschen, mit denen Frauen besonders elegant und besonders überflüssig aussehen.

Als sie den Schlüssel ihres Zimmers an der Rezeption abgab, bemerkte sie zufrieden, wie der Portier bei ihrem Anblick vor Bewunderung vergaß, den Mund wieder zuzumachen.

Ihre Mutter fiel ihr ein, die gesagt hatte, die Männer seien alle gleich, aber die Italiener seien noch gleicher. Wieder musste sie lächeln, und das Lächeln behielt sie bei, als sie mit dem Kellner im Restaurant ein Gespräch begann. Der Kellner versprach, ihr behilflich zu sein.

Während sie auf ihren Salat wartete, beobachtete sie ihn bei der Arbeit. Seine Bewegungen waren ruhig und würdevoll. Er bediente die einfachen Leute im Restaurant geduldig und, wie Bella fand, mit geradezu ausgesuchter Zuvorkommenheit. Und mit Trauer, dachte sie und sah noch einmal genau hin.

Es war wirklich so. In all seinen Bewegungen, in seinem Gesichtsausdruck war eine verborgene, kleine Traurigkeit. Als er an ihr vorüberging, lächelte sie ihm zu.

Dann tauchte der Sportwagen auf. Das abendliche Leben auf der Dorfstraße war auf seinem Höhepunkt angekommen. Im Restaurant hatten außer Bella die Korthum und drei italienische Großfamilien Platz genommen. Auf der Straße unterhielten sich wie an jedem Abend die Frauen, während sie vergeblich auf Kundschaft warteten. Der schöne Alte von gegenüber lag im Sessel und schlief. Der Abend war warm und windstill. Der Sportwagen drehte langsam und sorgfältig auf der Straße und hielt dann dicht vor Bellas Tisch. Der Muskelmann stieg über die Tür und ging über die Straße, während der junge Blonde das Radio aufdrehte. Bella hörte die Stimme von Frank Sinatra und fand die Musik außerordentlich passend. Als der Blonde zufällig in ihre Richtung sah, schlug sie die Beine übereinander und lächelte sanft. Der Blonde zog langsam den Zahnstocher aus dem Mund, ließ ihn an der Unterlippe hängen und starrte sie an. Er sah aus wie ein Ochsenfrosch beim Anflug eines Storches. Bella wandte sich ab und rührte graziös in ihrer Espressotasse herum.

Als der Muskelmann etwas später an den Tresen kam, sprach der Kellner mit ihm und wies mit dem Kopf auf Bella, während er ihm eine Schachtel Zigaretten über den Tisch schob. Als der sich umdrehte und sie ansah, erhob sie sich langsam. Es würde klappen.

Der Muskelmann ging dicht an ihr vorbei und zeigte mit dem Kopf auf den Wagen, ohne ein Wort zu sagen.

Er demonstriert das Wunder der süditalienischen Männlichkeit, dachte sie, schweigsam, brutal, rücksichtslos. Mein Gott, ist der Kerl lächerlich. Er sollte sich mal von hinten sehen.

Gehorsam ging sie hinter ihm her. Er ging auf die Fahrerseite, und der Blonde erhob sich freiwillig und setzte sich auf das Verdeck des Wagens. Das gefiel Bella nicht. Sie hätte die beiden lieber vor sich gehabt, aber im Augenblick konnte sie daran nichts ändern. Sie stieg auf das Trittbrett, zog den engen Rock hoch und kletterte über die Wagentür. Auf ihrem Hintern fühlte sie die empörten Blicke dreier Großfamilien. Der Wagen fuhr an. Aus irgendeinem Grund fuhr der Muskelmann noch einmal eine langsame Kurve vor dem Restaurant. Als Bella an der Korthum vorbeifuhr, sah sie Erstaunen und Wut in deren Gesicht. Das erschien ihr merkwürdig unangemessen.

DER MUSKELMANN hatte es nicht eilig, er fuhr den Wagen langsam durch die warme Nacht. Auf den Weiden rechts und links der Straße sah Bella die plumpen, schwarzen Umrisse von Büffeln. Weiter vor ihnen war der Himmel rotgelb vom Licht der Scheinwerfer, die die Tempelruinen anstrahlten. Bella wandte sich um und fragte den Ochsenfrosch leise, ob er Lust hätte, ihr den großen Tempel zu zeigen. Er lächelte freudig zurück. Sein Partner legte die rechte Hand feucht und heiß auf ihren linken Oberschenkel; eine kräftige, breite Hand mit kurzen Fingern. Auf jedem Finger wuchsen zwei schwarze Haarbüschel. Sie ließ die Hand liegen, was sie große Überwindung kostete, und bewegte ganz langsam die Oberschenkel hin und her.
Der Wagen hielt an einer Mauer. Sie stiegen aus. Bella kletterte über ein paar große Steine und stöckelte vor den Männern her auf der Mauer entlang und dann über eine alte, schon vor den Griechen angelegte Straße direkt auf die große Tempelruine zu. Das Licht war jetzt so kräftig, dass sie die Sterne am Himmel nicht mehr erkennen konnte. Es war ein dunkles, gelbes Licht, und Bella schien es, als beträten sie eine Bühne, während sie die breiten Marmorstufen emporstieg. Sie blickte sich um und lächelte ihre Begleiter an, die direkt hinter ihr waren.
Ruhig, Bella, ganz ruhig.
Sie ging langsam weiter bis an eine der Säulen im Hintergrund. Sie drehte sich um, lehnte sich mit dem Rücken an die Säule, streifte mit einer langsamen Bewegung die Schuhe von den

Füßen und stand jetzt breitbeinig da. Im Rücken fühlte sie die Rillen des Steins. Während sie die Tasche unter dem Arm hervorzog und langsam aufklappte, ließ sie die beiden Männer nicht aus den Augen. Vielleicht hatte sie einen Augenblick vergessen zu lächeln, denn eine kleine Sekunde bevor sie die Tasche fallen ließ und die Pistole auf die beiden richtete, hatten die Männer begriffen, dass sie etwas anderes erwartete als das, was sie sich vorgestellt hatten. Aber da war es zu spät.
Der Dunkle, die Hose schon in den Kniekehlen, versuchte, sich nach seiner Jacke zu bücken, die neben ihm auf den Steinen lag. Bella schoss in die am Boden liegende Jacke. Es gab einen Ton, als habe sie zufällig die in der Jacke steckende Waffe getroffen. Der Dunkle nahm die Arme hinter den Kopf, ohne dass sie ihn aufzufordern brauchte. Der Blonde tat es ihm nach. Ihm schlotterten deutlich die Knie, und Bella nahm sich vor, besonders auf ihn zu achten. Er hatte zwar keine Waffe, aber in seiner Angst war er weniger leicht zu berechnen.
In den Gesichtern der beiden Männer, die da im Scheinwerferlicht vor ihr standen, spiegelten sich Angst und Verblüffung. Bella fand, dass sie ihnen ein wenig behilflich sein sollte, ihre Lage zu erkennen.
Es gibt eine Menge Ratten auf der Welt, sagte sie leise und scharf, aber solche widerlichen wie ihr sind mir lange nicht begegnet. Wie lange, habt ihr geglaubt, könnt ihr euer dreckiges Geschäft betreiben, ohne dass euch dabei jemand auf die Finger klopft? Ihr kotzt mich an. Alten Frauen den letzten Groschen aus der Kasse nehmen und kleine Mädchen im Zug vergewaltigen – ist das alles, was ihr könnt?
Es klickte, und in der erhobenen Hand des Blonden sprang ein Messer auf. Bella sah deutlich die kurze, scharfe Klinge. Sie schoss, als er versuchte, sie anzuspringen. Er stürzte auf den Steinfußboden und blieb regungslos liegen.
Der Dunkle, noch immer mit den Händen über dem Kopf, starr-

te sie mit weit aufgerissenen Augen an. Bella deutete mit der Pistole auf den Körper, der am Boden lag und sagte:
Sieh nach.
Der Mann ging ein paar Schritte zur Seite. Die Arme behielt er hinter dem Kopf. Er versuchte, den Körper mit der Fußspitze umzudrehen, aber vor Angst knickten seine Beine ein. Als er begriff, dass sein Kumpan tot war, ging er in die Knie und begann zu wimmern. Bella fand ihn widerlich. Dann stellte sie fest, dass er immer die gleichen Worte wiederholte.
Frag sie doch, frag sie doch.
Bella spürte, dass ihr übel wurde. Es stank plötzlich nach Schweiß und Scheiße.
Wen?, fragte sie, wen soll ich fragen?
Na, die Blonde, sagte er jammernd. Die weiß doch besser Bescheid als wir, was aus den Mädchen wird. Aber eure eigenen Leute, die lasst ihr raus, und er warf sich herum, um nach seiner Jacke zu greifen. Bella schoss. Er sackte über seiner Jacke in sich zusammen.
Bella lehnte sich gegen die Säule und wartete, bis ihr Atem wieder ruhiger ging. Vor ihr auf der Bühne lagen die leblosen Körper der Männer.
Das Rauschen in ihren Ohren klang langsam ab. Dicht neben ihr zirpte plötzlich sehr laut eine Zikade. Irgendwo, sehr weit weg, bellte wie rasend ein Hund.
Was ist, Block, dachte sie, hast du Beifall erwartet?
Sie löste sich von der Säule. In ihrem Rücken spürte sie einen kühlen Streifen, dort, wo die Seide feucht geworden war. Sie wusste, dass sie in den Taschen der Männer nichts finden würde, was sie interessierte.
Bella nahm die Schuhe in die Hand und ging. Auf der Mauer stehend blickte sie zurück. Die Körper der Männer lagen wie Flickenbündel im Scheinwerferlicht – oder wie riesige Scheißhaufen, dachte sie.

Der Asphalt unter ihren nackten Füßen war warm. Als sie an den Gattern vorbeikam, schnaubten die Büffel leise und zustimmend.

Die Dorfstraße war dunkel und verlassen. Bella sah in den Himmel. Auch Sterne waren nicht zu sehen. Sie ging, die Schuhe noch immer in der Hand haltend, bis ans Ende der Straße und durch den warmen Sand bis nah ans Wasser. Dort setzte sie sich in die schwarze Stille. Nach einer Weile sah sie die Schatten streunender Hunde am Wasser, die bald von der Finsternis verschluckt wurden. Bella blieb noch eine Weile im Sand sitzen.

Irgendetwas, dachte sie, ist an dieser Sache von Anfang an nicht so gewesen, wie es sein sollte. Aber langsam wird der Fall klarer. Diese Frau ist nicht hier, um sich mit einem Liebhaber zu treffen. Es könnte sein, dass sie in Geschäften hier unten ist. Vielleicht ahnt sie, dass der Mann sich scheiden lassen will, und versucht, vorher ihre Schäfchen ins Trockene zu bringen. Es könnte auch sein, dass Korthum ihr nicht über den Weg traut. Was aber heißen würde, dass er nicht nur einen Schuhladen, sondern auch andere Geschäfte in Blankenese betreibt. War das möglich? Dumme Frage. Bella dachte an die Plastikhülle mit den fotografierten Unterteilen, die sie gefunden hatte und die offenbar so wichtig gewesen war, dass irgendjemand ihr deshalb einen Hanswurst mit Schlagring ins Haus geschickt hatte. Korthum wollte über jeden ihrer Schritte informiert sein, hatte er gesagt. Und er wollte angerufen werden, wenn etwas Ungewöhnliches passierte.

Sie hatte plötzlich das dringende Bedürfnis nach einem großen Grappa. Sie fühlte sich erschöpft und müde, und der Tod der beiden Männer erschien ihr sinnlos. Sie versuchte sich damit zu trösten, dass wenigstens diese beiden einem Mädchen nicht noch einmal so brutal begegnen würden, aber selbst das schien ihr ein schwacher Trost. Sie brauchte sich nur vorzustellen, in welcher Situation die Mädchen waren, deren fotografierte Unterteile ihr

ein anderer Muskelmann vor ein paar Tagen abnehmen wollte, um zu wissen, dass der Tod der beiden nichts änderte. Sie stand auf, entschlossen, in ihrem Hotel noch etwas Trinkbares aufzutreiben, obwohl dort bestimmt niemand mehr wach war.
Barfuß ging sie zurück. Die Steine in der Hotelhalle waren kühl. Im Frühstücksraum fand sie neben dem Buffet einen Kühlschrank, gefüllt mit Sekt. Seit sie als Kind in Neapel gelebt hatte, hatte sie niemals mehr italienischen Sekt getrunken. Sie hasste das Zeug, so lange sie denken konnte. Sie würde ihre Prinzipien wegen zweier toter Scheißkerle nicht aufgeben. Mit einer müden Handbewegung schloss sie die Tür des Kühlschranks. Als sie sich umwandte, um zu gehen, sah sie in der Tür des Frühstücksraums den Kellner stehen, der ihr die Bekanntschaft mit den beiden Männern vermittelt hatte. Er hob den rechten Arm und hielt eine Flasche ohne Etikett in die Höhe, die ziemlich groß war und eine klare Flüssigkeit enthielt. Bella, die Schuhe in der Hand und die Tasche unter dem Arm, lächelte ihn an. Er ging voran, setzte sich auf die Treppe vor dem Hotel und stellte zwei dickwandige Gläser auf die oberste Stufe. Es gab ein mattes, angenehmes Geräusch auf dem Stein. Bella setzte sich neben ihn, nahm ein Glas und trank ihm zu.
Salute, sagte er.
Seine Stimme war leise und sanft. Bella dachte, dass er einer von denen war, die sich tagsüber für die Sachen der Gäste interessierten. Wahrscheinlich hatte er die Beretta gesehen. Und sie dachte, dass sie ihm dankbar war. Sie nahm an, dass er die Schüsse gehört hatte, aber das war ihr im Augenblick egal. Sie lehnte sich zurück, trank und hielt ihm das Glas hin. Er füllte es zum zweiten, und nachdem sie eine Weile schweigend in die Nacht gesehen hatten, zum dritten Mal. Langsam ließ ihre Anspannung nach. Es blieb nur ein kleiner Rest Traurigkeit zurück, der ganz normale Bodensatz, und mit dem ließ sich leben.
Nach einer langen Zeit wandte sie sich ihm zu und fragte:

Mit wem hat sie gesprochen?
Er sah sie an.
Mit Hamburg, sagte er dann, eine Frau. Den Namen weiß ich nicht.
Ist nicht wichtig, sagte Bella. Und nach einer Weile:
Wie lange kommt sie schon hierher?
Er dachte länger nach.
Bald zwanzig Jahre, denke ich, antwortete er dann.
Bella betrachtete ihn. Er war etwas jünger als sie, hatte kaum noch Haare, und sein Profil war sanft und männlich zugleich.
Sie will nach Neapel, fügte er hinzu. Am Freitag.
Bella rechnete kurz nach. Freitag – das war in zwei Tagen. Langsam und schweigend tranken sie die Flasche leer. Als sie aufstand, um die Treppe hinaufzugehen, blieb er sitzen und sah ihr nach. Bella fand, dass er außerordentlich taktvoll war. Und dieser Eindruck verstärkte sich noch, als sie am nächsten Morgen feststellte, dass er ihr die Schuhe und die Handtasche mit der Beretta nachgetragen und vor die Zimmertür gelegt hatte.

SIE SCHLIEF bis in den tiefen Vormittag hinein. Als sie aufwachte, fühlte sie sich wunderbar. Sie öffnete die Fenster, sah den grauen Himmel und das graue Meer und atmete tief. Es war sehr warm. Unten auf der Dorfstraße standen zwei Autobusse. Die Türen waren weit geöffnet, vor den Fenstern waren braune Sonnenjalousien heruntergezogen. Zwischen dem Café und den Verkaufsbuden gingen Menschen hin und her. Zwei junge Mädchen verschwanden in der Bude am Dorfeingang. Sie kamen schnell wieder heraus und gingen eilig weiter. Kurz nach ihnen erschien die Alte und blieb breitbeinig am Eingang stehen.
Gerade als Bella sich vom Fenster abwenden wollte, hielt vor dem Restaurant ein staubiger, dunkelblauer Fiat. Zwei Män-

ner stiegen aus und standen einen Augenblick unschlüssig in der Mitte der Straße. Bellas Herz klopfte ein wenig schneller. Sie sprachen kurz miteinander und gingen dann jeder in eine andere Bude. Obwohl sie keine Uniform trugen, waren sie so deutlich als Polizisten zu erkennen gewesen, dass Bella darüber nachzudenken begann, woran es lag, dass Polizisten immer und unter allen Umständen als Polizisten zu erkennen sind. Sie war zu dem Schluss gekommen, dass man ihnen vermutlich in ihren Kantinen etwas Besonderes in den Kaffee tat, was sich dann als Polizistenausstrahlung wie eine Aura um sie legte. Die beiden erschienen wieder auf der Straße. Sie verständigten sich kurz und gingen weiter getrennt ihrer Arbeit nach. Zuletzt trafen sie sich vor dem Restaurant, blieben eine Weile dort – Bella konnte sie vom Fenster aus nicht sehen – und kamen zurück zum Wagen. Als sie einstiegen, machten sie einen gelangweilten Eindruck. Bella atmete auf. Die Omerta, das Gesetz des Schweigens, war auch diesmal nicht durchbrochen worden.

Bella schloss die Fensterläden, zog sich an und verließ das Zimmer, nachdem sie die vor der Tür liegenden Schuhe und die Handtasche aufs Bett geworfen hatte. Die Beretta war in der Tasche, sorgfältig in eine weiße Stoffserviette eingeschlagen.

Sie holte noch einmal tief Luft. Die hätten die beiden hier nicht finden dürfen. Aber offenbar hatte man sie gar nicht erst die Treppe hinaufgelassen.

Sie trank an der Bar einen Kaffee, Hunger hatte sie nicht, und fragte die kleine, rundliche Frau hinter dem Tresen nach dem Kellner. Er hat seinen freien Tag, sagte sie und lief eilig an die Tiefkühltruhe, aus der sich gerade ein Trupp Touristen mit Eis bediente.

Bella verschwand so schnell sie konnte aus dem Café. Auf dem Weg zum Strand hörte sie plötzlich und nur ganz kurz wieder das rasende Hundegebell. Den dazugehörigen Hund sah sie nicht, aber es fiel ihr schwer zu glauben, dass einer der halb verhungerten Straßenköter so bösartig kläffen konnte. Wahrscheinlich gab es hier irgendwo noch Hunde, die ihr Leben an einer zu kurzen Kette verbringen mussten. Sie setzte sich auf ihren Stammplatz unter dem Binsendach, legte ihr Buch vor sich auf den Tisch und suchte den Strand ab. Der war leer, bis auf die Korthum. Offenbar war den italienischen Familien der Himmel zu grau. Die Korthum lag, diesmal ohne Sonnenschirm, auf einem weißen Badelaken. Aus der Entfernung sah sie schmal und braun und jung aus. Später kam sie wie immer unter das Binsendach, um ihr Eis zu essen. Sie wechselte mit dem mürrischen Mann hinter der Strandbar ein paar Worte.

Kann schon sein, dass sie sich hier auskennt, dachte Bella und sah ihr nach, als sie langsam zurück zu ihrem Badelaken ging. Die Haut auf der Rückseite ihrer Oberschenkel hatte ein paar hässliche, kleine Beulen. Ihr Haar war sehr blond und fiel seidig und glänzend auf die Schultern.

Gegen vier Uhr nachmittags trank Bella den ersten Grappa. Es kam ihr so vor, als sei der Mann hinter der Bar freundlicher als an den vorangegangenen Tagen. Aber vielleicht täuschte sie sich. Gegen sieben rutschte die Sonne ins Meer, rot und dunstig. In der untergehenden Sonne leuchtete die Haut der Frau auf dem weißen Badetuch dunkelbraun. Dann verließ die Korthum den Strand. Bella hatte einen Augenblick den Eindruck, als folge ihr das Rudel Hunde, das gegen Abend von irgendwoher aufgetaucht war. Aber die Korthum verschwand hinter der Hecke des Campingplatzes, und die Hunde lagen jetzt an der Stelle, von der die Frau sich kurz zuvor erhoben hatte. Es schienen fünf Hunde zu sein, aber Bella war nicht sicher, ob sie richtig gezählt hatte. Nach dem vierten Grappa und in der untergehenden Sonne war es nicht so einfach, herumliegendes Treibholz und Hunderücken auseinanderzuhalten.

Bella nahm ihr Buch und ging nachdenklich und leicht betrunken zurück zum Hotel. Verse, die ihr Großvater 1909 über

Russland geschrieben hatte, gingen ihr durch den Kopf, und sie sprach leise vor sich hin:

> Was und wie viel, mein bettelarmes Land,
> bist du dem Herzen wert?
> Worüber, meine arme Frau, hat dein Verstand
> sich so in Bitternis verkehrt?

Vor dem Restaurant blieb sie einen Augenblick stehen. Die kleine Frau stand noch immer hinter der Bar. Sie lächelte ihr entgegen. Bella setzte sich, bestellte ein großes Bier und betrachtete die verblichenen und staubigen Auslagen gegenüber. Sie wirkten in der Dämmerung noch unansehnlicher als am Tage. Dann sprang das Neonlicht an, und es kamen die italienischen Familien und begannen ihre abendliche Diskussion über das Essen.
Bella hatte plötzlich den verrückten Gedanken, dass die Zeit unter ihr an den Stuhlbeinen herabfloss, und sah auf den Boden. Aber dort lag nichts. Aus dem Dunkel der Buden traten nacheinander die alten Frauen auf die Straße, lächelten Bella leise zu, stellten sich zusammen, die Arme vor der Brust verschränkt und die Füße in ausgetretenen Latschen. Auch die Alte, mit der Bella gesprochen hatte, hatte gelächelt und stand jetzt im Kreis. Ihr Mann schlief wie immer im Korbstuhl neben der Wand. Hin und wieder sah eine der Frauen verstohlen auf die Straße, aber der schwarze Sportwagen kam nicht und auch kein anderes Auto.
Bella blieb sitzen, bis die Frauen mit lautem Krachen die Jalousien herunterließen und der schöne alte Mann die Drahtbügel mit den Badeanzügen abnahm. Dann stand sie auf und ging leicht schwankend und ziemlich zufrieden ins Bett.

SIE ERWACHTE, als es an ihre Tür klopfte. Grappa und Bier waren vielleicht doch nicht die richtige Mischung gewesen. Jedenfalls fühlte sie sich nicht besonders und antwortete nur zögernd. Die Tür ging auf, und der Kellner betrat das Zimmer. Er trug ein Tablett mit Kaffee, einem Hörnchen, Butter und einer Zeitung. Während er das Tablett auf dem Nachtschrank abstellte und zum Fenster ging, sagte er:
Der Zug geht um 14.00 Uhr.
Die Geräusche, die von der Straße heraufkamen, der helle, graue Himmel, der Duft nach Kaffee machten Bella endgültig munter. Der Kellner verließ den Raum, nicht ohne ihr aufmunternd zuzulächeln. Sie lächelte dankbar zurück und griff nach der Zeitung. Sie war so aufgeschlagen, dass ihr Blick sofort auf einen Artikel fiel, der die Überschrift trug:

Neue Opfer im Bandenkrieg?

Sie las, dass in der Nacht von Dienstag auf Mittwoch zwei junge Männer erschossen worden waren. Touristen aus Bayern, die am Mittwochmorgen die Tempel besichtigen wollten, hatten die Leichen gefunden. Ein Mann aus der Touristengruppe hatte einen Schreikrampf bekommen und war ins Krankenhaus nach Salerno gebracht worden. Die Polizei vermutete in den Toten Angehörige der Camorra, die von der Konkurrenz in einen Hinterhalt gelockt worden waren. Die Vermutungen wurden dadurch erhärtet, dass neben den Toten in einer Jacke eine Lupara gefunden worden war. Um die Untersuchungen nicht zu gefährden, war das Tempelfeld für zwei Tage gesperrt worden. Der Artikel schloss mit der Feststellung, dass damit seit Beginn des Jahres siebenundzwanzig Männer in Campanien bei Bandenkriegen ihr Leben gelassen hätten. Es klang so, als wollte der Schreiber den Eindruck vermitteln, die Männer seien fürs Vaterland gestorben.

Leider, dachte Bella, sind die Chancen, dass sie sich gegenseitig ausrotten, in Wirklichkeit äußerst gering.

Trotzdem kam ihr der Tod der beiden nicht mehr ganz so sinnlos vor, besonders, als sie daran dachte, wie friedlich der Abend auf der Straße vor dem Hotel gewesen war.

Wenig später ging sie, noch kühl vom Duschen, luftig gekleidet und nur mit einer Umhängetasche, in der sie Zahnbürste, Beretta und Slip verstaut hatte, in Richtung Bahnhof. Sie fühlte sich ausgeruht und unternehmungslustig und lächelte den Büffeln zu, die schwarz, träge und wunderschön neben der Straße lagen und leise schnaubten. Das große Ruinenfeld, an dem sie vorüberkam, lag menschenleer unter dem grauen Himmel.

Auf dem Bahnsteig war keine Menschenseele zu sehen. Die Pflanzen auf den Beeten, die der Anlage vielleicht im Frühling ein gepflegtes Aussehen gegeben hatten, waren vertrocknet. Obwohl die Sonne noch immer nicht zu sehen war, überzog helles Licht die zwei Bahnsteige, den Kies, die ausgetrockneten Beete, ja, selbst die Schienen mit einem weißlichen Farbton, vor dem Bella die Augen zusammenkniff. Alles Leben hatte sich vor diesem grässlichen weißen Licht verkrochen.

Nach einer Weile hörte sie vor dem Bahnhof einen Wagen anhalten. Sie wusste, dass jetzt die Korthum gekommen war. Wenig später senkten sich die klapprigen Schranken, und der Zug lief ein. Er war fast leer. Die Korthum und sie waren die Einzigen, die einstiegen. Bella suchte sich ein Abteil, in dem sie allein war, legte die Beine auf den Sitz gegenüber und schlief schon, als der Zug noch kaum den Bahnsteig verlassen hatte. Sie schlief ungestört bis kurz vor Neapel.

DIE STADT brüllte sie an. Und durch die Brandung von Geräuschen und Gestank folgte sie der Korthum, vor der sich die Brandung teilte, wie ehemals vor dem Volk Abrahams das Rote Meer. Sicher, kühl, unberührbar durchschritt sie das Gewühl, betrat eines der schäbigen Hotels in der Nähe des Bahnhofs, mietete zwei Zimmer und stieg die enge Treppe empor, so, als besuche sie täglich Absteigen.

Bella bekam ebenfalls ein Zimmer, himmelblau und weiß dekoriert und trotz der geschlossenen Fensterläden so heiß, dass sie sofort wieder daraus flüchtete. Sie setzte sich in das kleine, zur Straße hin offene Restaurant des Hotels, bestellte eine Flasche Rotwein und betrachtete das Leben auf der Straße. Neapel stank in der Hitze nach gärendem Müll, nach Kadavern, nach billigem Wein; und in den Gestank eingehüllt kam eine Erinnerung angekrochen, der sie gern ausgewichen wäre.

Die Sonne ging unter. Die Stadt war eine Weile dunkelrot. Sie kannte dieses Licht, und sie wollte noch immer sehr, dass es verschwand. Es war das gleiche dunkelrote Licht, das jeden Abend vor den schwarzen Perlenschnüren des Eingangs zu ihrem Zimmer gelauert hatte und gegen das sich ein großer Soldat abhob, wenn er die Perlenschnüre beiseite schob.

Vor dem Restaurant saß eine Frau auf einem Blechhocker neben dem Laternenpfahl. Vor sich auf einem winzigen Tisch hatte sie vier Schachteln Zigaretten ausgelegt. Sie wartete auf Käufer. Die Frau war sehr viel älter, als Bellas Mutter damals gewesen war. Sie war auch schlechter gekleidet. An den dünnen Beinen steckten weite Lederschuhe, und von dem schwarzen, grünlich schimmernden Kleid war der Saum abgerissen und nur sehr vorläufig wieder angenäht worden.

Der Rotwein war zu schwer. Nach dem dritten Glas war Bella sicher, die Frau zu kennen.

Und dann saß sie wieder in dem fensterlosen Zimmer hinter dem eisernen Bettgestell und sah und hörte ihre Mutter und die Frau aus dem Nachbarzimmer. Und die Frau hatte den Rock hochgehoben und in der Hand ein Stück blondes Haar mit zwei Bändern. Das hielt sie sich vor den nackten Bauch. Und ihre Mutter sagte, sie müssen mich schon nehmen, wie ich bin. Und die Frau von nebenan sagte, Blonde bekommen mehr Schokolade und manchmal auch Kaffee. Und das Licht, das durch den Vorhang von der Straße ins Zimmer drang, war dunkelrot. Und es stank im Zimmer nach Schweiß und irgendetwas anderem, das Bella bei sich »totes Tier« nannte. Aber es war keins da, sie hatte alles durchsucht.

Die Korthum kam die Treppe herunter. Sie betrat die Straße und ging über den Platz vor dem Hotel. Sie ging zum Bahnhof. Es war kurz nach Mitternacht, als sie zurückkam. Sie war nicht allein. An ihrer Seite ging, blaue Seide, grüne Schuhe, braune Haut, Platinkette, Karen Arnold. Bella kam das völlig logisch vor. Die Frauen betraten das Restaurant, das jetzt nicht mehr leer war. Sie fanden einen Platz in der äußersten Ecke. Bella konnte sie in einem Spiegel beobachten. Sie saßen eine Welle schweigend nebeneinander, bestellten ein Getränk, das wie Whiskey aussah, und dann begann die Korthum zu sprechen. Sie redete ziemlich lange, und Bella beobachtete das Gesicht von Karen Arnold, das anfangs abweisend, später interessiert aussah. Sie hätte gern gewusst, worüber die Korthum sprach. Jedenfalls gelang es ihr, die andere zu beeindrucken, das war offensichtlich. Nach dem zweiten Whiskey standen die Frauen auf und gingen. Bella kam es vor, als hätte die Korthum leise gelächelt, während sie an ihr vorüberging. Aber sie war nicht sicher, so, wie sie überhaupt nicht mehr viel für ihre Wahrnehmungsfähigkeit gegeben hätte. Denn nach dem fünften Glas Rotwein war es ihr auch so vorgekommen, als hätte die Frau auf dem Blechhocker ihr zugelächelt, den zahnlosen Mund weit geöffnet.

Es fiel ihr ein, dass sie vor die Tür gehen und die Zigarettenschachteln kaufen könnte, obwohl sie nicht rauchte. Sie stand

auf und drängte sich durch das vollbesetzte Restaurant. Die Frau saß nicht mehr auf der Straße. An der Stelle, an der sie ihren Verkaufsstand gehabt hatte, saß ein Mann auf einem Holzbrett, unter dem Räder befestigt waren. Er hatte die Hosenbeine über den Oberschenkelstümpfen hochgeschlagen. Mit dem Rücken lehnte er am Laternenpfahl. Er schlief.
Bella ging an ihm vorbei. Es kam ihr vor, als sei der Lärm jetzt auf dem Höhepunkt. Hunderte von Kofferradios plärrten auf Verkaufstischen, an denen neben dem Bürgersteig Elektroartikel, billiger Schmuck, Tücher und Sonnenbrillen zum Verkauf angeboten wurden. Sie dachte darüber nach, wo und wann alle diese armseligen Händler schlafen würden, und ging weiter, durch ein paar dunkle, schmale Gassen. Zwischen den einander gegenüberliegenden Häusern waren Transparente gespannt, die den Fußballer Maradona anhimmelten. Zehntausend Neapolitaner ließen inzwischen das Geld für ihre Fußballkarte regelmäßig vom Lohnkonto abbuchen. In einigen Haustüren standen Mädchen, die versuchten, das Haushaltsgeld wieder aufzubessern, indem sie ihren Körper anboten. Bella brannten plötzlich die Augen. Sie hatte keine Lust mehr, das Elend länger zu betrachten, und ging ins Hotel zurück, vorbei an inzwischen leergeräumten Verkaufsständen und in ihr Zimmer. In der Dusche, die kein Fenster hatte, war es heiß und feucht wie in einem Tropenhaus. Gleichzeitig mit dem Lichtschalter sprang ein sehr lauter Ventilator an. Sie zog sich aus, stellte das Wasser an und setzte sich auf den Boden der Dusche. Der Lärm der Straße drang nur gedämpft herein und mischte sich mit dem Summen des Ventilators und dem Rauschen des Wassers zu einem eintönigen Brummen. Niemand würde hören, dass sie heulte.
Später lag sie im Bett und versuchte vergeblich einzuschlafen. Es war immer noch zu warm und zu laut.
Gegen Morgen öffnete sie das Fenster. Irgendwo ging die Sonne auf und färbte die leeren Tische und parkenden Wagen mit

bläulichem Rosa, verschwand aber ziemlich bald hinter grau-weißen Wolken. Eine halbe Stunde war der neue Tag frisch gewesen, und wieder fielen Lärm, Hitze und Gestank über die Stadt her.

Bella ging hinunter ins Restaurant. Ein verschlafener Junge brachte ihr Kaffee und Mineralwasser. Sie setzte sich und beobachtete, wie auf dem Bürgersteig vor dem Restaurant nach und nach die Händler ihre Tische wieder bepackten. Der Mann auf dem fahrenden Brett war verschwunden. Dort, wo die alte Frau gesessen hatte, saß ein kleiner Junge und bot Zigaretten an. Bella zählte fünf Schachteln. Der Junge hatte einen kahlgeschorenen Kopf. Über dem linken Ohr und oben auf dem Kopf verunstalteten schlecht verheilte Narben die Kopfhaut. Hin und wieder blieben an seinem Tisch andere Kinder stehen, wechselten ein paar Worte mit ihm und gingen weiter, unterwegs in eigenen Geschäften.

Gegen zehn Uhr kam die Korthum die Treppe herunter. Sie ging direkt auf den Tisch zu, an dem Bella saß, und blieb davor stehen.

So viel kann er dir gar nicht zahlen, wie du brauchst, um dein Gesicht wieder herrichten zu lassen, wenn du nicht bald verschwindest, sagte sie leise und wütend.

Bella sah sie an und schwieg. Im Spiegel an der gegenüberliegenden Wand erschienen die seidenen Hosenbeine von Karen Arnold, die langsam die Treppe herunterkam. Die Korthum wandte sich ab und ging zur Rezeption. Ihr Gang war steif vor Wut. Bella beobachtete die beiden Frauen, die ihre Rechnung zahlten. Sie sahen übernächtigt aus. Entweder hatten sie ihr Gespräch im Zimmer fortgesetzt, oder der Lärm und die Hitze hatten sie ebenfalls nicht schlafen lassen. Gemeinsam verließen sie das Hotel und gingen hinüber zum Bahnhof. Bella dachte mit Schaudern an die Rückfahrt in dem kochend heißen Zug, aber es blieb ihr nichts anderes übrig, als ebenfalls zu zahlen.

Auf dem Bahnhof saß die Korthum. Sie war allein. Ein Blick auf den Fahrplan bestätigte Bellas Vermutung. Der einzige Zug nach Rom mit Anschluss in Richtung Norden war gerade abgefahren.

Bella beschloss, vor der Zugfahrt keinen Schnaps zu trinken. Sie hatte die Absicht, diesmal das Taxi für sich zu ergattern, und dazu brauchte sie Geistesgegenwart. Unterwegs versuchte sie sich darüber klar zu werden, was das Treffen der beiden Frauen bedeuten konnte. Sicher war, dass die Korthum sich nicht zum ersten Mal hier unten aufhielt. Vielleicht machte sie eine Art Erinnerungstour? Besonders sentimental sah sie dabei allerdings nicht aus. Und weshalb war Korthum so misstrauisch, dass er Bella mit ihrer Bewachung beauftragte? Was konnte sie hier unten tun, das ihn so sehr beunruhigte? Dass sie nicht wegen eines Liebhabers hierhergekommen war, hatte Bella sehr schnell begriffen. Und sie nahm an, dass auch er das wusste. Auf jeden Fall aber konnte es ihm nicht recht sein, dass sich die beiden Frauen getroffen hatten. Bella sah Karen Arnold selbstbewusst und Wodka trinkend vor sich am Schreibtisch sitzen. Irgendetwas an ihr war nicht echt gewesen, trotz der teuren Aufmachung und des zur Schau getragenen Selbstbewusstseins. Und immerhin hatte sie versucht, Bella für einen Mord anzuheuern. Ihr Foto war ebenfalls in Korthums Brieftasche gewesen. Konnte es sein, dass die beiden Frauen gemeinsam versuchten, ihn in dem Geschäft auszubooten? Bella dachte daran, dass Karen Arnold nicht nur nach Blankenese geduftet hatte.

Es gelang ihr tatsächlich, das Taxi als Erste zu erwischen. Während sie den Fahrtwind genoss, beschloss sie, am nächsten Tag zurückzufahren. Sie hatte keine Lust mehr, auf etwas zu warten, das doch nicht geschah. Sie hatte auch keine Lust mehr, an einer Geschichte beteiligt zu sein, in der sie ihre Sympathien nur zwischen Skylla und Charybdis verteilen konnte.

Als sie aus dem Taxi stieg, änderte sie ihre Meinung. Vor dem

Hotel stand ein brauner Jaguar mit Hamburger Kennzeichen. Die Scheiben waren versenkt. Hinter dem Steuer lag ein Mann und schlief. Sein Kopf lag auf der Rückenlehne, der Mund stand halb offen. Die linke Hand hing aus dem geöffneten Fenster. Bella hatte sie schon gesehen. Da hatte sie auf ihrem Schreibtisch gelegen. Unter dem Lichtkegel der Schreibtischlampe war sie nicht weniger hässlich gewesen als jetzt.

Am Schlüsselbrett in der Rezeption fehlte ein zweiter Schlüssel. Der Mann aus dem Jaguar war in seinem Zimmer. Bella stellte fest, dass das Zimmer neben ihrem lag. Sie zog sich um und ging wieder hinunter. Der Kerl im Auto schlief noch immer. Sie kaufte bei der Alten eine Bademmatte und ging zum Strand. Unterwegs ging sie an drei großen Mülleimern vorbei, die über und über mit Katzen behängt waren. Bei Tageslicht waren die Katzen mager, triefäugig, und die Farben der Felle variierten zwischen Grau, Rosa und Gelb. Sie hütete sich, zu dicht an den Mülltonnen vorbeizugehen. Als sie den Strand erreicht hatte, sah sie sich um.

Vor dem Tor des Campingplatzes hielt das Taxi. Bella legte ihr Buch auf einen der Tische unter dem Binsendach und ging zum Wasser. Sie hatte das Bedürfnis, den Anblick der halb verhungerten Katzen, den Anblick des Kerls hinter dem Steuer und das ganze verdammte Neapel abzuwaschen. Unterwegs kam sie an einem im Sand stehen gebliebenen Rest Wassers vorbei. Kleine dunkle Fische schwammen darin herum.

Bella blieb eine Stunde im Wasser. Sie schwamm weit hinaus, und als sie zurückkam, lag die Korthum wie immer auf ihrem Platz. Sie und die Frau waren allein am Strand außer einem Rudel Hunde, das sie umkreiste, als sie aus dem Wasser stieg. Bella fand die Hunde unappetitlich und scheuchte sie weg. Sie reagierten nicht sofort und liefen erst weg, als ein großer, gelbgrauer Köter, eine Mischung aus Boxer, Schnauzer und Schäferhund, die Lefzen hochzog, sich umdrehte und loslief. Es sah aus, als hätte er gegrinst. Ziemlich ungemütlich gegrinst, fand Bella.

Sie nahm das Buch und versuchte zu lesen. Es ging nicht. Sie hätte zu gern gewusst, was der braune Jaguar hier zu suchen hatte. Also stand sie auf, um zurückzugehen. Unterwegs kam ihr eine der italienischen Familien entgegen; Vater, Mutter, Kinder und zwei Großmütter. Die Gruppe ging schweigend und in sich geschlossen an ihr vorbei. Einen Augenblick lang hatte sie die Vision einer Familie, die seit zweihundert Jahren immer in der gleichen Besetzung, aber mit den Jahrhunderten angepassten, wechselnden Utensilien, in ständig derselben Schlachtordnung nachmittags zum Meer zog. Jetzt war die Zeit der Kühltaschen und Campingstühle, früher wurden Weidenkörbe und Strohmatten getragen. Aber immer ging der Vater voran, in der linken Hand ein Zeichen seiner besonderen Weisheit (jetzt eine Zeitung), die rechte über die Augen gebreitet und aufs *Meer* sehend. Hinter ihm, zwei Schritte zurück, die Mutter, dick und vorschnell gealtert, bepackt mit Essen (diese hatte sogar Klopapier dabei), danach die Kinder, die Jungen hüpfend, die Mädchen brav sich an den Händen haltend, am Schluss die Großmütter, schwarz bekleidet, hinfällig und böse, weil sie bald sterben würden, ohne gelebt zu haben.
Sie blieb stehen, um der Gruppe einen Augenblick nachzusehen.

> Lobet den Herrn, das schlechte Gedächtnis des Himmels
> Und dass er nicht
> Weiß euren Nam' noch Gesicht
> Niemand weiß, dass ihr noch da seid.

Der Text verbesserte ihre Stimmung nicht. Sie kam wieder an der winzigen Lagune vorbei. Die dunklen, kleinen Fische waren gewachsen und schwammen unruhig und zitternd hin und her. Erst als sie stehen geblieben war und eine Weile auf das Wasser gestarrt hatte, stellte sie fest, dass sie nicht Fische sah, sondern Schatten. An der Oberfläche des Wassers schwammen silbrige, fast unsichtbare Fischchen. In der untergehenden Sonne vergrößerten sich die Schatten der unsichtbaren Fische auf dem Grund des Wassers.

DER WAGEN vor dem Hotel war verschwunden. Der fehlende Zimmerschlüssel hing wieder an seinem Platz. In dem Fach mit ihrer Zimmernummer fand sie einen Zettel. Sie nahm ihn heraus und las: *Halten Sie sich bereit, ich möchte Sie sprechen. P. K.* Bella sah sich nach dem Kellner um, konnte ihn aber nirgends entdecken. In ihrem Zimmer legte sie sich aufs Bett, das Einzige, was man ihrer Meinung nach in bestimmten Hotelzimmern machen konnte, und starrte Löcher in die Luft. Schlafen konnte sie nicht.
Später am Abend ging sie zum Essen ins Restaurant. Der Schlüssel hing immer noch da, der Wagen war noch nicht wieder zurückgekommen. Der leichte Wind beschäftigte sich diesmal nicht mit einer schmutzigen Zeitung, sondern mit zwei zerrissenen Plastiktüten. Sie setzte sich an ihren Tisch. Der Kellner kam, sie lächelte ihn freundlich an und bestellte einen Orangensaft. Nach einer Weile traten die dünne Frau und das Mädchen aus dem grün gekachelten, leeren Fischladen ein. Das rosa Tüllkleid war nicht mehr ganz so frisch wie am ersten Tag. Die Mutter trug schwarz-rote Strumpfhosen ohne Füße und ein ärmelloses rotes T-Shirt.
Die Zigaretten hatte sie in einer großen schwarzen Umhängetasche versenkt. Es dauerte eine ganze Zeit, bis sie sie hervorgekramt und neben sich auf den Tisch gelegt hatte. Aus der Gruppe der Frauen auf der Straße rief jemand ein paar Worte zu ihr herüber. Sie antwortete mit einer vagen Handbewegung. Rosa-Baby aß nacheinander zwei große Portionen Spaghetti, die Mutter trank ein Glas Rotwein und rauchte.

Bella hörte die Frauen lachen. Auch die Alte von gegenüber lachte. Als die erste Großfamilie auftauchte, gab es einen fröhlichen Wortwechsel.
Bella ließ sich Zeit mit dem Essen, das schlecht war wie immer. Der Kellner hatte entschuldigend etwas davon gemurmelt, dass die Saison vorüber sei, aber sie glaubte nicht, dass das Essen in der Hauptsaison besser war. Vielleicht gab's ein Gericht mehr auf der Speisekarte. Aber die Familien, die hier Urlaub machten, waren mit dem zufrieden, was ihnen vorgesetzt wurde.
Sie hatte gegessen und war beim Kaffee angelangt, als die erste Metalljalousie mit einem Knall auf dem Boden landete. Die Familien, Mutter und Kind und die Frauenrunde auf der Straße waren verschwunden. Auch die übrigen Jalousien knallten herunter. Zuletzt, wie immer, erhob sich der Alte aus dem Korbsessel und begann, die Badeanzüge abzuhängen. Dann krachte die letzte Jalousie, und er verschwand hinter der Bude. Die Straße lag leer und ruhig da.
Ein paar bunte Glühbirnen baumelten sanft an Ketten hin und her. Der Abend war zu Ende.
Die Korthum war nicht zum Essen erschienen.
Der braune Jaguar war nicht wieder vorgefahren.
Aus ein paar Metern Entfernung war lautes Fauchen zu hören. Die Stunde der Katzen begann. Vielleicht sollte sie dabei sein.

BELLA GING zurück ins Hotelzimmer. Sie steckte die Beretta in die Jackentasche und verließ das Zimmer. Die Tür schloss sie nicht hinter sich ab. Die Straße und das Restaurant waren immer noch leer. An dem Tisch, an dem sie gesessen hatte, saß der Kellner und rauchte.
Im Vorbeigehen sagte sie: Bis nachher, und er antwortete. Bis nachher.

Er sah ihr nach, bis sie im Dunkeln verschwunden war. Bella ging in der Mitte der Straße. Es war sehr dunkel, und sie wollte verhindern, aus Versehen an einen der mit Katzen gefüllten Mülleimer zu stoßen. Das Tor des Campingplatzes war nur angelehnt. Sie zögerte einen Moment, bevor sie es öffnete. Würden die Hunde ruhig bleiben? Sie hätte eine Taschenlampe gebraucht und ärgerte sich, dass sie nicht daran gedacht hatte, eine zu kaufen.
Die unbewohnten Campingwagen standen wie sonst, klobigen schwarzen Rechtecken gleich, in der Dunkelheit. Auch in dem niedrigen Steinhaus war es dunkel und ruhig. Bella hatte erwartet, im letzten Campingwagen Licht zu sehen, aber der Wagen unterschied sich nicht von den anderen. Sie trat näher, ohne ein Geräusch zu verursachen, und sah durch die Scheibe. Es war nicht möglich, etwas im Wagen zu erkennen. Sie ging zwei Schritte weiter und drückte vorsichtig auf die Klinke der Tür. Die Tür war nicht abgeschlossen. Bella wartete einen Augenblick. Im Wagen blieb alles ruhig. Behutsam öffnete sie die Tür so weit, dass sie eintreten konnte.
Der Wagen war leer.
Bella war enttäuscht und wusste nicht genau, weshalb. Sie schloss sorgfältig hinter sich wieder die Tür und wandte sich um. Wenn sie sich etwas schneller dabei bewegt hätte, wäre es ihr vielleicht möglich gewesen, den Arm genauer zu erkennen, der neben ihr ausgeholt hatte. So sah sie nur einen kurzen schwarzen Schatten, fühlte einen schmerzhaften Schlag über dem rechten Ohr und dass sie langsam in die Knie ging, bevor sie den Boden berührte. Dann spürte sie nichts mehr.
Irgendwann, sie hatte das Gefühl, in tiefer Finsternis zu liegen, spürte sie etwas Weiches auf ihrem Gesicht.
Nein, nicht, dachte sie hilflos.
Im Unterbewusstsein fühlte sie die Zitzen der trächtigen Hündin, die sich an ihr zu schaffen machte. Aber sie war unfähig, sich zu rühren oder die Augen zu öffnen.

Dann erwachte sie. Es war immer noch nicht hell, aber am Himmel zeigte sich ein Streifen von reinem Türkis. Neben ihr kniete der Kellner und versuchte, seinen Arm unter ihre Schultern zu schieben. Mit seiner Hilfe richtete sie sich mühsam auf. Er sah sie mitleidig an und half ihr endgültig auf die Füße.
Sie ist weg, was?
Scheint so, antwortete Bella mühsam.
Ihr war übel, und sie schwankte. Der Kellner legte seinen Arm um ihre Hüfte und ging langsam mit ihr zum Hotel zurück. Auf der Straße waren weder Hunde noch Katzen noch Menschen zu sehen. Wahrscheinlich schliefen sie alle. Als sie das Hotel erreichten, war das Türkis am Himmel verschwunden. Die Sonne war aufgegangen und versorgte den Himmel mit einer Portion Schmutziggold, die zur Herstellung sämtlicher Rauschgoldengel der Welt ausgereicht hätte. Der Kellner brachte sie die Treppe hinauf und half ihr, sich aufs Bett zu legen. Er verschwand einen Augenblick, kam mit einem Glas Wasser und einem großen Glas Grappa zurück und setzte sich neben sie auf die Bettkante. Bella sah ihm zu, wie er eine große, weiße Tablette in das Wasserglas warf. Er gab ihr das aufgelöste Kopfschmerzmittel zu trinken, holte ein feuchtes Handtuch, das er über ihren Kopf legte, so, dass sie gerade noch darunter hervorsehen konnte, und deckte sie zu.
Bellas Augen blickten begehrlich nach dem Schnaps auf dem Nachttisch. Er gab ihn ihr und schob ihr ein Kissen in den Rücken.
Sie trank. Aufatmend ließ sie sich zurückfallen. Jetzt ging's ihr besser. Dann verzog sie noch einmal das Gesicht, als ihr einfiel, wie die Hündin sich an ihr zu schaffen gemacht hatte. Der Kellner, der sie beobachtete, sagte: Sie sind ein bisschen zu früh hier. Wenn die Touristen weg sind, werden die Hunde erschossen. Die meisten jedenfalls. Besser, als wenn sie verhungern.
Bella musste ihm zustimmen. Aber der Gedanke an Männer, die

mit Gewehren bewaffnet im Morgennebel auszogen, um streunende Hunde zu erschießen, war ihr widerlich.
Der Mann im Jaguar war ihr Mann. Ist er auch weg?
Ja, sagte er. Früher sind sie jedes Jahr hier gewesen. Am Anfang haben sie auf dem Campingplatz gewohnt. Der war damals noch kleiner, sechs oder sieben Wagen. Sie haben immer denselben Wagen gehabt, den, den Sie auch kennen. Man konnte zusehen, wie es ihnen besser ging. Zuerst wurde das Auto größer. Später trugen sie teure Sachen, dann hatten sie eine Kamera. Und so ging's weiter. Schließlich zogen sie ins Hotel. Er war ein bisschen komisch, glaube ich. Ich hab ihn mal beobachtet. Er hat geglaubt, er sei allein im Zimmer, ich war aber im Bad, um Gläser wegzuräumen. Da hat er die Handschuhe seiner Frau angezogen, lange schwarze. Und dann hat er in ihren Sachen gewühlt. Er hat sich mächtig aufgeregt dabei. Und sie hatte immer hohe Stiefel im Schrank, aber auf der Straße hab ich sie nie damit gesehen. Später haben sie dann immer zwei Zimmer im Hotel gehabt. Da muss es ihnen schon sehr gut gegangen sein. Sie haben kaum noch miteinander gesprochen. Und er sah sich nach den jungen Mädchen bei uns um.
Er machte eine Pause und sah auf die Wand über dem Kopfende des Bettes.
Hier bei uns ist für junge Mädchen nichts los. Arbeit haben sie nicht. Hängen den ganzen Tag vor dem Fernseher rum und sehen sich aufgetakelte Disco-Weiber an. In Salerno sind vor einiger Zeit zwölf Arbeitsplätze ausgeschrieben worden von der Stadtverwaltung. Da sind 16 000 Bewerber gekommen. Sie haben sie im Fußballstadion geprüft.
Nach einer Pause sagte er bitter: Sie waren doch in Neapel, da werden Sie's ja gemerkt haben. Neapel stinkt. Früher hat's nur nicht so gut funktioniert mit der Müllabfuhr. Heute ist es so, dass ein Drittel der Müllmänner einfach nicht zur Arbeit kommt. Aber nicht, weil sie faul sind. Nein, die werden so schlecht be-

zahlt, dass sie noch woanders arbeiten müssen, um ihre Familien durchzubringen. Assenteismo nennt man das. Und die Stadt erstickt im Müll. Die Leute bauen jetzt Barrikaden aus Protest, weil es zu wenig Trinkwasser gibt. Da nehmen sie dann den Müll dazu und stecken ihn an, wenn die Polizei kommt. Aber außer Gestank hat's noch nichts gebracht. Die neue Rohrleitung aus den Abruzzen wird nicht fertig. Es wollen zu viele daran verdienen.

Er hielt wieder einen Augenblick inne. Vor ihm auf dem Fußboden lag die Zeitung mit dem Artikel über den Bandenkrieg im Tempel. Er nahm sie auf und legte sie auf den Nachttisch.

Ja, die ... sagte er versonnen. Das sind die Einzigen, die hier Geld verdienen. Die verdienen an allem, Hundekämpfe oder Schutzgeld, ihnen ist das egal. Selbst als die Amerikaner hier gelandet sind, haben die daran verdient. Und ihre internationalen Verbindungen werden auch immer besser. Der Kleinen haben sie bloß den Finger abgeschnitten und ein bisschen an ihr rumgespielt. Vielleicht hat sie noch Glück gehabt. Ihrem Bruder haben sie einen Arm abgehackt. Er ist am Strand verblutet. Seitdem schläft der Alte. Ist auch besser so.

Aber der Hamburger, sagte Bella vorsichtig. Sie kannte die Methoden der Camorra und auch Neapel, aber sie wollte den Kellner nicht unterbrechen.

Ja, der Hamburger. Er hatte seine Alte satt. Was weiß ich, weshalb er immer noch mit ihr gekommen ist. Die Mädchen haben sich gefreut, wenn er kam. Er war großzügig. Hier mal ein Kettchen, da mal ein Armband. Und das Gerede von der großen, weiten Welt. Ein paar haben sich nicht damit zufrieden gegeben, hier mit ihm rumzupoussieren. Aber so einfach ist das nicht. Die Eltern hier sind streng. Ich weiß nicht genau, wie sie es gemacht haben. Er hat öfter mit diesen Kerlen zusammengehockt. Die kommen hier weit rum an der Küste. Sie werden ihm schon die Schönsten zugetrieben haben. Zurückgekommen ist keine, hätte

sich hier wohl auch nicht mehr sehen lassen können, freiwillig gegangen oder nicht. Er machte eine Pause. Dann hob er die Stimme: Niemand ist schuld daran, dass er als Sklave geboren wurde, aber ein Sklave, dem nicht nur alle Freiheitsbestrebungen fremd sind, sondern der seine Sklaverei auch noch rechtfertigt und beschönigt – ein solcher Sklave ist ein Lump und ein Schuft, der ein berechtigtes Gefühl der Empörung, der Verachtung und des Ekels hervorruft. Lenin.
Seine Stimme war feierlich geworden.
Ist doch wahr, sagte er dann entschuldigend. Ich finde, Frauen dürfen sich nicht auf so was einlassen.
Bella lächelte ihm zu.
Mutter, dachte sie, alle Italiener sind gleich, aber dieser ist unvergleichlich. Er hat sogar Lenin im Kopf.
Und seine Frau?, fragte sie leise.
Die? Die hat alles gewusst, sagte er böse. Sie hat's ja mit angesehen. Ich will Ihnen was sagen: Die Frau ist kalt wie Eis. Früher hat sie bei der Alten gekauft. In diesem Sommer hat sie den Laden noch nicht einmal betreten. Es würde mich nicht wundern, wenn sie genauso in dem Geschäft drinsteckt wie er. Die taugt nicht, wiederholte er.
Bella, den Gedanken verdrängend, dass vielleicht die Camorra damals ihrer Mutter die amerikanischen Freier zugetrieben haben könnte, begann darüber nachzudenken, ob sich aus dem, was sie gehört hatte, eine Erklärung für ihren Auftrag ergab.
Korthum wollte seine Frau billig loswerden, das war denkbar. Er hatte genug von ständig wechselnden Liebschaften. Er wollte seine junge Freundin heiraten. Wenn seine Frau bei seinen dreckigen Geschäften eine Rolle gespielt hatte, weshalb sollte er seine Freundin nicht ebenfalls eingeweiht haben.
Seiner Frau traute er nicht. Kein Wunder, so, wie Bella sie kennengelernt hatte, war sie eine Frau, die sich nicht so leicht ausbooten ließ. Vielleicht war sie der Meinung, sie könne die

Geschäfte mit der Camorra ebenso gut abwickeln wie er. Vielleicht mit der jungen gemeinsam. Sehr beliebt war Korthum jedenfalls nicht bei seiner Freundin. War er deshalb hierher gekommen? Oder hatte ihn der Tod der beiden Geldeintreiber aufgescheucht? Wer konnte ihn benachrichtigt haben? Oder brauchte er die Mädchen, die ihm die Kerle zugetrieben hatten, zu seinem Privatvergnügen, und die ganze Geschichte existierte nur in ihrer Phantasie? Aber da war der Kerl, der versucht hatte, die Fotos von ihr zurückzuholen. Der existierte wirklich.
Bella lächelte böse vor sich hin.
So war das also. Sie hatte sich von einem Blankeneser Bordellbesitzer anheuern lassen, der mit ihrer Hilfe seine abgelegte Ehefrau überwachen ließ, damit sie ihm nicht sein schmutziges Geschäft verdarb.
Der Kellner hatte sie aufmerksam beobachtet. Jetzt bat Bella ihn um Kaffee und etwas zu essen. Er stand auf und öffnete die Fensterläden. Die Sonne schien auf das Bett, und der Himmel war blau.
Es ist noch früh, sagte er und lächelte auf sie herab.
Er ist eine Ausnahme, dachte Bella. Und ich kann so gut ein bisschen Trost gebrauchen.
Sie lächelte zurück. Sanft nahm er das feuchte Tuch von ihrer Stirn und schlug die Bettdecke auf.
Ich heiße Paolo, sagte er und sah sie bewundernd an.

BELLA ERWACHTE vom Duft einer wunderbaren Fischsuppe. Neben ihrem Bett stand Paolo, korrekt gekleidet, eine weiße Serviette über dem Arm und ein Tablett in den Händen.
Du bist der einzige Gast, sagte er. Ich habe viel Zeit.
Er sah freundlich auf sie hinunter, aber seine Augen waren nicht bei der Sache.

Sie hatte von einem Polizeiwagen geträumt, der mit eingeschaltetem Blaulicht neben dem Zug hergefahren war, eine Art Wettrennen, aber dann war sie aufgewacht. Irgendetwas war geschehen.
Was ist los, Paolo?, fragte sie.
Iss ruhig erst mal, antwortete er.
Bella blickte ihn an. Er stellte das Tablett auf den Tisch neben ihrem Bett und sah aus dem Fenster. Draußen begann es dunkel zu werden. Sie hatte den ganzen Tag geschlafen. Er setzte sich zu ihr auf die Bettkante. Sie sind wieder da.
Wer? Nun red schon.
Die Eintreiber, sagte er. Wieder zwei. Sie haben sich eben vorgestellt.
Bella war darüber nicht verwundert. Hatte er wirklich geglaubt, dass sie die Kerle ein für alle Mal los waren?
Ist sie wieder aufgetaucht?, fragte sie ihn anstatt einer Antwort.
Paolo schüttelte den Kopf.
Weder sie noch er, noch der Wagen.
Bitte, Paolo, lass mich allein.
Als er gegangen war, aß sie ein wenig von der Fischsuppe. Dann ging sie ins Bad, um die Beule hinter ihrem Ohr genauer zu betrachten. Aber die war fast nicht mehr zu sehen und tat auch nicht mehr sehr weh. Sie nahm ein Bad, zog sich an und ging nach unten. Sie ging direkt zum Campingplatz.
Vor dem Steinhaus saß die schwangere Frau auf einer Bank und fädelte spitze, rote Paprikaschoten auf. Sie sah Bella entgegen. Als Bella sie nach der Frau fragte, die im letzten Campingwagen gewohnt hatte, gab sie bereitwillig Auskunft. Ja, die Frau war abgereist. Schon gestern. Sie hatte alles bezahlt, die ganzen vierzehn Tage. Mit einem braunen Auto. Und einem Mann. Ja, Bella konnte gern den Campingwagen von innen ansehen. Sie hatte schon sauber gemacht.
Bella ging um den Wagen. Zwei Hunde zottelten hinter ihr her.

Die Hündin mit dem Riesengesäuge war nicht dabei. Wahrscheinlich waren die Jungen inzwischen da.
Im Wagen erinnerte nichts daran, dass hier bis gestern jemand gewohnt hatte. Nicht mal ein Hauch Parfüm war zu spüren. Die Frau hatte wirklich sorgfältig sauber gemacht.
Bella ging zurück zum Hotel. Sie nahm den Weg am Strand entlang.
Niemand war am Strand. Ein paar angeschwemmte Bretter lagen herum. Nicht einmal die Hunde waren zu sehen.
Im Hotel packte sie ihre Reisetasche. Den schmalen Band mit Liebesgedichten von Ungaretti ließ sie auf dem Bett liegen. An der Rezeption zahlte sie ihre Rechnung und ließ das Taxi rufen. Es dauerte nur kurze Zeit, bis der Wagen kam. Paolo sah sie nicht. Vielleicht war er in der Küche.
Nach Neapel, sagte sie, zum Flughafen.

DER FLUGHAFEN war zu erreichen, ohne dass sie durch die Stadt fahren mussten. Aus einer Telefonzelle im Flughafengebäude versuchte sie ein paarmal, Carlos zu sprechen, aber in ihrem Haus nahm niemand den Hörer ab.
Dann stand sie hinter den Scheiben des Flughafenrestaurants und sah noch einmal den dunkelroten Nachthimmel über Neapel. Sie suchte nach einer positiven Erinnerung an diese Stadt. Sie fand keine.
Von Neapel war sie mit ihrer Mutter in den östlichen Teil Deutschlands gegangen.
Du wirst sehen, Bella, dort sind wir der Revolution näher als irgendwo anders, hatte sie gesagt. Bella lächelte ein bisschen melancholisch. Langsam hatte sie Neapel vergessen, den Hunger, den Lärm, den Schmutz, die Soldaten.
Heute herrschte nicht die 6. Armee über die Stadt, sondern die

Camorra. Der Unterschied bestand darin, dass Mädchen nicht mehr durch Hunger nach Brot, sondern durch Hunger nach Drogen zur Prostitution gezwungen wurden. Vielleicht waren es ein paar weniger als damals, aber was änderte das schon. Dafür war der Preis, für den sie sich verkauften, gesunken. Damals bekam man für einmal Hinlegen ein Päckchen Zigaretten oder eine Dose Corned Beef, beides geeignet, den größten Hunger zu stillen. Heute mussten die Frauen schon ein paarmal die Beine breit machen, wenn sie das Geld für ein paar Gramm Träume zusammenholen wollten.

Mit jedem Meter, den das Flugzeug vom Boden abhob, fühlte sie sich besser. Und in 10 000 Metern Höhe ging es ihr so gut, dass sie sich vom Steward einen doppelten Wodka bringen ließ. Der Steward, ein langer, dünner Mensch mit einem wunderschönen holländischen Akzent verstand sie vollkommen. Nach dem dritten Wodka hätte sie ihn gern gefragt, ob seine Mutter – aber dann rief sie sich zur Ordnung, lehnte den nächsten Wodka ab, beschloss, Neapel endgültig zu vergessen, und schlief, bis das Flugzeug in Hamburg landete.

Die Stadt empfing sie wie immer um diese Jahreszeit mit kaltem Wind und Regen. Bella fror, während sie vor ihrer Haustür stand und versuchte, den Schlüssel ins Schloss zu stecken, ohne die Reisetasche auf dem nassen Boden abzusetzen.

Auch im Haus war es kalt. Sie stellte die Heizung an und zog zwei Pullover übereinander, bevor sie einen Rundgang antrat.

Es sah aus, als sei Carlos seit ihrer Abreise nicht mehr da gewesen. Da der Porsche vor der Tür gestanden hatte, musste er aber eigentlich irgendwo den Schlüssel hingelegt haben. Bella ging an den Briefkasten. Es waren ein paar Reklamezettel drin, die Telefonrechnung für den vergangenen Monat und, ganz unten, ein dunkelroter Briefumschlag mit der Aufschrift: Bella B.

Der Umschlag sah so dramatisch aus, dass sie beschloss, ihn im Sitzen zu öffnen und mit einem Glas in der Hand. Sie warf die

Reklamezettel in den dafür bestimmten Papierkorb hinter der Haustür, ging in die Küche und öffnete den Kühlschrank. Dort standen Wodka und Orangensaft in Mengen. Sie machte sich ein Glas zurecht und begab sich ins Wohnzimmer. Sie rückte den Sessel ans Fenster. Die Sträucher hatten fast keine Blätter mehr. An den Zweigen hingen dicke weiße Beeren, von der Sorte, die Kinder unter der Schuhsohle knacken ließen. Ein paar Kastanien lagen nass und glänzend herum. Dunkelrote und gelbe Weinblätter waren zu einem Haufen zusammengeharkt worden. Der Wind war dabei, die Blätter wieder zu verteilen. Bella öffnete das Fenster. Sie atmete tief die Luft ein, die nach Laub roch, und dachte, dass es Zeit sei, das Glas zu erheben auf alle Dichter, die den Herbst besungen hatten. Trakl, dachte sie:

> Da macht ein Hauch mich von Zerfall erzittern
> Die Amsel klagt in den entlaubten Zweigen
> Es schwankt der rote Wein an rostigen Gittern,
> Indes wie blasser Kinder Todesreigen
> Um dunkle Brunnenränder, die verwittern,
> Im Wind sich fröstelnd blaue Astern neigen.

Sie blieb eine Weile reglos am Fenster stehen, reglos, weil sie fürchtete, durch eine Bewegung das Glücksgefühl zu vertreiben, das sie empfand. Dann schloss sie das Fenster, nahm den roten Umschlag und setzte sich in den Sessel. Es stand ungefähr das in dem Brief, was sie erwartet hatte, bis auf den Schlusssatz, vielleicht. Carlos teilte ihr mit, dass er zu der Überzeugung gekommen sei, dass die Arbeit bei ihr nicht mit seiner männlichen Würde zu vereinbaren sei. Das alles in umständlichen Worten, um am Ende zu schreiben: Ich komme zurück, wenn Sie es wollen – als Mann!
Er ist genau der kleine Spießer, für den ich ihn von Anfang an gehalten habe, dachte sie, nahm den Autoschlüssel aus dem Umschlag und warf den Brief in den Papierkorb. Er fiel daneben.

Sie blieb im Sessel sitzen, glücklich und entspannt, und sah zu, wie es draußen endgültig dunkel wurde. Erst als sie die hin und wieder vorbeifahrenden Schiffe nur noch an den beleuchteten Aufbauten und den roten oder grünen Positionslampen erkennen konnte, stand sie auf. Im Haus war es warm geworden. Sie zog die Pullover aus. Als das Telefon klingelte, war sie gerade in der Küche und suchte nach etwas Essbarem. Sie ging zurück und nahm den Hörer ab. Am anderen Ende meldete sich niemand. Sie legte auf und ging zurück in die Küche. Dann klingelte das Telefon noch einmal, und am anderen Ende hörte sie die aufgebrachte und zugleich glückliche Stimme von Beyer.
Na endlich, wo steckst du denn? Ist dir klar, dass ich seit Tagen bei dir anrufe? NX10 ist dieser Knabe, der dich versorgt? Kann man denn nicht mal von dem eine Auskunft bekommen? Findest du es eigentlich in Ordnung, einfach so zu verschwinden? Ich komme jetzt sofort, lauf ja nicht weg inzwischen, hörst du?
Natürlich hörte sie ihn. Sie war nur gerade damit beschäftigt, über die angenehmen Gefühle nachzudenken, die der Klang seiner Stimme in ihr hervorgerufen hatte.
Ich glaube, ich bin in dich verliebt, sagte sie statt einer Antwort.
Am anderen Ende war es still.
Kann ich irgendetwas dazu tun, dass du das nicht nur glaubst, sondern weißt?, fragte er.
Tja, ich weiß nicht, vielleicht solltest du endlich den Hörer ..., sie ließ den Satz unvollendet, denn Beyer hatte schon aufgelegt.
Als er kam, lag sie im Bett, strahlte ihn an und las laut:

> An einem Tag im blauen Mond September
> Still unter einem jungen Pflaumenbaum

und Beyer unterbrach sie in der Tür stehend, strahlte zurück und sagte:

> Da hielt ich sie, die stille, bleiche Liebe
> In meinem Arm wie einen holden Traum.

Sie fand sich weder still noch bleich. Und es war auch kein Traum, den sie gerade erlebten.
Und trotzdem sind die Verse schön wie noch nie, dachte Bella und beobachtete ungeduldig, wie Beyer versuchte, seine Dienstpistole so oben auf die Kleider zu legen, dass sie nicht herunterfiel.
Was für merkwürdige Sachen sie den Polizisten beibringen, dachte sie noch verwundert, bevor sie ihn endlich anfassen konnte.

HERR KORTHUM ist nicht da. Vielleicht versuchen Sie es später noch einmal.
Die Stimme der Verkäuferin am anderen Ende der Leitung war freundlich. Bella bedankte sich für die Auskunft. Ihr war's recht. Sie würde ihren Bericht schriftlich abfassen und warten, bis der viel beschäftigte Herr Zeit für sie hatte. Sie bezweifelte inzwischen, dass der Bericht für Korthum irgendeine Bedeutung besaß. Offenbar war er mit seiner Frau handelseinig geworden. Weshalb hätten die beiden sonst zusammen zurückfahren sollen. Aber sie wollte für ihren Auftrag einen ordentlichen Abschluss und bei der Gelegenheit einen kritischen Blick auf den Schuhladen ihres Auftraggebers werfen. Und damit beschloss sie, nicht zu warten, bis Korthum sich melden würde. Sie fuhr nach Blankenese. Was sie zu sehen bekam, bestätigte ihre Vermutungen.
Sie setzte sich in ein kleines Café dem Schuhladen gegenüber, bestellte einen riesigen Eisbecher und wartete. Korthum kam nicht. Der Laden wurde pünktlich geschlossen. Es waren etwa

zehn Kundinnen in der Zwischenzeit in dem kleinen Garten verschwunden, der das Haus umgab, und vier Kunden. Alle Damen waren nach einer Weile wieder erschienen, behängt mit Tüten aus dunkelblauem Lackpapier und jede mindestens um fünfhundert Mark leichter. Was die Herren gekauft hatten, konnte sie nur raten, denn die erschienen nicht wieder, jedenfalls nicht in der Zeit, die Bella im Café verbrachte und den Ausgang beobachtete.

Kurz bevor der Laden schloss, ging sie über die Straße, betrat den Laden und fragte nach Korthum. Sie erhielt die gleiche Antwort. Das »später« wurde allerdings durch »morgen« ausgetauscht, und das Mädchen war nicht das, mit dem sie am Telefon gesprochen hatte.

Als sie wieder auf die Straße trat, sah sie auf der gegenüberliegenden Seite einen Wagen mit italienischem Nummernschild. Der Wagen war leer. Der Mann, der darin gesessen hatte, stand so unauffällig wie möglich hinter einem dicken Baum und tat, als beobachte er angestrengt den Himmel über Tonios Schuhladen. Bella ging an ihm vorbei. Nach einer Weile kehrte sie um und ging noch einmal an ihm vorbei. Beide Male hatte er so deutlich nach Camorra gestunken, dass sie sich wunderte, wie mutig er war, hier ungeniert herumzulaufen. Es war klar, dass sich etwas über dem Geschäft da drüben zusammenbraute. Die Sache war noch nicht ausgestanden. Nur ihr eigener Auftritt war vermutlich beendet.

Bella setzte sich in ihren Porsche und fuhr langsam über die Elbchaussee zurück nach Hause. Ihr entgegen kamen große, dunkle Limousinen, in deren Fond einzelne alte Männer saßen. Das Geld, das tagsüber in der Innenstadt gehockt hatte, ließ sich zum Abendessen nach Hause chauffieren. An einer Ampel betrachtete sie interessiert den Chauffeur des Wagens gegenüber. Er sah aus wie Carlos, aber sie konnte sich nicht vorstellen, dass er eine Livree angezogen hatte. Als der Wagen langsam an ihr

vorüberfuhr, sah sie, dass es tatsächlich Carlos war, der hinter dem Steuer saß.
Heimgekehrt ins Land der Männer, dachte sie, und noch dazu mit allem Pomp. Wahrscheinlich würde er strammstehen, wenn er die Tür aufriss, und so stehen bleiben, bis der zusammengesunkene Alte aus dem Wagen geklettert und an ihm vorübergegangen war.
Bella drückte die Suchtaste des Radios. Die privaten Sender überboten sich an Plastikmusik. Außerdem hatten sie sich offenbar zu einem Wettbewerb um die aggressivste und gleichzeitig dämlichste Ansagerstimme herausgefordert. In »Radio Hamburg« wurde ein so genannter »Flohmarkt« abgehandelt. Der Moderator suchte eine Putzfrau für einen Kollegen: blond, blaue Augen, Oberweite nicht unter 90, für zweimal die Woche … putzen, wie er mit einer so dämlich-lauten Stimme röhrte, dass Bella geneigt war, ihm, einem gewissen Norbert Leo, den goldenen Gummihammer für übergroße Dummheit zuzusprechen.
Sie stellte das Radio ab. Zu Hause machte sie sich daran, ihre Ermittlungen für Korthum schriftlich darzustellen und schloss mit dem Satz: Ich halte es für sehr wahrscheinlich, dass Sie mit Ihrer Frau gemeinsam nach Hamburg zurückgefahren sind.
Den Bericht steckte sie zusammen mit verschiedenen Rechnungen in einen braunen Umschlag, den sie in die oberste Schreibtischschublade legte. In einen weiteren Umschlag steckte sie das übriggebliebene Geld und legte ihn neben den ersten.
Aus der Küche holte sie das Tablett mit Wodka, Orangensaft, Eis und einem Glas und schob den Ohrensessel vor das Fenster. Es war Zeit für einen Dämmerschoppen. Bevor sie sich niederließ, in der Hand einen schmalen Band mit Gedichten von Ungaretti, ging sie noch einmal zum Telefon und wählte die Nummer von Tonios Schuhladen. Es war nach acht, und natürlich nahm niemand mehr den Hörer auf. Sie schlug das Buch auf und las:

An den verlassenen Gärten
landete diese Nacht
wie eine Taube

Da beschloss sie, Korthum und alles, was mit ihm zusammenhing, zu vergessen.
Vor ihr auf dem Fluss zeigte eine grüne Positionslampe an, dass ein kleines Schiff in der Dunkelheit die Fahrtrichtung Nordsee aufgenommen hatte. Bella nahm einen großen Schluck Wodka, stellte das Glas ab und las halblaut und feierlich:

Finale
Nicht mehr brüllt, nicht mehr flüstert das Meer,
das Meer,
Ohne die Träume, ein unfarben Feld ist das Meer,
das Meer.
Es macht Erbarmen auch das Meer,
das Meer,
Es bewegen achtlose Wolken das Meer,
das Meer.
Traurigem Rauch überlässt sein Bett jetzt das Meer,
das Meer,
Gestorben ist auch, sieh nur, das Meer,
das Meer.

Das war als Beschwörungsformel für das kleine Schiff gedacht und rief auch Erinnerungen wach an den Strand, den sie gerade verlassen hatte, und an die rote Sonne, die in den grauen Schlund aus Wasser und Himmel gerutscht war.
Abends, dachte sie, war der Strand leer gewesen. Außer ein paar streunenden Hunden hatte sich niemand dort aufgehalten. Oder doch? Irgendjemand hatte sie niedergeschlagen. Sie war sicher, dass ihr jemand gefolgt war. Korthum? Sein Muskelmann? Im-

merhin hatte er sie sprechen wollen. Der Campingwagen hatte ganz in der Nähe des Strandes gestanden. War jemand über den Strand gekommen, hatte sie am Wagen gesehen und ihr den Schlag versetzt? Aber weshalb? Wen hatte sie gestört? Der Wohnwagen war leer gewesen. Der Arm, den sie flüchtig in der Dunkelheit wahrgenommen hatte, war er ein Männer- oder ein Frauenarm gewesen?
Und das, Bella Block, sagte sie zu sich selbst, während sie das gefüllte Glas abstellte, das wolltest du vergessen?
Sie erhob sich und ging an den Schreibtisch. Als sie alle Schubladen durchsucht hatte, blieb ihr nichts weiter übrig als festzustellen, dass die Plastikhülle mit den Fotos verschwunden war. Die Beretta war noch da, und Bella steckte sie in die Tasche ihres Trenchcoats. Sie schloss hinter sich die Haustür ab, obwohl offenbar trotzdem jeder ins Haus kam, wie es ihm passte. Auf dem schwarzen Wagendach klebten ein paar Kastanienblätter, die letzten anscheinend, denn der große Baum vor ihrer Haustür war kahl, und im Licht der Straßenlaterne glänzten die leeren Zweige im Regen.
Bella fuhr zur Wohnung der Korthum. Sie hielt vor dem Haus, stieg aus und betrachtete die niedrigen Fenster. Dann öffnete sie das Gartentor und ging ums Haus in den kleinen Garten. Die Korthum war nicht da. Die Fenster waren dunkel, die Vorhänge waren nicht zugezogen. Sie überlegte einen Augenblick und ging dann zurück zum Wagen. Eine Weile blieb sie im Wagen sitzen. Auch an den Fenstern zur Straße waren die Vorhänge offen. Hinter den dunklen Fensterscheiben bewegte sich nichts. Langsam gab sie Gas. Sie fuhr vorbei an einer Reihe niedriger, alter Wohnungen, die hinter der Häuserfassade nach allen Regeln der Kunst aufgemotzt worden waren. Die meisten Bewohner hatten auf Vorhänge verzichtet, in dem wohligen Gefühl, das eine bestimmte Sorte wohlverdienender Mittelstandsbürger auszeichnet, die der Meinung sind, dass ausgerechnet ihre Lebensform die allein

selig machende ist. Und so rollte sie vorbei an »Wohnvisionen aus Licht und Stahl, üppig sprießenden Zimmerpflanzen, illuminierten Wolkenkratzern, die als Lampen dienten, Vertikos im Neobiedermeier und New-Wave-Visionen abstrakter Gemälde, transformiert in Sitzmöbel« von zweifelhafter Bequemlichkeit, aber ganz sicher so teuer, dass die glücklichen Besitzer die Vorhänge abends offen lassen mussten, damit nicht nur sie, sondern auch mögliche Spaziergänger über die notwendigen Zutaten zur richtigen Lebensart aufgeklärt wurden.

Dieses Land, dachte Bella, während sie am Ende der Häuserreihe heftig aufs Gaspedal trat, hat nach dem Krieg eine Menge schöner Sachen hervorgebracht. Nierentische und Farbfernseher, Autos und elektrische Nähmaschinen. Aber am wunderbarsten gelungen ist vielleicht doch diese dicke, zähe, klebrige Mittelstandsmasse, die einen so guten Puffer zwischen oben und unten abgibt, dass schon etwas ganz Besonderes passieren muss, um die Verhältnisse in Bewegung zu bringen.

Vielleicht liegt es daran, Bella Block, dass du dich nicht wirklich hier zu Hause fühlst?

Und wie zur Bestätigung quakte die unsäglich wichtigtuerische Stimme eines dieser sogenannten Verkehrsreporter aus dem Autoradio, um mitzuteilen, dass im Elbtunnel ein LKW liegen geblieben sei.

Richtig, dachte Bella, die Autobahnen hatte ich vergessen, und hielt vor Tonios Schuhladen.

Natürlich brannte kein Licht mehr. Trotzdem blieb sie im Wagen sitzen und wartete. Der Laden lag in einer stillen, exklusiven Wohngegend. Hinter hohen Hecken konnte sie alte Villen erkennen, mattweiß schimmernd im Licht der spärlichen Straßenlaternen. An den Hausecken waren die in dieser Gegend üblichen Sirenen befestigt, deutlich genug, um mögliche Einbrecher abzuhalten; was sie nicht taten, wie Bella aus ihrer Polizeiarbeit wusste. Aber sie waren ein gutes Geschäft für die Hersteller von

Warnanlagen. Es standen ungewöhnlich viele, nämlich vier teure Wagen auf der Straße, obwohl doch anzunehmen war, dass in dieser Gegend zu den Häusern Garagen gehörten. Der braune Jaguar war nicht dabei. Tonios Schuhladen war in einem restaurierten und umgebauten Fachwerkhaus untergebracht, noch aus der Zeit, als hier ein Dorf gestanden hatte. Rechts und links neben dem Haus war ein schmaler Gartenstreifen angelegt, eingefasst von einem niedrigen, weißgestrichenen Lattenzaun. Am Nachmittag hatte sie dort Herbstastern in verschiedenen Lilatönen bewundern können, die jetzt, im Dunkeln, trotz der Straßenlaternen, nicht zu erkennen waren. Zwischen den Asternstauden führte ein kleiner Plattenweg hinter das Haus. Bella öffnete die Wagentür, als auf dem Plattenweg, der rechts am Haus vorbeilief, eine Gestalt auftauchte. Sie zog die Tür wieder zu sich heran und blieb sitzen. Ein Mann näherte sich langsam dem Gartenzaun, sah über die Straße, öffnete die Gartentür und ging nach links, zu einem der parkenden Wagen.
Er schloss den Wagen auf, griff ins Handschuhfach, verschloss den Wagen wieder und verschwand, ohne sich noch einmal umzusehen, hinter dem Haus. Das Gartentor hatte er sorgfältig hinter sich geschlossen.
Bella wartete einen Augenblick. Dann ging sie über die Straße, betrat den Garten und sah sich um. Von dem Mann keine Spur. Tonios Laden war dunkel geblieben. Undeutlich sah sie durch die rückwärtige Glasfront die Schatten der dekorativ über den Boden verteilten Schuhe und den Kassenblock neben einem Trägerbalken. Vorsichtig ging sie ein paar Schritte weiter in den hinteren Gartenteil. Vor ihr tauchten die Umrisse eines Gebäudes auf, ebenfalls dunkel. Sie blieb einen Augenblick stehen und erkannte ein niedriges, strohbedecktes, flaches Gebäude, wahrscheinlich ein zum Haus gehörender früherer Stall. In der Mitte des Stalles, da, wo sie die Tür vermutete, leuchtete ein winziges Licht, nicht stärker als das eines Glühwürmchens.

Ein indirekt beleuchteter Klingelknopf, sehr dezent, dachte Bella, als sich die Tür öffnete. Sie hatte gerade noch Zeit, sich in die Hecke zu drücken. Der Mann, den sie vor ein paar Minuten schon einmal gesehen hatte, ging an ihr vorbei zu seinem Wagen. Bella sah einem gut gekleideten Herrn zwischen fünfzig und sechzig nach, der gerade von seinem natürlichen Recht auf Abwechslung Gebrauch gemacht hatte. Ganz sicher hatte er teuer dafür bezahlt, was das Vergnügen ohne Frage erhöhte.

Die Wagentür klappte, der Wagen wurde gestartet und fuhr leise davon. Bella blieb zurück. Sie hörte neben sich das zarte Geräusch des Regens, der auf die Hecke fiel, und etwas weiter entfernt, aus der Richtung hinter dem Haus, die Wellen der Eibe, die an den Strand klatschten. Sie stand noch in die Hecke gelehnt, als sich die Tür ein zweites Mal öffnete. Diesmal erschienen gleich drei Herren, vielleicht etwas jünger, aber ebenfalls vom Schlag »erfolgreicher Geschäftsmann«. In einem meinte Bella einen Senator zu erkennen, der vor ein paar Wochen in einer regionalen Talk-Show zum Thema Quotierung aufgetreten war. Sie erinnerte sich, dass er besonders liebevoll von seiner Familie gesprochen hatte und von seiner Gattin, die ihm die beste Beraterin sei.

Die Wagentüren klappten dezent, kurz darauf war nur noch der Regen zu hören, der auf die hohen Hecken fiel, hinter denen die eine oder andere kostbar ausgestattete Ehefrau im behaglich eingerichteten Wohnzimmer ihrer weißen Villa begann, unruhig zu werden. Nicht besonders unruhig natürlich, denn sie wusste, dass sie sich auf ihren Mann verlassen konnte. Der kam dann auch bald, aufgeräumt und liebenswürdig wie immer, wenn er einen anstrengenden, aber erfolgreichen Arbeitstag beendet hatte.

Bella löste sich aus der Hecke und ging zurück zu ihrem Wagen. Sie wartete noch eine Weile, aber es kam niemand mehr. Nur der Regen fiel immer noch gleichmäßig und still auf die hohen He-

cken. Sie fuhr zurück, betrat ihr Haus und ging gleich nach oben, um sich hinzulegen. Deshalb sah sie auch den kleinen, dunklen Mann nicht, der, kurz nachdem sie ihren Beobachtungsposten aufgegeben hatte, seinen Wagen vor Tonios Schuhladen parkte, die Rücklehne schräg nach hinten stellte und begann, das Haus zu beobachten. Er blieb dort, bis es begann, hell zu werden.
In der Nacht träumte sie einen Traum, in dem die Welt einer Schichttorte glich. Die untere Schicht war mit Männern gefüllt, die Schicht, die darüber lag, mit Frauen. Einige Frauen versuchten, die Schichten zu vermischen. Um das zu verhindern, war ein weiblicher Lord Schichttortenbewahrer aufgestellt worden; eine riesige Frau mit einem Regenschirm wie eine Art Zepter in der Hand, die jedes Mal, wenn eine Frau ihr Bein durch den weichen Tortenboden steckte, dreimal mit dem Schirm auf den Boden stieß und ausrief: »Wollt ihr das wirklich?« Und sofort ließen die Frauen von ihrem Vorhaben ab. Bella erwachte, als die Riesin ihr mit dem Regenschirm die Nase kitzelte, aber es war nur die wunderschöne bleiche Novembersonne, die durch das Fenster auf ihr Bett fiel.

KORTHUM MELDETE sich auch in den nächsten Tagen und Wochen nicht, obwohl Bella ihm ausrichten ließ, dass sie zurück sei und auf seinen Anruf warte. Sie hätte die ganze Angelegenheit für erledigt halten können. Aber sie wartete weiter. Die Sache war nicht erledigt. Im Gegenteil. Je länger sie nichts von Korthum hörte, desto klarer wurde ihr, dass das Ende der Geschichte nicht ohne Komplikationen abgehen würde.
Im Januar erhielt sie das unzweideutige Angebot eines östlichen Geheimdienstes, gegen gutes Geld die Arbeitsmethoden der westdeutschen Kriminalpolizei zu dokumentieren. Bella lehnte ab und wies den unscheinbaren Mann, der sie bei einem Spa-

ziergang am Elbufer angesprochen hatte und ihr dann in ihrem Wohnzimmer am Schreibtisch gegenübersaß, auf ein paar gute westdeutsche Veröffentlichungen hin. Der Mann notierte dankbar die Titel und verschwand. Bella ernährte sich weiter mühsam von kleinen Überwachungsaufträgen.
Im Februar las sie in einer überregionalen Tageszeitung, dass an einem Strand, den sie gut kannte, im Süden Italiens, bei Aufräumungsarbeiten, die man jedes Jahr zur Vorbereitung auf die Saison vornahm, die Überreste eines übel zugerichteten Mannes gefunden worden waren. Ihr Gefühl beim Lesen der Meldung war ungefähr so, als wenn unerwartet neben ihr eine Luftschutzsirene losgegangen wäre.
Sie besorgte sich die Telefonnummer des Hotels und versuchte Paolo zu erreichen. Nach einigen vergeblichen Versuchen gab sie auf. Offenbar war das Hotel noch nicht eröffnet worden. Sie beschloss, Beyer aufzusuchen und ihn um Unterstützung zu bitten.
Als sie ein paar Stunden später das Polizeigebäude betrat und sich von einem schlecht gelaunten ehemaligen Kollegen, der sie trotz seiner schlechten Laune abschätzend von oben bis unten musterte, bei Beyer anmelden ließ, bedankte sie sich zum wiederholten Male bei ihrer eigenen Weitsichtigkeit, die sie dazu veranlasst hatte, aus dem Polizeidienst auszuscheiden. Sie konnte sich nicht mehr vorstellen, wie sie es hatte aushalten können, jeden Morgen an einem mürrischen Pförtner vorbei in dieses Haus zu gehen, um den Tag mit Kollegen zu verbringen, die kollektive Arbeit aus Konkurrenzgründen verabscheuten und deren dröhnendes Lachen über dreckige Witze oder die Niederlagen anderer ihr noch heute manchmal Albträume verursachte.
Beyer war erfreut, sie zu sehen – sie trafen sich seltener in der letzten Zeit –, und versprach, bei den italienischen Kollegen nachzufragen, um wen es sich bei dem Toten handelte. Bella saß

ihm gegenüber und versuchte zu verstehen, was mit ihm passiert war, bis sie begriff, dass nicht er, sondern sie sich verändert hatte. Außerdem hätte sie ihn nicht in seinem Büro aufsuchen dürfen. Sie fühlte sich desillusioniert und lächelte ihm traurig zu. Er lächelte zurück und versprach vorbeizukommen, wenn er Näheres wisse.
Zu Hause angekommen, betrank sie sich.
Beyer rief schon ein paar Stunden später an. Als Bella seine Stimme hörte, sagte sie mit schwerer Zunge: Es hilft nur Gewalt, wo Gewalt herrscht. Sie hatte gehofft, er würde antworten: Es helfen nur Menschen, wo Menschen sind.
Stattdessen sprach er von Schwierigkeiten bei der Identifizierung des Toten und umständlichen Ermittlungen der italienischen Kollegen. Der Mann, den man am Strand gefunden hatte, war von Hunden zerrissen worden. Und die Ermittlungen der Polizei zielten darauf, festzustellen, ob er schon tot gewesen war, als die Hunde sich über ihn hermachten, oder ob er, aus welchen Gründen auch immer, von Kampfhunden zerrissen worden war, die in der Nähe gehalten wurden. Bella legte den Hörer auf, weil ihr übel wurde.
Im März las sie im Blankeneser Lokalanzeiger, was sie seit ein paar Wochen erwartete: Tonios Schuhladen war von unbekannten Tätern verwüstet worden. Der Artikel wurde durch ein Foto ergänzt, auf dem Karen Arnold, die Korthum und ein Teil des verwüsteten Ladens abgebildet waren. Aus der Bildunterschrift ging hervor, dass die Korthum beabsichtigte, die Schuhläden nicht nur in Blankenese, sondern auch in anderen Städten aufzugeben. Bella vermutete, dass ein paar Kollegen der beiden Italiener, die im Süden Italiens im großen Tempel einem Bandenkrieg zum Opfer gefallen waren, versucht hatten, die Korthum unter Druck zu setzen. Um mehr zu erfahren, hätte sie Beyer anrufen müssen, der sich seit dem missglückten Telefongespräch nicht wieder gemeldet hatte. Aber sie hatte keine Lust dazu.

Im April hätte sie beinahe einen großen Auftrag bekommen. Sie hatte erst abgelehnt, als ihr klar wurde, dass zu ihrem Auftrag auch gehörte, einem Betriebsrat Rauschgift unterzuschieben, damit ihr Auftraggeber ihn besser loswerden konnte.
Im Mai entdeckte sie die Todesanzeige in der Zeitung.
Es war ein wundervoller Frühsommertag. Sie hatte die Fenster zum Elbhang geöffnet. Die Büsche am Hang, Flieder und Forsythien, waren so üppig grün, dass sich nicht nur einer, sondern mindestens drei nette alte Männer hätten dahinter verstecken können. Aber seit sie ihre gymnastischen Übungen in die obere Etage verlegt hatte, war auch der eine einsame Zuschauer weggeblieben. Es hatte geklingelt, und sie war an die Tür gegangen, um der Postbotin ein paar Briefe abzunehmen. Die stand noch vor der Tür und wartete auf ein Schwätzchen in der Morgensonne, als Bella die Zeitung aus dem Briefkasten nahm und zufällig die Seiten mit den Todesanzeigen aufschlug.
Hoffentlich nichts Schlimmes, sagte die Postbotin, halb mitleidig, halb neugierig, als Bella entgegen ihrer sonstigen Gewohnheit nur stumm auf die Zeitung starrte.
Doch, sagte die nur.
Im Haus stellte sie sich ans Fenster und dachte darüber nach, wie merkwürdig es war, dass gerade die Zwänge, die ein ordentliches Leben vorschreibt, in den Untergang führen können. Dann setzte sie sich in den Sessel und las die Todesanzeige noch einmal.

Paul Korthum, unser lieber Mann und väterlicher Freund, ist einem furchtbaren Unglück zum Opfer gefallen. Wir werden ihn nicht vergessen. Die Trauerfeier findet am 11. Mai auf dem Ohlsdorfer Friedhof, Kapelle 7, 18.00 Uhr statt. Marianne Korthum, Karen Arnold.

Bella stand auf, ging an den Schreibtisch und sah auf ihren Kalender. Der 11. Mai war in drei Tagen. Sie trug den Termin ein, ging zurück ans Fenster und ließ sich, im Sessel sitzend, den Rest des Tages bei geöffnetem Fenster die Sonne ins Gesicht scheinen. Dabei ließ sich gut nachdenken. Und außerdem hatte sie sowieso nichts Wichtiges zu tun.

IN DEN NÄCHSTEN zwei Tagen geschah nichts. Trotzdem hatte Bella das Gefühl einer sich ständig steigernden Spannung. Sie versuchte zu analysieren, woran das lag, und stellte fest, dass sie unbewusst auf einen Anruf wartete. Der kam dann auch, gegen Abend am Tag vor der Beerdigung.
Ich bin zu Hause, sagte sie. Wenn Sie mich sprechen wollen, kommen Sie her.
Eine halbe Stunde später saß die Korthum neben ihrem Schreibtisch.
Bella hatte sie hereingelassen, ihr einen Platz angeboten und wartete schweigend.
Alle Personen dieser miesen Geschichte haben jetzt neben deinem Schreibtisch gesessen, Bella, dachte sie, und du könntest nicht einmal sagen, welche dir am unsympathischsten war. Wahrscheinlich immer gerade diejenige, die vor dir sitzt.
Die Frau, die vor ihr saß, hatte nur noch wenig Ähnlichkeit mit der beherrschten Dame, die sie kannte. Noch immer war ihre Aufmachung makellos teuer und dezent, aber Bella hatte den Eindruck, als diene der breite Ledergürtel, den sie um ihren Trenchcoat geschlungen hatte, nicht mehr der Dekoration, sondern bewahre die Person, die in dem Mantel steckte, vor dem Auseinanderfallen. Unglaublich dünn und sehr nervös war die Korthum inzwischen geworden.
Ich wäre nicht zu Ihnen gekommen, wenn mir jemand anders eingefallen wäre. Vielleicht ist eine Frau für diese Sache auch gar nicht so schlecht.

Sie zog an den Fingern ihrer eng anliegenden Lederhandschuhe, ohne sie auszuziehen. Bella sah, dass sie sehr nachlässig geschminkt war. An den Schläfen schienen die blonden Haare heller zu werden.

Wir werden meinen Mann morgen begraben. Er ist – er hatte einen Unfall.

Sie machte eine Pause und verzog so angeekelt das Gesicht, dass Bella auch ohne nachzufragen begriff, dass die Korthum daran dachte, wie er ausgesehen haben mochte, als sie ihn identifizierte.

Ich möchte, dass Sie bei der Beerdigung dabei sind. Hier, sie öffnete die flache, schwarze Tasche, die sie auf ihren Schoß gelegt hatte, und zog hastig eine Brieftasche heraus.

Lassen Sie das Geld stecken, sagte Bella. Erzählen Sie mir lieber, was damals wirklich passiert ist, als Ihr Mann dort unten war.

Es war ganz deutlich, dass die Frau Angst hatte. Was soll passiert sein, sagte sie. Nichts ist passiert. Wir hatten einen kleinen Streit. Nichts Ernstes. Sein Chauffeur hat mich zurückgefahren. Und er ist nicht nachgekommen. Der Chauffeur ist übrigens seit einiger Zeit verschwunden, wenn Sie's genau wissen wollen. Das ist alles.

Sie log so offensichtlich, dass Bella überlegte, ob sie das Gespräch beenden und sie vor die Tür setzen sollte. Sie tat es nicht. Aber sie sagte auch nicht, dass sie vorhatte, zu Korthums Beerdigung zu gehen.

Sehen Sie, er hatte Freunde dort unten, zwei von ihnen haben Sie gekannt, sagte die Frau hastig, sprach dann aber nicht weiter. Sie war damit beschäftigt, ihren Unterkiefer ruhig zu halten, um das laute Klappern ihrer Zähne zu unterdrücken.

Und diese Freunde könnten der Meinung sein, dass bei dem letzten Gespräch, das Ihr Mann mit Ihnen hatte, nicht alles so glatt gelaufen ist, wie Sie es mir gerade erzählt haben, ist es nicht so? Diese Freunde könnten der Meinung sein, dass Sie etwas nach-

geholfen haben, um den Aufenthalt Ihres Mannes dort unten zu verlängern. Und diese Freunde könnten vielleicht etwas dagegen haben, nur mit Ihnen und Ihrer sauberen Freundin anstatt mit Ihrem Mann ihre illegalen Geschäfte abwickeln zu müssen.
Die Frau starrte Bella an und lachte plötzlich grell und gezwungen.
Ich dachte, Frauen wie Sie verdienen ihr Geld damit, zu schnüffeln und Leute umzubringen. Ich dachte, Sie machen alles, wenn's nur bezahlt wird. Ich wusste nicht, dass Sie Ihr Geld lieber mit Moralpredigten verdienen wollen. Verzeihung vielmals. Wahrscheinlich sind Sie eine, die mehr von männlichen Zuhältern hält. Bei uns ...
Geben Sie sich keine Mühe, sagte Bella ruhig. Frauen, die andere Frauen zum Kauf anbieten, wie Sie und Ihre Freundin, waren mir schon immer widerlich.
Sie stand auf, ging zur Haustür und blieb dort stehen, bis die Korthum das Haus verlassen hatte. Herrgott, dachte sie, als sie an den Kühlschrank ging, um sich etwas zu trinken zu holen. Kann denn nicht ein einziges Mal ein angenehmer, ordentlicher, ganz normaler Mensch zur Tür hereinkommen? Einer, dem ich vielleicht seine teure Pfeife wiederfinden soll, die er beim Spazierengehen verloren hat? Oder vielleicht eine wirklich nette Frau, die möchte, dass ich ihrem Ehemann morgens um fünf ein Ständchen organisiere, weil sie ihn vor zwanzig Jahren morgens um fünf kennengelernt hat?

DER FREITAG, für den die Trauerfeier angesetzt war, war so schön, dass Bella morgens am Fenster vor Bewunderung die Luft anhielt. Sie machte einen langen Spaziergang an der Elbe und fühlte sich wunderbar. Nur an der Schiffsbegrüßungsanlage in Schulau hatte sie ein Erlebnis, das sie traurig stimmte. Bella,

die darüber nachgedacht hatte, wie schön es wäre, mal eben ein kurzes Bad in der Elbe zu nehmen und dann zurückzugehen, erschrak durch plötzliche Rufe und sah hoch.
Sie stand neben einer kleinen Gruppe von Menschen, die sich am Ufer versammelt hatten. Sie winkten. Ein alter Mann in einem dunkelblauen, weiß gestreiften Kittel reckte eine rote Fahne in die Luft. Ein dunkler, verrosteter Frachter mit hohen Aufbauten fuhr wie eine Art Totenschiff – an Bord zeigte sich keine Menschenseele – langsam an der Schiffsbegrüßungsanlage vorüber. Dann dröhnte aus dem Lautsprecher die sowjetische Nationalhymne, und die Rufe der alten Leute waren nicht mehr zu hören.
Nicht traurig sein, Bella, nicht an einem so schönen Tag, dachte sie entschlossen. Sie machte kehrt und begann zu laufen. Sie lief langsam und gleichmäßig dicht am Wasser auf dem festen, feuchten, giftigen Elbsand zurück. Nach einer halben Stunde war sie noch auf ihren Körper konzentriert, eine keuchende, schmerzende Maschine, die sich weigern wollte, ihr zu gehorchen, und die mit aller Kraft dazu gezwungen werden musste, durchzuhalten.
Etwa am alten Schiffshafen in Teufelsbrück hatte sie die Gruppe am Ufer vergessen, nicht wirklich vergessen, natürlich, aber im Augenblick spielte sie keine Rolle mehr. Und als sie endlich keuchend die Straße erreichte, war sie erschöpft und stolz zugleich. Die Stufen den Elbhang hinauf machten ihr kaum Mühe.
Sie duschte, schlief, zog sich sorgfältig an, weiße Hose, weißes Jackett, wobei sie darüber nachdachte, wie gut es ist, dass man Muskelkater nicht sehen kann, und saß gegen vier Uhr nachmittags im Auto. Sie hatte sich vorgenommen, etwas früher auf dem Friedhof zu sein. Aber um an diesem Freitagnachmittag von einem Ende der Stadt zum anderen zu kommen, brauchte sie über eine Stunde. Trotzdem blieb noch genug Zeit, um einen Spaziergang zu machen.

Der Ohlsdorfer Friedhof war um diese Jahreszeit ein einziger blühender Rhododendron. Und auf eine merkwürdig direkte Weise war in dem Rhododendron der Tod gegenwärtig, ein violetter, stiller Tod, dem man sich ohne Furcht hingeben konnte. Nur manchmal surrte langsam ein Wagen über die asphaltierte Straße, oder eine Amsel schrie irgendwo in den Büschen.
Ganz in der Nähe der Kapelle 7 entdeckte sie eine kleine Lichtung, in deren Mitte ein fast zugewachsenes Wasser lag. Aus dem Waldrand trat eine überlebensgroße weiße Frau auf die Lichtung, mit strengem Gesicht und barbusig, die zwei junge Menschen an den Haaren hinter sich herschleifte. Die Frau hatte langes, glattes Haar und sah zugleich ernst, wild und entschlossen aus. Das Mädchen, das sie ungerührt hinter sich herzog, war schlaff und tot, während der Mann an der anderen Seite, sich verzweifelt wehrend, doch schon in sein Schicksal ergeben war. Es war deutlich, dass der Tod auch ihn nicht entkommen lassen würde. Bella stand eine ganze Weile vor der Statue. Es war das erste Mal, dass sie den Tod weiblich dargestellt fand. Die Idee gefiel ihr, auch wenn sie nicht sicher war, ob die Ausführung gelungen war.
In den Anblick der Statue versunken, bemerkte sie nicht die zwei Männer, die hinter dem nahe gelegenen Jenisch-Mausoleum zu ihr herübersahen, ohne dass sie selbst gesehen werden wollten. Hätte sie sie bemerkt, wäre vielleicht an dem, was später geschah, etwas zu ändern gewesen. Mit dem beruhigenden Gedanken, dass der Tod stärker und weiser ist als die Jugend, wandte sie sich schließlich von der Statue ab und ging zurück zur Kapelle 7.
Schon von weitem sah sie eine Gruppe von Frauen neben der Kapelle stehen, darunter Karen Arnold, die einen Hosenanzug aus leuchtend grüner Seide trug und flache blaue Sandalen, und Marianne Korthum, ganz in Schwarz, mit einer riesigen roten Stoffblume am Revers des Kostüms.
Bella blieb etwas abseits stehen und blickte sich um. Es war nie-

mand zu sehen, außer einem schwarz gekleideten Mann, der aus der Tür der Kapelle trat und den Frauen zuwinkte. Die Frauen setzten sich in Bewegung. Bella folgte ihnen. Sie traten ein und gingen in die rechts vom Mittelgang stehenden Bänke. Karen Arnold und die Korthum setzten sich in die erste Reihe, jeweils fünf Frauen in die Reihen zwei und drei, Bella saß allein auf der letzten Bank. Weder die Korthum noch Karen Arnold hatten ihre Anwesenheit zur Kenntnis genommen.

Vorn war auf einem schwarzen Holzgestell das Gefäß mit den sterblichen Überresten ihres ehemaligen Auftraggebers aufgebaut worden. Bei dem Anblick konnte Bella nicht umhin, an den zweiten braunen Umschlag in ihrem Schreibtisch zu denken, der noch zwei unangebrochene Tausender und etwas Kleingeld enthielt.

Aus der Seitentür tauchte der schwarz gekleidete Mann auf, der sie hereingewinkt hatte und verschwunden gewesen war, als sie eintraten. Er schloss die Tür betont leise hinter sich, ging mit langsamen Schritten nach vorn und stellte sich neben den Ständer mit der Urne.

In der Kapelle hatte sich eine gleichgültige Stille ausgebreitet. Die Frau, die direkt vor Bella saß, hatte ein kleines, mit weichem Handschuhleder bespanntes Gerät aus der Handtasche geholt und polierte damit sorgfältig ihre unlackierten Fingernägel. Einen Augenblick lang war das leichte Geräusch des über die Nägel fahrenden Leders der einzige Laut in der Kapelle. Dann begann der Mann zu sprechen.

Verehrte Anwesende, da es mir untersagt worden ist, dem lieben Toten zu Ehren ein paar Worte zu sagen – hier machte er eine Pause, die niemanden beeindruckte –, bitte ich Sie, mir zu folgen.

Er nahm von dem Gestell ein schwarzes Brett mit der daraufstehenden Urne herunter und verließ mit einer Art feierlichem Paradeschritt die Kapelle. Die Frauen folgten.

Neben dem Gestell hatten keine Blumen gestanden, und niemand hielt Blumen in den Händen. Während des kurzen Weges sprach niemand ein Wort. Bella sah vor sich die bunten Rücken der Frauen und ganz vorn vier schwere, goldene Troddeln, die an den Ecken des Urnenbrettes befestigt waren und im Takt des feierlichen Paradeschrittes hin und her schaukelten. Später hätte sie nicht sagen können, wo genau die Grabstelle lag, auf der die Asche des Verstorbenen niedergesetzt worden war.
Alles ging ohne ein weiteres Wort vor sich. Die Frauen wendeten sich ab, noch während der Schwarzgekleidete das Gefäß zurechtrückte. Bella fragte eine der neben ihr stehenden Frauen, wohin sie anschließend fahren würden.
Zu »Carlino«, antwortete die und stieg in den kleinen, komfortablen Bus, der neben der Kapelle stand. Mein Gott, habe ich einen Hunger, sagte eine rundliche Blonde und kletterte hinterher.

BELLA LIESS sich Zeit. Langsam fuhr sie den Wagen über die breiten, ruhigen Friedhofsstraßen, die Fenster heruntergedreht, und genoss die Abendluft. Vor dem Friedhof parkte sie und suchte eine Telefonzelle. Sie fand eine zwischen zwei Steinmetzwerkstätten. Nachdem sie die Adresse von »Carlino« im Telefonbuch gefunden hatte, ging sie zurück zum Wagen. Unterwegs blieb sie vor den ausgestellten Grabsteinen stehen und bestaunte das durch kleinbürgerliche Ewigkeitswünsche behinderte Künstlertum der Steinmetze. Oder war es gerade so, dass die Vorstellungen der Grabsteinhersteller sich auf wunderbare Weise mit denen der Hinterbliebenen verbanden? Jedenfalls waren die Ergebnisse beeindruckend fürchterlich.
Ein älterer Mann, der sich an einem Grabstein zu schaffen gemacht hatte, der aussah wie eine Vogeltränke für gehobene

Ansprüche, bemerkte Bellas bewundernde Blicke. Er nickte ihr freundlich zu und trat näher heran.
Das geht alles den Bach ab, sagte er traurig. Sehen Sie ruhig nochmal genau hin.
Bella blickte ihn fragend an.
Krisenbranche, sagte er. Sie glauben nicht, was wir im letzten Jahr für Umsatzeinbußen hatten.
Nanu, sterben die Leute weniger?
Ach wo, nur anonym, antwortete der Mann verächtlich. Keiner will sich mehr die Mühe machen, ein Grab zu pflegen. Und die Kosten für einen Grabstein sind ihnen auch zu hoch. Natürlich für einen schönen Grabstein – er tätschelte liebevoll einen ehemals schönen Granitbrocken, der zu einem verzerrten Rechteck zurechtgehauen, blank poliert und mit drei goldenen Rillen versehen worden war –, für einen schönen Grabstein muss man schon ein paar Tausender lockermachen. Aber für Kunst und Kultur haben die Leute eben heute keinen Sinn mehr. Besonders im Norden, je höher rauf, desto schlimmer. In Flensburg geht schon mehr als die Hälfte anonym unter den Rasen …
Er machte eine Pause, sah gequält vor sich hin und sagte dann: In Bayern soll das anders sein, aber was soll ich in Bayern?
Die Frage konnte Bella nicht beantworten.
Sie wandte sich ab und ging weiter. Am Beginn der Rede hatte sie den Mann nur komisch gefunden, jetzt dachte sie über das Wort Friedhofskultur nach. Sie war fast versucht, ihm ein klein wenig recht zu geben.
Als sie den Wagen gewendet hatte und an ihm vorbeifuhr, stand der Mann noch immer neben dem zerstörten Granitblock. Seine lange, lederne Schürze hatte die gleiche rötlichbraune Farbe wie der Stein. Sie war auch fast so blank.

BELLA FUHR an der Außenalster entlang, bog nach rechts in den Harvestehuder Weg ab und parkte den Wagen am Ufer. Die Lichter auf der Terrasse von »Carlino« waren angeschaltet worden, obwohl es noch nicht dunkel war. Um diese Zeit war das Lokal ziemlich leer. Das spärliche Publikum bestand aus einer kleinen Gruppe von Japanern und zwei verspäteten alten Damen, die gerade unruhig nach ihren Handtaschen griffen. Sie würden kaum vor der Dunkelheit nach Hause kommen. Und die Stadt war voller Handtaschenräuber.
Bella sah suchend über die Tische. Dann hörte sie die Stimmen der Frauen und entdeckte sie in einem Nebenraum, dessen Fenster bis zum Boden gingen. Eine Kellnerin hielt sie an und bedeutete ihr, dass dort eine geschlossene Gesellschaft sitze. Bella, die sich gerade überlegt hatte, dass sie die Tür im Auge behalten wollte, machte kehrt und setzte sich an einen der leeren Tische. Wenn sie den Blick nach rechts wandte, hatte sie die Eingangstür gut im Blick. Die Frauen saßen etwa zwanzig Meter von ihr entfernt. Sie hatten offenbar schon etwas getrunken, denn sie sprachen durcheinander und lachten laut.
Bella bestellte die fettesten Nudeln, die sie auf der Karte finden konnte, und trank einen trockenen Martini, während sie auf das Essen wartete. Sie saß mit dem Rücken zum Wasser. Vor ihr lag das Alsterufer. Hellgrüne Weidenzweige hingen auf der Wasserfläche. In einer Höhle zwischen der Wasseroberfläche und den tief herunterhängenden Zweigen saß eng aneinandergerückt und regungslos ein Liebespaar in einem Boot.
Drüben bei den Frauen wurde die Stimmung ausgelassen. Schließlich wurde die Korthum sogar gedrängt, eine Rede zu halten. Sie stand auf. Das Glas Cognac, aus dem sie gerade getrunken hatte, behielt sie in der Hand. Die Frauen wurden still. Im Restaurant war jetzt niemand mehr, außer Bella und der Kellnerin.
Die Korthum hatte zu viel getrunken. Sie schwankte, suchte nach Worten, und die Worte kamen undeutlich aus ihrem

Mund. Bella strengte sich an, um zu verstehen, was sie sagte. Sie sah der Korthum auf den Mund und behielt gleichzeitig die Tür im Auge.
Langsam trieb der Kahn unter den Weidenzweigen hervor. Sie sah ihn erst, als er nah an die Glasfenster herangetrieben war. Und auch dann hatte sie eher gespürt als gesehen, dass sich ein Schatten näherte. Erst als es zu spät war, wandte sie den Kopf nach links. Auf der vollkommen ruhigen Wasserfläche lag ein plumpes, hölzernes Boot. Am Ruder saß Korthums Gorilla. Der Mann neben ihm hatte ein Zielfernrohr auf das Gewehr gesetzt. Er schoss in dem Augenblick, als Bella ihr Gesicht der Korthum zuwandte. Die sah den Männern entgegen. Das Glas splitterte. Dann rutschte sie langsam unter den Tisch, bis sie mit dem Kinn an der Tischkante hängen blieb. Die Frauen starrten fassungslos auf die Tote. Merkwürdigerweise fiel Bella der Teil eines Gedichts von Brecht ein:

> Ich bin ein Dreck, aber es müssen
> Alle Dinge mir zum Besten dienen, ich
> Komme herauf, ich bin
> Unvermeidlich, das Geschlecht von morgen
> Bald schon kein Dreck mehr, sondern
> Der harte Mörtel, aus dem
> Die Städte gebaut sind.

Sie stand auf und ging zu den Frauen hinüber.
Bleibt sitzen, Mädchen, sagte sie. Ich rufe die Polizei.
Am Ufer startete ein Wagen.

MOSKAU, MEINE LIEBE

Für Carlo, Conny, Günther und Lothar

Schreibe, was du
gesehen hast, und was ist,
und was geschehen soll
danach.

(Offenbarung, 1.2, Vers 19)

NEIN, sagte die Frau.
Der Mann, der ihr gegenübersaß, schwieg. Er besah seine schmalen Hände. Am Nagelbett des Mittelfingers seiner rechten Hand entdeckte er ein winziges Stück überflüssiger Haut, das er sorgfältig entfernte.
Nein, sagte die Frau noch einmal. Das mache ich nicht. Alles, aber das nicht.
Kaffee oder Tee, Genosse Hauptmann, fragte der Kellner.
Der Kellner ging hinüber an das Buffet. Auf dem hellgrünen Velour waren seine Schritte nicht zu hören. In der Morgensonne sah seine braune Livree angestaubt aus. Sie hätte auch gebügelt werden müssen.

Am Nebentisch nahm ein älteres Ehepaar Platz. Die Ehefrau hängte die Kameratasche ab und legte sie zusammen mit einer Zeitung auf den Tisch. Ihr Mann griff nach der Zeitung. Die Ehefrau ging zum Buffet. Gedankenverloren sah der Hauptmann ihr nach.

Der Kellner kam zurück. Er stellte zwei Kännchen Kaffee auf den Tisch, an dem der Hauptmann wieder seine Hände besah. Dann ging er hinüber zum Nachbartisch.

Die Ehefrau lief mit einem Teller, auf dem zwei Scheiben Wurst lagen, zu dem Tisch, an dem ihr Mann die Zeitung las.
Wir nehmen Tee, sagte sie hastig zum Kellner und eilte zurück an das Buffet.

Ich vermute, du hast dir das gut überlegt, sagte der Hauptmann.
Sicher hast du genau nachgedacht, bevor du abgelehnt hast.
Da gibt es nichts zu überlegen.
Die Stimme der Frau war unsicher. Sie hatte ihre Tasse mit Kaffee gefüllt und begann ein Stück Zucker auszuwickeln. Ihre langen, knallrot lackierten Fingernägel behinderten sie dabei.

Am Nebentisch kam die Ehefrau zurück. Ohne den Blick von der Zeitung zu wenden, nahm ihr Mann die Arme zur Seite, sodass sie den mit Aufschnitt gefüllten Teller vor ihm abstellen konnte. Dann ging sie wieder zum Buffet.

Er zahlt extra, sagte der Hauptmann. Tausend pro Tag sind auf jeden Fall drin.
Für dich oder für mich, fragte die Frau schnell.
Der Mann hob den Kopf und sah sie an. Es tat ihr leid, dass sie gefragt hatte, aber jetzt war es nicht mehr zu ändern.
Für dich, sagte der Mann. Er lächelte.
Das Gesicht der Frau rötete sich leicht. Sie senkte den Kopf.
Nein.

Die Ehefrau am Nebentisch kam zum zweiten Mal vom Buffet zurück. Diesmal brachte sie Brot, ein Ei, Butter und Käse. Ihr Mann sah immer noch in die Zeitung. Sie baute die Sachen vor ihm auf. Dann ließ sie sich ächzend auf ihren Stuhl fallen und wartete.

Ich habe gestern deine Tochter gesehen, sagte der Mann leise.
Er hatte die Betrachtung seiner Hände endgültig aufgegeben und sah der Frau aufmerksam ins Gesicht.
Sie ist fünfzehn, wie? Gut entwickelt für ihr Alter.
Er machte eine Pause. Die Frau ihm gegenüber presste die Lippen zusammen.

Gestern haben wir ein paar junge Leute festgenommen, fuhr er fort. Rauschgift. Ich möchte nur wissen, wer ihnen das Zeug besorgt hat. Man müsste sie vor sich selbst schützen. Schwieriges Problem, bei unseren Lagern. Nach jedem Besuch in einer Strafkolonie für Frauen bin ich halb krank, so niederschmetternd ist der Eindruck. Wer da wieder rauskommt, ist kaputt.

Der Kellner brachte Tee an den Nebentisch. Er stellte die Kännchen ab und ging. Ächzend erhob sich die Ehefrau und goss ihrem Mann Tee ein. Abwartend blieb sie stehen. Der Ehemann legte die Zeitung beiseite und blickte auf das vor ihm aufgebaute Frühstück. Seine Arme hingen schlaff herunter.
Zucker, sagte er.
Die Ehefrau wickelte ein Stück Zucker aus, ließ es in die Tasse fallen und rührte um.
Zwei.
Seine Arme hingen noch immer schlaff herab. Die Ehefrau gab auch das zweite Stück Zucker in die Tasse und rührte noch einmal um. Der Ehemann blieb mit herunterhängenden Armen sitzen.

Die Frau presste noch immer die Lippen zusammen. Der Mann ihr gegenüber lächelte.
Vier Jahre, in vier Jahren kann man erwachsen werden. Körperlich und moralisch. Was sie in der Zeit mitmachen, das reicht fürs Leben.
In Ordnung, sagte die Frau. Sag mir, was ich tun soll.
Du wirst sehen, es gefällt dir sogar, wenn du es oft genug gemacht hast. Trink deinen Kaffee, wir haben nicht mehr viel Zeit für die Vorbereitungen.
Die Frau trank nicht. Sie starrte vor sich auf die Tischplatte. Die dunklen, glatten Haare fielen ihr halb über das Gesicht. Der Hauptmann sah sie prüfend an. Sie war schön. Vielleicht ein

bisschen zu aufwendig angezogen für einen gewöhnlichen Vormittag. Aber sie hatte Geschmack.
Wenn du es richtig anstellst, kann es was Festes werden, sagte er freundlich. Dein Kunde kommt vorläufig alle drei Wochen. In der Modebranche kommen wir voran. Und für dich und deine Tochter fallen bestimmt Kleider dabei ab.

Mit Käse, sagte der Ehemann am Nebentisch.
Seine Frau schnitt ein Brötchen auf, bestrich beide Hälften mit Butter, belegte die untere mit Käse und legte beide ihrem Mann auf den Teller.
Leberwurst, sagte der Ehemann.
Seine Frau griff nach der zweiten Brötchenhälfte, bestrich sie mit Leberwurst und legte sie zurück auf den Teller ihres Mannes. Der Ehemann hob die schlaff herunterhängenden Arme auf den Tisch, nahm in die linke Hand das Käsebrötchen, in die rechte Hand die Teetasse und begann, laut und genüsslich zu frühstücken. Seine Frau ging zum vierten Mal an das Buffet. Diesmal, um das Frühstück für sich selbst zu holen.

Lass dir das Geld gleich geben, sagte der Mann, während er mit der dunkelhaarigen Frau den Raum verließ.
In der Hotelhalle waren mehrere Reisegruppen angekommen. Die beiden drängten sich durch die Menschenmenge. Der Blick der Frau fiel durch die gläsernen Hoteltüren auf das Denkmal zu Ehren der Bezwinger des Weltraums. Die in der Sonne glänzende Rakete schien gerade gestartet zu sein.
Der Mann und die Frau hatten den Fahrstuhl erreicht. Sie fuhren in den zwanzigsten Stock. Auf dem Flur war niemand zu sehen, außer einer alten Frau, die an einem Tischchen in der Mitte des Ganges hockte und schlief.
Der Mann schloss das Zimmer auf. Die Frau ging ans Fenster und blickte hinaus. Sie sah auf den Moskauer Fernsehturm, die Allee

der Kosmonauten und den Park der All-Unions-Ausstellung. Sie wandte sich um und begann, ihr Kleid auszuziehen. Als sie nackt war, brachte sie ihre Sachen in den Wandschrank im Flur. Der Mann hatte sich auf einen Sessel gesetzt und wartete. Die Frau legte sich auf die Bettdecke.
Ich mache nur die Füße fest, sagte der Mann. Er holte zwei kurze Stricke aus der Jackentasche und befestigte erst das eine und dann das andere Bein der Frau am rechten und linken Fuß des Bettes. Er gab sich Mühe, die Stricke nicht zu fest anzuziehen.
Die Hände brauchst du nur über den Kopf zu legen. Er hat bis heute Abend bezahlt. Wenn er länger will, muss er mehr geben. Um 18.00 Uhr kannst du Schluss machen. Er ist ganz in Ordnung.
Während der Mann sprach, hatte er seine Arbeit beendet. Er sah auf die Frau herunter. Dann ging er. An der Tür wandte er sich noch einmal um.
Auf dem Nachttisch steht ein Glas Wasser, sagte er, für dich. Schärfere Sachen sind im Kühlschrank.
Die Frau lag einen Augenblick still, nachdem die Tür ins Schloss gefallen war. Die Sonne schien durch die dünnen Vorhänge auf ihren Bauch.
Vielleicht ist es doch nicht so schlimm, dachte sie. Und das Geld ist auch nicht zu verachten.
Dann fiel ihr ihre Tochter ein, und sie spürte, wie ihr Mund trocken wurde. Sie stützte den linken Arm auf, angelte mit der rechten Hand das Glas Wasser vom Nachttisch und trank.
In der Zimmertür drehte sich der Schlüssel. Das Geräusch des sich drehenden Schlüssels sollte das letzte sein, das sie in ihrem Leben hören würde. Als der Freier neben dem Bett stand, war sie schon tot.

ICH BIN GESPANNT, was es diesmal sein wird, dachte Bella belustigt, während sie versuchte, den Porsche in eine ziemlich kleine Parklücke zu zwängen.
Noch jedes Mal hatte ihre Mutter an ihr etwas gefunden, das nicht in Ordnung gewesen war. Für Bella war daraus mit der Zeit ein Sport geworden. Sie zog sich so korrekt wie möglich an und wartete dann gespannt, was es wohl diesmal an ihrem Aufzug auszusetzen gäbe.
Endlich hatte sie den Wagen eingeparkt – die Lücke war wirklich ziemlich klein gewesen – und stand, den Blumenstrauß in der Hand, die Schuhe geputzt und die Hose gebügelt, vor der Haustür und klingelte. Von innen wurde der Summer gedrückt, aber niemand erschien. Bella trat ein. Auch im Hausflur und in der Wohnungstür wartete niemand. Bella ging ins Wohnzimmer und fand ihre Mutter auf dem Fußboden, vor einem ausgebreiteten Stadtplan von Moskau.
Hier, sagte sie, ohne aufzusehen, wo ich die schwarzen Kreuze gemacht habe, da musst du unbedingt hin. An den Kreuzen stehen Nummern, und hier ist die Liste. Die Fragen habe ich daneben geschrieben. Würdest du sonst doch vergessen.
Immer noch ohne aufzusehen, schob sie Bella einen weißen Bogen entgegen.

X^1 = *Puschkin-Denkmal/Liegen dort Blumen?*
X^2 = *Tolstoi-Haus/Gibt es den schwarzen Schreibtisch dort wie auf dem Bild von Repin?*
X^3 = *Kreml/Ist die rote Fahne nachts angestrahlt? Die ganze Nacht?*
X^4 = *Wer ist auf dem Foto der ersten Sowjetregierung, Trotzki?*
X^5 = *Friedhof des Jungfrauenklosters/Beschreibe das Grab von Kollontai und Tschechow*
XXX = *Geh in einen Bäckerladen/Schlachterladen/Was kann man kaufen? Liste*

Bella blickte hinunter auf den Stadtplan. Dicke schwarze Kreuze hatten ihn an verschiedenen Stellen unleserlich gemacht.
Die Liste ist noch nicht vollständig. Warte. Es dauert noch ein Weilchen.
Bella setzte sich schweigend in einen Sessel und sah zu, wie die alte Frau auf dem Fußboden ihre Sehnsüchte mit nummerierten schwarzen Kreuzen versah.
Mutter, sagte sie schließlich. Ich muss den Stadtplan auch noch lesen können.
Wieso? Du nimmst doch sowieso deinen eigenen Plan mit, hoffe ich. Du vergleichst einfach. Na gut, alles wirst du nicht schaffen, aber sieh unbedingt nach, ob das Haus noch steht, in dem dein Großvater ...
Mutter, jetzt hör mal auf. Weshalb fährst du nicht selbst, wenn du so neugierig bist?
Bellas Mutter hob den Kopf. Sie saß kerzengerade auf dem Fußboden neben dem Stadtplan.
Wie beweglich sie noch ist, dachte Bella bewundernd, zäh, klein und beweglich.
Weil ich mich fürchte, sagte sie bestimmt.
Weil du was?
Weil ich mich fürchte, wiederholte sie. Komm, hilf mir mal auf.
Bella zog die Mutter hoch. Die setzte sich ebenfalls in einen Sessel und sah ihre Tochter an.
Das ist ganz einfach, sagte sie dann. Ich bin jetzt bald dreiundachtzig. Du kannst dir ausrechnen, wie lange ich ungefähr noch leben werde. Kann sein, ein Jahr oder fünf, viel mehr ist auf keinen Fall drin. Und das reicht nicht, um nochmal von vorn anzufangen.
Von vorn anfangen? Wovon sprichst du?
Nimm an, die Genossen sind nicht ordentlich umgegangen mit der Revolution. Man redet ja heute so allerlei. Und ich komme

jetzt und stelle fest, es ist etwas dran an dem Gerede. Was müsste ich machen? Ich müsste kritisieren, diskutieren, neu überlegen … und dafür reicht meine Zeit nicht mehr. So einfach ist das.

Mutter, sagte Bella vorsichtig, könnte es nicht sein, dass du dich grundsätzlich und von Anfang an geirrt hast? Könnte es nicht sein –

Bella, du redest Blödsinn. Und du weißt es. Hoffentlich, fügte sie hinzu, als Bella nicht antwortete. Der Tee ist fertig. Hol ihn aus der Küche.

Gehorsam holte Bella das Tablett mit Tee und Keksen und deckte den Tisch. Die Liste mit den Fragen lag schon an ihrem Platz.

Du kannst sie ergänzen, sagte Bellas Mutter. Vielleicht fällt dir etwas Besonderes auf. Verheimliche mir nichts.

Natürlich nicht, sagte Bella beschwichtigend.

Die Stimme ihrer Mutter hatte zuletzt doch ein bisschen zaghaft geklungen.

Ich hoffe nur, ich werde genügend Zeit haben, um all deine Aufträge auszuführen.

Natürlich hast du genug Zeit. Was willst du denn sonst so lange dort machen? Und übrigens: Du willst doch nicht etwa in diesem unmöglichen Jackett verreisen?

BELLA SASS im Flugzeug und beobachtete, wie sich die Wälder unter ihr in die Spielzeugwälder einer elektrischen Eisenbahnanlage verwandelten. Vor einer halben Stunde war ihr klar geworden, dass sie einen ziemlich großen Fehler begangen hatte, den zu beheben eine lange Zeit in Anspruch nehmen würde. Sie hatte sich, anstatt wie vorgesehen ein langes Wochenende in Moskau auf den Spuren ihres Großvaters zu wandeln, in ei-

nen sowjetischen Polizisten verliebt. An eine Fortsetzung der Geschichte war nicht zu denken, und Bella hasste unerledigte Sachen. Sie fand, dass sie einen Plan machen müsse, um das Gefühlschaos, von dem sie beherrscht wurde, möglichst bald hinter sich zu bringen. Aber weiter als: keinen Tropfen Alkohol in den nächsten Monaten, um die Kontrolle über die Gedanken nicht zu verlieren, und: mit niemandem über die Geschichte reden, um die Erinnerung schneller verblassen zu lassen, war sie bei der Landung des Flugzeugs in Hamburg nicht gekommen.
In Hamburg fiel Schnee.
Himmel, geht es nicht etwas einfacher, dachte Bella verzweifelt.
Sieht schön aus, nicht?, fragte der Taxifahrer freundlich. Und Bella dachte an den nächtlichen, verschneiten Roten Platz, den nachtblauen Himmel darüber und gegen den Nachthimmel diese rote Fahne.

Im Haus war es warm. Bella fühlte sich ein bisschen getröstet. Sie ging in die Küche, öffnete den Kühlschrank und nahm zwei volle Flaschen Wodka heraus. Sie schraubte die festsitzenden Metallkappen ab und ließ den Inhalt der Flaschen nacheinander in den Ausguss laufen. Sie überlegte einen Augenblick, ging an den Schreibtisch, holte auch die Flasche aus der untersten Schublade links hervor und goss den Inhalt ebenfalls fort. Es kostete sie große Anstrengung, dabei die Erinnerung an einen Abend zu verdrängen, an dem ebenfalls Wodka flaschenweise vergossen worden war. Sie öffnete die Reisetasche und suchte den Block-Gedichtband hervor. Sie hatte ihn in den vergangenen vier Tagen nicht angerührt. Kurz darauf lag sie im Bett, die Vorhänge sperrten den Schnee aus, und las – oder versuchte doch zu lesen.

> Dahin – was man liebte, was einem begegnet,
> Der Weg nicht gewiss, und alles vorbei ...
> Und doch nicht zu löschen, und dennoch gesegnet,
> Und unwiederbringlich ... verzeih!

Sie schlug die Seiten um, natürlich nur, um zu finden:

> Ich werde dich preisen,
> Werde den Klang
> Deiner Stimme zum Himmel tragen!
> Werde den Sternen
> In großem Gesang
> Dank für dein Feuer sagen!

Bella warf das Buch in die Ecke, zog die Decke über den Kopf und befahl sich einzuschlafen.
Es war Ende Februar, und Bella hatte vergessen, dass man in dem Zustand, in dem sie sich befand, jeden Vers, jeden Himmel und sogar jede Tischkante zu dem entsprechenden Objekt der Begierde in Beziehung setzt. Da wäre es auf einen Vers mehr oder weniger nicht angekommen.

NACH ACHT WOCHEN war klar, dass etwas geschehen musste. Da Wodka nicht in Frage kam, rief sie Beyer an.
Was ist los, fragte er, du klingst, als ginge es dir nicht gut.
Es geht mir wunderbar, antwortete Bella. Wenn ich nicht so gut fliegen könnte, wäre ich schon aus dem Fenster gesprungen.
Und Schnaps?, fragte Beyer zurück, ist dir dein Vorrat ausgegangen?
Wenn ich etwas nicht ausstehen kann, dann sind es zynische junge Leute. Es gab eine Zeit, da waren wir beide der Meinung,

dass Zynismus nichts weiter ist als die männliche Reaktion auf eine misslungene persönliche Karriere.
Ist gut, ich bin gleich da.
Bellas Stimme hatte müde geklungen und so hoffnungslos, dass Beyer ernsthaft beunruhigt war.
Bella blieb auf dem Sessel am Fenster sitzen. Das Telefon stellte sie neben sich auf den Fußboden. Es war sechs Uhr nachmittags. Das Wasser der Elbe war blau. An den Sträuchern vor dem Fenster saßen hellgrüne Blätter, und wenn Bella die Möglichkeit gehabt hätte, jedes Blatt einzeln in die Äste der Sträucher zurückzustopfen, dann hätte sie es getan. Nur um den verdammten Frühling nicht sehen zu müssen.
Beyer kam eine halbe Stunde später. Er warf einen Blick auf die am Fenster sitzende Bella, ging in die Küche und begann erst den Kühlschrank und dann die übrigen Schränke zu durchsuchen …
Es ist nichts da, rief Bella nach einer Weile. Er kam ins Zimmer zurück und sah sie besorgt an.
Tu mir einen Gefallen und frag mich nichts, sagte sie. Warte einen Moment. Ich will dir etwas erzählen. Ich suche nur noch den Anfang.
Beyer setzte sich hinter den Schreibtisch und sah Bella aufmerksam an.
Als Freund oder als Polizist, fragte er.
Bella antwortete nicht.
Ich erzähle dir jetzt eine Geschichte, sagte sie eine Weile später. Versuch du zu begreifen, was passiert ist, und gib mir anschließend einen Rat, ja?

ICH WAR in Moskau, um zu sehen, wo mein Großvater ... Sie sprach nicht weiter und sah aus dem Fenster. Über dem Fluss kreiste eine einsame Möwe. Der Wind beschäftigte sich damit, einzelnen Wellen schlaffe Schaumkronen aufzusetzen, die sich sehr schnell wieder auflösten.
Beyer wartete.
Als Bella weitersprach, klang ihre Stimme leise und fest.

Ein Taxifahrer brachte mich zum Außenhandelszentrum. Ich setzte mich in eine Bar. Die Frau, die neben mir saß, legte einen Rubel unter die Teetasse. Es war sehr laut in der Bar. Der Kellner kam. Er trug eine angeschlagene braune Teekanne vor sich her. In meinem Rücken schlug jemand heftig mit der flachen Hand auf den Tisch. An dem Tisch saßen Männer, die daraufhin in grölendes Gelächter ausbrachen.
Der Kellner hatte unseren Tisch erreicht. Er stellte die Kanne ab und zog die Teetasse der Frau an die Tischkante. Der Rubel fiel unauffällig in seine linke Hand, die er neben der Tischkante aufhielt. Das brüllende Gelächter der Männer war von der Sorte ›Witz beim Skat‹. Jeder auch nur einigermaßen intelligenten Frau gab es genügend Auskunft über die geistige Befindlichkeit der Brüllenden, um sich desinteressiert abzuwenden.

Bella machte eine Pause. Es war sehr still im Zimmer.

In der Bar wurde deutsches Bier ausgeschenkt. Nur die Frau neben mir trank Tee. Es war die einzige Bar im Umkreis von fünf Kilometern, in der es Bier gab, gegen Devisen, natürlich.
Der Kellner drängte sich mit der hocherhobenen Teekanne zurück hinter den Tresen. Die Frau hob die Tasse zum Mund. Der Tee sah dünn aus und hellgrün. Während sie trank, musterten ihre Augen über den Rand der Tasse hinweg die brüllenden Männer. Die Frau war jung und sehr schön. Das schwarze Kleid, das sie trug, gibt es in Moskau nicht zu kaufen. Die Männer in

meinem Rücken unterhielten sich jetzt leise. Ihre Stimmen waren in dem allgemeinen Lärm untergegangen. Die Frau lächelte sanft. Sie hatte gefunden, was sie suchte. Ich hörte das Geräusch von Stuhlbeinen, die über den Holzfußboden schrammten. Die Frau hielt die Teetasse noch immer in der Hand. Sie lächelte immer noch. Links neben mir drängte sich ein Mann an den Tisch. Ich sah eine dunkelblaue Hose und einen weinroten Pullover, darüber irgendetwas Blondes.
In diesem Augenblick fiel der Frau die Teetasse aus der Hand. Tasse und Untertasse klapperten gegeneinander, bevor sie heil auf der Tischplatte landeten. Die Frau riss den Mund auf. Auch ihre Augen waren sehr weit aufgerissen, als sie vornüberfiel. Sie war tot im Augenblick, als sie begriff, dass sie sterben würde.
Ihr Kopf fiel auf die Tischplatte. Er lag in einer Pfütze aus hellgrünem Tee. Auf der hellen Holzplatte war der Tee farblos. Es sah aus, als hätte die Frau einen kleinen See geweint und sich dann hineingelegt.

Bella hatte beim Sprechen aus dem Fenster gesehen. Sie beobachtete noch immer das dunkler werdende Wasser. Es hatten sich mehr Schaumkronen gebildet, und sie hielten sich länger.

Die dunkelblaue Hose neben mir war verschwunden. Ich sah mich um. Der Mann, ein großer, blonder, sehr deutsch aussehender Mann, war zurück an seinen Tisch gegangen. Die anderen empfingen ihn mit Witzen. Ich sah, dass er verwirrt war. Er versuchte, seinen Freunden klarzumachen, dass etwas geschehen war, das er nicht begriff. Sie sprachen miteinander und begannen, vorsichtig zu unserem Tisch herüberzusehen, auf dem noch immer der Kopf der Frau in dem sehr hellen See aus Tränen lag. Niemand außer mir und den Männern hatte den Vorfall bemerkt. Das Stimmengewirr, Deutsch, Japanisch und Amerikanisch, hielt unvermindert an.
Ich nahm den schwarzen, seidenen Schal ab, den ich mir um

den Hals gewickelt hatte, und schob ein Ende vorsichtig in die durchsichtige Lache auf dem Tisch. Seide eignet sich nicht gut zum Aufsaugen von Flüssigkeit, aber der Stoff wurde nass. Ich wickelte den Schal zu einem Knäuel zusammen, das nasse Ende nach innen, und steckte ihn in meine Jackentasche – er liegt da unten in der Schreibtischschublade. Dann versuchte ich, den Kellner heranzuwinken. Es gelang mir erst, als er, beladen mit Tellern, auf denen gegrillte Hähnchen und Schweinshaxen von ungeheuren Ausmaßen lagen, an meinem Tisch vorbeikam. Er brachte die Teller an einen Nebentisch, kam zurück und sah mich fragend an. Die Frau auf der Tischplatte beachtete er nicht.
Ich sagte leise: Sie ist tot.
Der Kellner lachte. Er trat noch einen Schritt näher an den Tisch und berührte mit der Hand die Schulter der Frau.
He, sagte er ebenfalls leise.
Der rechte Arm der Frau, der angewinkelt neben ihrem Hinterkopf gelegen hatte, rutschte langsam über die Tischkante und baumelte schlaff herab. Der Kopf begann, ein Stück hinterherzurutschen, blieb dann aber vor der Tischkante liegen. Auch ohne in das Gesicht der Frau zu sehen, begriff der Kellner, dass ich die Wahrheit gesagt hatte. Er hatte plötzlich scharfe Falten um die Mundwinkel. Seine Stirn glänzte feucht. Die Haut im Gesicht erinnerte ein bisschen an Wachs, hellrot geflecktes Wachs.
Noch immer bemerkte niemand in der Bar, was geschehen war. Nur die Deutschen versuchten, sich durch das Gewühl zum Ausgang zu drängen. Aus der Ecke hinter dem Tresen rief jemand nach dem Kellner.
Komme, antwortete er laut, und leise zu mir: Können Sie mit anfassen?

Zum ersten Mal sah Bella zu Beyer hinüber. Er saß im Halbdunkel hinter dem Schreibtisch. Sein Gesichtsausdruck war nicht zu erkennen.

Ihr ist schlecht geworden, rief der Kellner laut zum Tresen hinüber, während wir gemeinsam der toten Frau unter die Arme griffen. Es bildete sich eine kleine Gasse, als wir die Frau zum Tresen schleiften. Ihr Kopf baumelte auf der Brust hin und her.
Während wir die tote Frau gemeinsam durch einen roten Vorhang bugsierten, habe ich dem Mann hinter dem Tresen gesagt, dass der Tisch abgewischt werden müsse. Die Frau war leicht. Wir ließen den Körper auf einen Stapel leerer Kisten rutschen.
Der Kellner rief laut: Babuschka, verdammt, sie soll den Tisch abwischen. Wo ist das Weib schon wieder! Ich habe nicht bemerkt, dass diese Babuschka auftauchte. Bevor ich den Vorhang beiseite schob und in die Bar zurückging, sah ich mich noch einmal um. Die Frau lag schmal und schwarz – auch Schuhe und Strümpfe waren schwarz, die leuchtendroten Fingernägel waren der einzige Farbfleck an ihr – auf den Kisten, die langen Beine merkwürdig steif von sich gestreckt. Ihre Hände waren leer.
Am Tresen telefonierte der Kellner nach der Miliz.
Ich kehrte an den Tisch zurück. Um die saubere Tischplatte saß eine Gruppe Japaner. Sie trugen weiße Hemden und dunkle Anzüge. Mein Platz war besetzt.
Ich habe die Japaner freundlich gebeten, mir die Tasche zu geben. Einer der Männer griff hinter sich und beförderte eine kleine, schwarze Umhängetasche, die in der äußersten Ecke der Bank gelegen hatte, auf den Tisch. Ich bedankte mich bei ihnen.

Bella schwieg.
Verrückt, sagte sie dann. Du hättest das sehen müssen: Sechs vollkommen gleiche japanische Gesichter lächelten über sechs vollkommen gleichen schwarz-weißen Oberkörpern, und sechs vollkommen gleiche Köpfe deuteten eine Verneigung an.

Ich ging zurück an den Tresen und stellte mich, weil ich dort keinen Platz fand, auf einen freien Fleck unter dem Fernseher.

Ich hörte die Nachrichten, während ich die gegenüberliegende Eingangstür beobachtete. Im Lokal veränderte sich nichts. Der Tisch der Deutschen war gleich wieder besetzt worden. Trotzdem hatten noch immer viele Gäste keinen Platz gefunden. Sie hielten große Biergläser in den Händen, redeten laut und warteten. Das helle Holz der Tische und die mit hellem Holz verkleideten Wände ließen die Bar freundlich und sauber aussehen. An der Kasse neben dem Eingang drängten sich die Gäste, um Verzehrbons zu lösen.
Der Kellner kam und brachte mir ein Glas Bier.
Die Miliz wird gleich da sein, murmelte er. Wenn Sie verschwinden wollen …
Ich sagte ihm, ich würde bleiben.
Der Kellner sah mich ungläubig an, zuckte mit den Schultern und wandte sich ab. Ich behielt den Eingang im Auge.
Als die Miliz kam, hatte sich die Schlange an der Kasse gerade für einen Augenblick aufgelöst. Plötzlich standen drei Männer in der Tür. Zwei von ihnen trugen Uniform. Sie waren schneebedeckt, und der Mann zwischen den beiden Milizionären war so schön, dass mir die Knie weich wurden.
Als er näher kam, sah ich, dass er blaue Augen hatte. Ich erfasste jede Einzelheit an ihm, sogar die ausgerissenen Daumen der Lederhandschuhe, die er in den Händen hielt. Es waren schmale Hände.

Beyer räusperte sich.
Ich kann's nicht ändern, sagte Bella. Der verdammte Kerl sah aus wie mein Großvater. Und ich dachte, ich dachte es wirklich so, wie ich es dir jetzt sage, ich dachte: Nimm dich zusammen, Bella Block, alles, nur keinen Russen. Und ich wusste, es war zu spät.
Wieder war es still.
Dann sagte Bella: Mach die Schreibtischlampe an. Ich erzähle

dir die ganze Geschichte, und ich will nicht, dass du dabei im Dunkeln sitzt.
Bist du sicher, dass du sie mir erzählen willst?
Als Bella nicht antwortete, sagte Beyer leise: Ich bin nicht sicher, ob ich sie hören will.
Bitte, sagte Bella.
Beyer seufzte und lehnte sich zurück. Sein Gesicht war noch immer nicht beleuchtet.
Bella sprach jetzt schneller.

Die drei Männer drängten sich durch den Raum bis zum Tresen. Ein paar Leute wurden unruhig und verschwanden. Die Stimmen klangen ein wenig leiser. Der Kellner, der zusammen mit mir die Frau in den Hinterraum gebracht hatte, ging hinter den roten Vorhang und winkte den Männern, ihm zu folgen. Ich blieb auf meinem Platz und starrte auf den Vorhang, hinter dem sie verschwunden waren. Ich stand da und dachte: Du hättest nicht herkommen sollen, Bella Block. Was hast du hier zu suchen? Dein Großvater ist siebenundsechzig Jahre tot. Dies ist ein anderes Land, anders, als er es gekannt hat. Man soll nie irgendwelchen sentimentalen Anwandlungen folgen.
Ich versuchte auch, irgendwelche passenden russischen Schimpfwörter zu finden, mit denen ich mich selbst auszeichnen wollte. Es fiel mir nichts ein, weil ich zu sehr darauf wartete, dass der Vorhang zur Seite geschoben würde.
Endlich erschien der Kellner, bleich, mit einer Zigarette zwischen den Fingern, und winkte mir zu. Ich verließ den Platz unter dem Fernseher. Die Ansagerin kündigte einen amerikanischen Western an, während ich mein Bierglas auf dem Tresen abstellte. Neben mir telefonierte einer der Milizionäre nach einem Wagen. Die Frau lag noch immer in der gleichen Haltung auf den Kisten. Ihre Hände und ihr Gesicht, jedenfalls das, was ich davon sehen konnte, waren blasser geworden.

Bitte, setzen Sie sich, sagte Alexander.
Er wies auf eine Kiste und setzte sich neben mich. Der Raum war dunkel und kalt. Ich bemerkte weder das fehlende Licht noch die fehlende Wärme. Ich sah den Mann an, den ich bei mir Alexander nannte, und begann, meine Gefühle vor mir selbst damit zu rechtfertigen, dass er meinem Großvater tatsächlich sehr ähnlich sah. Er musterte mich aufmerksam.
Ihren Namen, bitte, sagte er.
Beim Klang seiner Stimme sträubte sich mein Fell. Verflucht, dachte ich, fehlt bloß noch, dass meine Knie zittern.
Ich nannte meinen Namen und kramte meinen Hotelausweis aus der Jackentasche. Er warf einen Blick auf das Papier und gab es zurück.
Der Kellner sagt, Sie hätten am selben Tisch gesessen?
Ja, sagte ich. Mehr fiel mir nicht ein.
Bitte, erzählen Sie, was Sie gesehen haben.
Während ich sprach, sah ich ihn an. Ich hatte ihn schon die ganze Zeit angesehen, und ich war fest davon überzeugt, dass ich ihn mein ganzes restliches Leben ansehen wollte.
Ich sagte: Der Kellner hat ihr einen Tee gebracht. Der Tee war grün, ganz hell …
Ja? Weiter?
Sie hat die Tasse an den Mund gehoben, es war eine dicke, braune Tasse …
Ja? Weiter?
Ich riss mich mit Gewalt zusammen.
Sie trank. Dabei sah sie über den Tassenrand und lächelte. Dann fiel die Tasse auf den Tisch. Ihre Hände ließen sie einfach los. Sie riss die Augen auf und den Mund. Sie war sicher schon tot, als sie über dem Tisch zusammenbrach.
Haben Sie gesehen, wem sie zugelächelt hat?
Nein, sagte ich wahrheitsgemäß.
Ich glaube, es war dann eine Weile still. Alexander sah mich

an. Dann fuhr ich zusammen. Dicht neben mir schlug jemand von außen mit bloßen Händen an eine Stahltür. Der Kellner ging, um zu öffnen, blieb aber unschlüssig vor der Tür stehen und wandte sich um. Alexander nickte ihm zu. Der Kellner öffnete die Tür, jedenfalls versuchte er es, aber es dauerte eine Weile, bis er mit der Tür den Schnee beiseite geschoben hatte. In der Türöffnung wurde ein Krankenwagen sichtbar, der langsam rückwärts heranfuhr. Zwei kleine, alte Männer kletterten aus dem Wagen. Sie trugen zwei mit Gurten verbundene Stangen zwischen sich. Über ihre weißen Kittel hatten sie dicke Jacken gezogen. Ohne ein Wort zu sagen, stellten sie die Bahre auf dem Boden ab – der Kellner hatte mit dem Fuß ein paar Kisten zur Seite geschoben – und legten die Frau darauf. Ich sah, dass ihr Gesicht kleiner geworden war. Zwischen den Kisten sah sie aus wie ein Stück Gerümpel, wie eine Kleiderpuppe, die am Boden vergessen worden war. Die kleinen Alten bugsierten die Frau in den Wagen, ohne ein Wort zu sagen. Sie stiegen mühsam hinterher auf die Ladefläche und schlossen die Tür von innen. Der Fahrer, den wir nicht zu Gesicht bekommen hatten, gab Gas. Der Wagen fuhr fast lautlos und sehr langsam davon.

Bella machte eine Pause.
Wegen des Schnees und auch, weil die Frau, die darin lag, es nicht mehr eilig hatte, sagte sie dann.

Der Kellner, die beiden Uniformierten, Alexander und ich starrten hinter dem Wagen her, bis die Stahltür krachend ins Schloss fiel. Ein wenig Schnee wurde dabei in den Raum geschoben und blieb liegen, ohne aufzutauen.
Alexander gab mir den Hotelausweis zurück.
Ich bitte Sie, zurück in Ihr Hotel zu gehen. Ich werde mich bei Ihnen melden, wenn es nötig ist. Wenn Sie ausgehen, hinterlassen Sie bitte, wann Sie im Hotel erreichbar sind. Zur Sicherheit, falls wir Sie noch einmal sprechen müssen.

Ich nickte. Ich verließ den Raum durch den Vorhang und betrat die Bar, um meinen Mantel zu holen. Die sechs Japaner saßen vor sechs Schweinshaxen. Als ich an ihnen vorbeiging, hob ich ein wenig die kleine schwarze Tasche und nickte ihnen freundlich zu. Sechs dunkle Köpfe nickten zurück, aber die Schweinshaxen blieben unbeweglich liegen.

Bella lächelte in Erinnerung an die Japaner, und auch Beyer lächelte erleichtert. Offenbar hatte Bella doch noch nicht ganz den Verstand verloren.

Bevor ich die Bar verließ, ging ich in den Waschraum. Ich sah mir den Inhalt der Handtasche an. In der Tasche waren ein teures Portemonnaie (Inhalt siebzehn Rubel), eine zierliche, altmodische Puderdose aus Schildpatt, ein winziges Fläschchen französischen Parfüms (irgendein Geizkragen hatte ihr eine kostenlose Reklameflasche geschenkt), ein Wohnungsschlüssel, ein zerknitterter Kassenbon und ein kleines schwarzledernes Notizbuch. Der Kassenbon lag zwischen den ersten Seiten. Auf der Rückseite des Kassenbons stand ein Wort, flüchtig und mit Bleistift hingeschrieben.
Ich steckte das Notizbuch und den zerknitterten Zettel in meine Jackentasche. Aus Gewohnheit, nehme ich an. Die Handtasche ließ ich im Waschraum liegen.
Der Ausgang der Bar führt nicht zur Straße, sondern in eine weite Hotelhalle mit Läden, die abends geschlossen sind. Am Ende der Halle bewegen sich zwei gläserne Fahrstühle lautlos auf und nieder. Auf einer Säule steht ein Hahn aus Metall, der, seit eine westdeutsche Zeitung ihn entdeckt hat, von den westdeutschen Hotelgästen mit Misstrauen betrachtet wird. Sie glauben, der KGB habe im Kopf des Hahns eine Kamera versteckt.
Ich verließ das Hotel. Der Schnee lag sehr hoch. Rechts standen ein paar schwarze Wagen. Taxis waren nicht zu sehen. Lang-

sam und vorsichtig, um auf der dicken Eisdecke, die den Bürgersteig bedeckte, nicht auszurutschen, ging ich zur nächsten Metrostation. Etwa nach zweihundert Metern erreichte ich eine Straßenkreuzung. Die Straßen waren völlig leer. Ich beschloss, trotzdem den Fußgängertunnel zu benutzen. Ich weiß, dass ich die vereisten Treppen wie im Traum hinunterging. Die schwarze Tunnelhöhle, die vor mir lag, kam mir vor wie der Eingang zu einer unwirklichen Welt. Noch vor einer Stunde hätte ich jeden, der mir gesagt hätte, ich würde mich innerhalb von Sekunden unsterblich verlieben, für verrückt erklärt. So etwas war nicht möglich. Es geschah nicht. Es war unwirklich wie der schwarze Tunnel, der vor mir lag, und die glitzernden Stufen, die ich leichtfüßig hinunterschritt, ohne zu stürzen.
Ich bog um die Ecke. Am Ende des Tunnels leuchtete eine Straßenlaterne. Ich dachte an den Mond über Soho. Zwei Männer stürzten die beleuchtete, glitzernde Treppe hinunter. In den Händen hielten sie kurze Gegenstände, die wie Knüppel aussahen. Die Männer warfen lange, schwarze Schatten, die in der Dunkelheit verschwanden, als sie näher kamen. Auch die Männer wurden kleiner, je näher sie kamen. Aber auf gleicher Höhe waren sie noch immer größer als ich. Jetzt waren sie rechts und links von mir. Die Laterne beleuchtete zwei Arme, die sich gleichzeitig hoben. Ein scharfer Luftzug, ein böses Zischen an meinen Ohren, das war alles, was ich wahrnahm. Die Männer hatten keine Geräusche gemacht, als sie die Treppe heruntergekommen waren. Selbst wenn sie Geräusche gemacht hätten, als sie verschwanden, hätte ich sie nicht hören können. Ich lag an der finstersten Stelle des Tunnels, vorsichtig beleuchtet von einer entfernten Straßenlaterne, im Rücken und vor mir glitzernde Treppen. Vorübergehend hatte ich allerdings die Fähigkeit verloren, überhaupt etwas wahrzunehmen.
Und dann begann das Leben. Es war ein Drei-Tage-Leben.

Das ist viel, gemessen daran, dass das kurze, glückliche Leben des Francis Macomber nur Sekunden gedauert hat, sagte Beyer.
Aber Bella lächelte nicht.
Ich erwachte in meinem Hotelzimmer.
Sie unterbrach sich.
Hast du gewusst, welche Anstrengung es kostet, von der Vorstellung wieder loszukommen, das Schönste im Leben sei der Augenblick, in dem man die Augen öffnet und direkt in die Augen des Geliebten sieht?
Sie sah Beyer an. Entschuldige, sagte sie und sprach so sachlich wie möglich weiter.

Alexander hatte mich gefunden und von der Miliz in mein Hotelzimmer bringen lassen. Die alte Frau, die nachts auf dem Gang vor den Zimmern sitzt, hatte mich ausgezogen und bewacht, bis er gegen Morgen zurückgekommen war. Ich spürte keine Schmerzen. Ich wusste nichts von dem, was in der Nacht mit mir geschehen war, bis auf die zwei knüppelschwingenden Schatten. Erst später habe ich bemerkt, dass mein Geld weg war. Alexander hat mir dann irgendetwas von Straßenbanden erzählt. Irgendwelche Jugendlichen müssen mich überfallen haben.
Alexander sah aus dem Fenster auf den Innenhof des ›Rossija‹. Ich stand auf und zog mein Nachthemd aus. Ich ging zu ihm hinüber und drehte ihn zu mir herum. Ich war mir meiner Sache sehr sicher.
Später saßen wir in einem kleinen Frühstücksraum auf der Etage. Als wir das Zimmer verließen, wollte ich mich bei der Etagenfrau bedanken. Aber die Frau, eine uralte, winzig kleine Person, sah mich böse an und reagierte nicht. Als wir uns umdrehten und über den langen, teppichbelegten Korridor gingen, hörte ich die Alte hinter uns auf den Fußboden spucken.
Die Alten sind noch vom Land, sagte Alexander neben mir ent-

schuldigend. Ich lächelte. Als Kind habe ich meinen Großvater sehr geliebt. Es kam mir merkwürdig vor und zugleich logisch, dass ich den Mann, der ihm ähnlich war und den ich liebte, erst jetzt getroffen habe. Und darüber musste ich lächeln. Am Frühstücksbuffet versorgten wir uns mit Brot und Butter, Speck und gekochten Eiern. Und geräuchertem Stör.

Mein Gott, Bella, kannst du mich nicht wenigstens mit solchen Einzelheiten verschonen?
Nein, sagte Bella. Das kann ich nicht. Und du weißt es auch.

Um die goldenen Kuppeln der Kirche vor dem Fenster fiel Schnee. Die Frauen hinter dem Buffet trugen braune Kittel, die ihnen zu eng waren. Von dem Tisch neben uns war das Geschirr nicht abgeräumt worden. Auf den Tischen standen Gläser mit quadratisch geschnittenen Servietten. Wir waren die einzigen Gäste. Alexander verließ das Hotel, ich ging in mein Zimmer, legte mich auf das Bett und schlief sofort ein. Wahrscheinlich habe ich sogar im Schlaf gelächelt.

Offenbar hattest du ein Drei-Tage-Lächeln, wie manche Männer einen Drei-Tage-Bart. Hoffentlich hast du nicht genauso blöde damit ausgesehen.
Bella sah zu ihm hinüber. Sie sah traurig aus.
Entschuldige, sagte er. Hast du wirklich gar nichts zu trinken im Haus?
Nein, sagte sie. Du musst es schon so aushalten. Ich versuche, mich auf das Wesentliche zu beschränken. Es sind ja nur noch zwei Tage. Bitte.
Beyer schwieg und lehnte sich zurück in den Schreibtischsessel.
Versteh doch, sagte Bella. Ich will, dass das aufhört. Dieses ständige, nutzlose Grübeln. Natürlich liebe ich ihn. Aber das ist es

nicht. Um jemanden zu lieben, muss man ihn nicht unbedingt neben sich haben oder ständig darüber reden. Es ist noch etwas anderes dabei, etwas, das ich nicht fassen kann. Ich dachte, dass vielleicht du …
Red schon weiter, sagte Beyer.

Am Abend bin ich allein hinuntergegangen. Es war eine merkwürdige Stimmung draußen. Oder in mir, ich weiß es nicht. Auf den Straßen überhaupt keine Autos, die Stadt war absolut ruhig. Es dauerte eine Weile, bis ich begriff, weshalb. Der Schnee fiel in solchen Massen vom Himmel, dass niemand mehr fahren konnte. Ich ging die Gorkistraße entlang. Die Bürgersteige waren voller Menschen. Der Schnee fiel ganz gerade vom Himmel, ohne ein bisschen Wind. Alle Geräusche waren gedämpft. Unter dem Schnee auf dem Bürgersteig lag eine dicke Eisschicht. Die Menschen gingen vorsichtig, Block, weißt du:

> Unter dem weißen
> Schnee – das Eis,
> spiegelglatt,
> mühsam jeder Schritt
> und schon gleitest du aus –
> ach, du armes Geschöpf.

Es kam mir vor, als sprächen sie auch leise miteinander. Ich konnte nichts verstehen. Der Schnee schluckte die Wörter und die Fußspuren. Ich sah durch die Schaufenster eines alten Ladens. Unter Kristallleuchtern drängten sich die Menschen vor kostbaren hölzernen Regalen und Tresen. In geschliffenen Spiegeln brach sich das Licht. Ich wäre gern hineingegangen, um mir die Pracht aus der Nähe anzusehen, aber ich konnte mich nicht entschließen, die Straße zu verlassen. Nie wieder würde ich so eine Straße im Schnee sehen können. Eine schneeleuchtende, lebendige Straße. Ich stand am Rand des Bürgersteigs und sah durch den Vorhang aus Schnee auf die breite, weiße Fahrbahn. Ein einzelnes Auto kam die Straße heraufgefahren. Der Schnee schluckte das Motorengeräusch. Es war, als würde der Wagen von unsichtbaren Händen geschoben. Ich war fasziniert von dem lautlosen Fahrzeug. Es war ein großer, schwarzer Wagen, der scheinbar mühelos die ansteigende Straße heraufkam.

Als ich mich umwandte, um zur Abwechslung den prächtigen Laden hinter mir zu betrachten, habe ich nur eine alte Frau genauer gesehen. Sie stand neben mir und hielt sich, ebenso wie ich, am Pfahl der Straßenlaterne fest, um auf dem Eis nicht auszurutschen. Ich ließ die Laterne los, um mich besser umdrehen zu können. Da fühlte ich einen kurzen harten Stoß, verlor das Gleichgewicht und stürzte auf die Straße.

Der Fahrer muss gesehen haben, wie ich fiel. Er bremste. Der Wagen, der auf dem Schnee nicht zu halten war, rutschte auf die andere Straßenseite. Ich hatte mir nichts getan, stand einfach auf und klopfte den Schnee ab. Es war immer noch ganz still. Der Schnee fiel, als sei nichts geschehen. Niemand nahm Notiz von mir. Ich sah, wie auf der gegenüberliegenden Seite zwei oder drei Männer gemeinsam mit dem Fahrer den Wagen an den Straßenrand schoben. Es ging ganz leicht. Der Fahrer schloss die Türen und ging davon. Niemand beachtete mich. Ich kehrte ins Hotel zurück.

Unten in der Halle stand Alexander. Wir gingen hinauf und liebten uns.

Bella stand auf. Sie stellte sich ans Fenster und sah hinaus. Draußen war es dunkel geworden. Es gab nichts zu sehen. Als sie weitersprach, war ihre Stimme ruhig.

Sie beobachtet sich, dachte Beyer.

In der Nacht klingelte das Telefon. Natürlich hatte er hinterlassen, wo er zu finden war, wie alle Polizisten. Ich verstand nur, dass er gehen musste, und stellte mich schlafend. Ich wollte mich nicht verabschieden. Am Morgen fand ich eine Nachricht auf dem Briefbogen des Hotels. Er würde mich abends abholen. Ich weiß nicht, wie ich den Tag verbracht habe. Irgendwann fand ich mich in einem Kinderkaufhaus, Holzpferdchen betrachtend, da wurde mir klar, dass ich ins Hotel zurückgehen sollte.

Am Abend kam Alexander. Als wir das Zimmer verlassen wollten, bekam er einen Anruf. Ich hoffte, er würde das Telefon nicht beachten, aber er hob den Hörer ab. Irgendjemand redete viel am anderen Ende, und nach dem Gespräch war Alexander verändert. Unruhiger geworden.

Wir gingen ins Hotel-Restaurant. Neben uns saß eine Hochzeitsgesellschaft. Die Eltern der jungen Leute kamen vom Land. Offenbar hatte man sie wegen der Hochzeit in die Stadt geholt. Sie saßen an der großen Tafel und beobachteten ihre Kinder, die tanzten und tranken. Noch nie vorher habe ich so viel Unverständnis und Ablehnung in den Augen alter Leute gesehen und so viel Verachtung in den Augen der jungen. Es wurde viel gelacht in der Hochzeitsgesellschaft, und ich fand, dass ich einer sehr traurigen Veranstaltung zusah. Wahrscheinlich hatte ich zu viel Wodka getrunken. Jedenfalls war ich froh, dass Alexander vorschlug, das Lokal zu wechseln.

Wir fuhren ein Stück mit dem Taxi. Die letzte Straße gingen wir zu Fuß. Sie war schmal, und der Schnee lag hoch. Unterwegs wurden wir zweimal von jungen Männern angesprochen, die Kaviar verkaufen wollten. Sie trugen kleine Gläser in Plastikbeuteln, die sie vor unseren Augen schnell auf und wieder zu krempelten.

Das Lokal lag ein paar Stufen tiefer als die Straße. Die Tür war verschlossen. Durch einen Spalt in den Vorhängen sahen wir, dass im Inneren Menschen saßen, die aßen und tranken. Erst

nach längerer Zeit öffnete ein uniformierter, betrunkener Kellner die Tür einen Spalt breit, erklärte, das Lokal sei geschlossen, und schlug die Tür wieder zu.
Ich fand, dass wir gehen sollten. Ich hatte keine Lust, den Abend in einer Spelunke zu verbringen. Aber aus irgendeinem Grund bestand Alexander darauf, gerade in dieses Lokal zu gehen. An der Tür hing ein Schild mit den Öffnungszeiten. Es hätte noch Stunden geöffnet sein müssen. Also klopften wir wieder. Als irgendwann ein anderer Kellner erschien, ebenfalls in Uniform, aber nicht ganz so betrunken, hielt Alexander ihm ein Papier vors Gesicht, irgendeinen Ausweis in einem roten Einband. Auch dieser Kellner schlug die Tür wieder zu und verschwand. Aber nach längerer Zeit kam er wieder und ließ uns ein. Er schloss hinter uns die Tür wieder ab.
Wir gingen noch ein paar Stufen tiefer und durch einen dicken Vorhang. Der Raum, den wir betraten, war halb leer. Auf einigen Tischen standen Teller mit Speiseresten. Es war schwierig, einen sauberen Tisch zu finden, aber wir fanden einen, und der Kellner brachte uns eine Flasche Wodka und zwei Gläser. Am Tisch neben uns saß ein betrunkener Offizier der Roten Armee, hochrot im Gesicht und mit geöffnetem Uniformkragen. Vor ihm standen sechs leere Flaschen: Wodka, Wein und Sekt. Die Frau neben ihm, auf die er ununterbrochen einsprach, war eingeschlafen. Im Hintergrund des Kellers war eine kleine Bühne, auf der ein Radio und ein Plattenspieler aus den fünfziger Jahren standen. Auch die Rückwände der Bühne waren mit Stoff aus den fünfziger Jahren bespannt. Die Kellnerinnen trugen lila Kittelkleider und hatten die Haare hochgesteckt. Sie sahen aus, wie aus einem Film von Fassbinder und als hätten sie zu Hause uneheliche Kinder zu versorgen. Ich erwartete, dass eine von ihnen plötzlich ihr Kleid aufknöpfen, den Fuß auf einen der abgegessenen Teller stellen und mit gleichgültiger Stimme sagen würde: Möcht noch jemand?

Dafür, dass du dich im Land des Lächelns befandst, hast du ziemlich genau beobachtet, sagte Beyer, als Bella einen Augenblick schwieg.
Ich hatte genug Zeit dazu, sagte Bella. Alexander war verschwunden, gleich nachdem der Kellner den Wodka gebracht hatte. Er war ziemlich lange weg, lange genug jedenfalls, um ...
Sie brach ab, und Beyer dachte verwundert: Sie hat ihn vermisst, als er nicht da war.
Erzähl weiter, sagte er. Ich fühl mich schon wie auf einem Ausflug in Ali Babas Räuberhöhle.
Ja, sagte sie, da bist du auch.
Während ich dort allein am Tisch saß, geschahen merkwürdige Dinge. Einige Gäste wurden eingelassen und andere nicht. Die, die eingelassen wurden, waren junge Männer mit Plastiktüten. Sie setzten sich nicht an die Tische, sondern durchquerten das Lokal und verschwanden in den hinteren Räumen. Wenn ich die Männer beschreiben sollte, würde ich sagen, sie sahen frech aus, obwohl das vielleicht ein altmodischer Ausdruck ist.

Du bist eine altmodische Frau, Bella, sagte Beyer, und das erste Mal an diesem Abend lächelte sie. Jedenfalls nahm Beyer an, dass sie gelächelt hatte. Er hörte es an ihrer Stimme, als sie weitersprach.

Am Nebentisch der Offizier war inzwischen eingeschlafen. Er hatte einfach den Kopf zwischen die leeren Flaschen gelegt. Seine Begleiterin war gegangen. Eine der müden Kellnerinnen hatte Essen an einen anderen Tisch gebracht, aber die Gruppe, die dort saß, aß nicht, sondern soff. Noch nie hatte ich so viele leere Wodkaflaschen auf dem Tisch eines Lokals gesehen. Und es wurden ständig neue Flaschen bestellt. Irgendwann begannen die betrunkenen Männer zu singen. Als sie Probleme mit dem Text hatten, unterhielten sie sich damit, aus den ge-

öffneten, vollen Wodkaflaschen den Gang um ihren Tisch zu begießen.
Alexander kam zurück.

Hast du jemals den Menschen, den du liebst, von weitem auf dich zukommen sehen, und du siehst nur seine Augen ...

Wir gingen, und ich hatte das Gefühl, in einem Film gewesen zu sein. An der nächsten Ecke sprach uns ein junger Mann in einem Parka an. Der Parka war dünn, und der Mann fror. Als er uns die geöffnete Plastiktüte hinhielt, sah ich blaugefrorene Finger und schmutzige Nägel. Natürlich kauften wir keinen Kaviar, und der Kerl beschimpfte uns laut. Er hatte einen schmalen Mund und trug einen sehr dünnen Oberlippenbart. Ich glaube nicht, dass er älter als zwanzig war.

Wieder machte Bella eine Pause. Als sie weitersprach, war ihre Stimme verändert.

Es hat keinen Sinn, dass ich dir den nächsten Tag beschreibe. Nichts werden wir daraus entnehmen, nichts, das uns weiterbringt. Nur Schnee und Schnee und Schnee, auf den Bäumen, auf den Dächern, auf den Fensterbänken der Holzhäuschen, auf den Zäunen – wie in alten Märchenbüchern. Manchmal Rauch aus einem Schornstein, dann ist der Schnee um den Schornstein aufgetaut, und uralte Holzschindeln kommen zum Vorschein. Einmal ein Gesicht hinter dem Fenster, so alt, dass es unmöglich ist zu sagen, ob Mann oder Frau. Und einmal taumelt jemand aus einem Seitenweg vor uns in eine Schneewehe, steht auf und wankt weiter. Es muss eine Frau gewesen sein, krank oder betrunken. Sie trug einen Mantel und weite Filzstiefel, sonst nichts. Auch ihre Beine waren nackt und dünn, wie schmale Hölzer. Indem sie sich aufraffte und hinfiel und wieder aufstand, kam sie langsam vorwärts. Sie sang, und ihre Haut war vollständig und gleichmäßig gelb. Eine dünne, gelbe nackte Frau, die sang, während sie in den Schnee fiel.

Herrgott, Bella, nun hör aber auf.
Und sie hatte eine dünne, gelbe Stimme, sagte Bella laut, und ich weiß nicht, weshalb er mich in das Dorf mitgenommen hat und was ich dort sollte. In all diesem schneebedeckten Elend.
Wenn du es nicht weißt, dann will ich es dir sagen.
Beyer war aufgestanden.
Er stellte sich neben Bella ans Fenster, fasste ihre Schultern und drehte sie zu sich herum.
Dein wunderschöner Alexander hat versucht, den unangenehmen Eindruck zu verwischen, den er bei dir hinterlassen musste, wenn du auch nur einigermaßen bei Verstand gewesen wärst. Er konnte allerdings nicht wissen, dass die verliebteste Bella Block immer noch besser beobachtet als sämtliche Oberkommissare von Hamburg und Berlin zusammengenommen. Er hat versucht, davon abzulenken, dass er mit der Moskauer Mafia unter einer Decke steckt. Oder wie erklärst du dir diese lächerliche Untersuchung, nachdem gerade in deiner Gegenwart eine Frau umgebracht wurde? Du warst die einzige Zeugin! Und der Typ stellt dir nicht eine vernünftige Frage, lässt dich laufen, ›rettet‹ dich, als du niedergeschlagen wirst – wahrscheinlich hat er versucht, eine Zeugin beseitigen zu lassen, und kam nachsehen, ob du auch wirklich erledigt warst. Er konnte ja nicht wissen, dass du in bestimmten Situationen instinktiv richtig zu reagieren gelernt hast. Und dann bewacht er dich persönlich, solange du in Moskau bist, und zeigt dir zur Ablenkung die Stadt von ihrer pittoresken Seite! Ich kann dir nicht sagen, was er in dem Schieberlokal gewollt hat. Aber dass alles, was er dort angestellt hat, illegal war, das müsste dir doch der winzige Rest Verstand sagen, den du hoffentlich übrig behalten hast. Diese Sache war

faul, Bella, und du weißt es. Du willst es nicht wahrhaben, das ist alles.
Nein, sagte Bella ruhig. Und ich werde es dir beweisen. Ich fahre zurück.
Was?
Beyer schrie fast. Bist du verrückt geworden? Wie willst du ihn finden, deinen Helden? Hat er dir etwa seine Adresse gegeben? Natürlich nicht! Der bringt dich um, wenn du wieder auftauchst und dumme Fragen stellst. Dem hast du gerade noch gefehlt. Du kannst nicht mal 'ne Waffe mitnehmen.
Hast du schon mal gehört, dass jemand eine Waffe mitnimmt, wenn er seine Liebe sucht?
Nein, sagte Beyer, aber in vielen Fällen wäre es sicher besser gewesen.
Beide schwiegen.
Dann sagte Beyer: Für ein Visum brauchst du vier Wochen. Wenn du es morgen beantragst, hast du es Anfang Mai. Fahr eine Woche. Wenn du in einer Woche nichts herausfindest, wirst du überhaupt nichts finden. Eine Woche, Bella, nicht mehr. Ich ruf dich Mitte Mai an. Dann wirst du zurück sein.
Ja, sagte Bella, eine Woche. Unten im Schreibtisch liegt eine braune Tüte. Nimm den Schal mit, lass nachsehen, was das für ein Gift war, und sag mir Bescheid, bevor ich fahre. Und danke.
Wofür, sagte Beyer. Dafür, dass ich einer Verrückten geraten habe, sich in Gefahr zu begeben?
Er stand auf, holte die Tüte aus der Schublade, nahm seine Jacke von der Stuhllehne und ging.
Bella setzte sich zurück in den Sessel am Fenster und starrte hinaus. Zu sehen war nichts.

ICH INTERESSIERE mich nicht für Politik.
Das war nicht ganz richtig, aber ihr fiel keine Antwort ein. Der kleine Kerl neben ihr im Flugzeug war unerträglich. Und durch nichts zu bremsen.
Wissen Sie, ich als Mann halte ja nicht viel von Sentimentalitäten. Aber als ich ihm die Hand geben durfte, wissen Sie, da habe ich richtig Lust gehabt, mich anzulehnen. An seiner breiten Brust könnte ich meine Sorgen vergessen. Und das Muttermal ist auch viel kleiner als im Fernsehen.
Bella war sprachlos. Sie sah ihren Nachbarn von der Seite an. Aber sie fand nichts Besonderes, lehnte sich zurück und beschloss zu schlafen.
Blausäure, dachte sie noch, bevor sie einschlief. Beyer hatte sie angerufen und erklärt, das Gift im Schal sei Blausäure gewesen. Auf ihre Frage, wo Blausäure verwendet würde, hatte er verschiedene Produktionsvorgänge aufgezählt. Und ihr noch einmal geraten, vorsichtig zu sein.
Und wenn du eine Waffe brauchst, hatte er gesagt, sieh dir die Taxifahrer an. Die handeln da mit allem, wie man hört.
Sie lächelte, bevor sie endgültig einschlief.
Vor dem Flughafen warteten Taxis. Bella hatte es so eilig, ins Hotel zu kommen, dass sie vergaß, Geld umzutauschen. Sie warf ihre Reisetasche in einen geöffneten Kofferraum und setzte sich neben den wartenden Fahrer. Erst dann fiel ihr ein, dass sie ohne Rubel war. Sie erklärte dem Fahrer, sie könne nur in D-Mark zahlen. Der Fahrer stieg aus, nahm ihre Tasche aus dem Kofferraum, setzte sie auf der Straße ab, setzte sich selbst wieder hinter das Steuerrad und machte mit dem Kopf ein unmissverständliches Zeichen.
Na schön, dachte Bella. Über so viel Ehrlichkeit sollte ich eigentlich beglückt sein.
Sie sammelte ihre Tasche ein, bevor sie unter die Räder der nachfolgenden Taxis geriet, ging zurück in die Halle, wechselte

Geld, bekam ein anderes Taxi und war endlich auf dem Weg in die Stadt.

Als das Taxi vor dem ›Metropol‹ hielt, war sie damit beschäftigt, darüber nachzudenken, woher dieses merkwürdige Heimatgefühl kam, das sie während der Fahrt durch die Stadt angefallen hatte. Erst als der Fahrer sie laut und unfreundlich darauf aufmerksam machte, dass sie angekommen waren, fuhr sie zusammen, zahlte und stieg aus. Während sie die mit dunkelrotem Teppich ausgelegten Treppen zu ihrem Zimmer hinaufschritt, fiel ihr ein, dass in diesem Hotel 1917 Teile der Revolutionsregierung untergebracht gewesen waren. In dem Hungerjahr 1920 waren hier Schriftsteller und Intellektuelle gegen Essensmarken verpflegt worden. Es hatte magere Suppe, Hirse oder halb verfaulte Kartoffeln gegeben. An der Tür mussten die so Beköstigten Messer und Gabeln wieder abgeben, sonst wären sie nicht wieder hinausgelassen worden.

Im ersten Stock kam sie an ein paar alten Frauen vorbei, die ihr Gespräch unterbrachen und sie anstarrten. Bella grüßte freundlich, bekam aber keine Antwort.

Im Zimmer riss sie die Fenster auf. Es war warm. Vor dem Fenster stand ein Baum mit hellgrünen Blättern. Der Blick in die Baumkrone und die weiche Luft erinnerte sie daran, dass Frühling war, eine Tatsache, die ihr noch immer ungelegen kam und die sie gern vergessen hätte. Sie hätte auch gern gewusst, wo sie nach Alexander suchen sollte.

Gegen zehn Uhr abends trat sie auf die Straße und ging hinüber ins Hotel ›National‹. Eingekeilt in eine Gruppe betrunkener finnischer Männer ließ sie sich am Hotelportier vorbeitreiben und ging dann die Treppe hinauf ins Restaurant. Auf den Stufen, rechts und links neben dem grün-gelb gemusterten Teppich, lag eine dicke Schmutzschicht, so fest, als habe sie schon dort gelegen, als ihr Großvater die Treppen ins Restaurant hinaufstieg.

Sie kam an halb geöffneten Türen vorbei, hinter denen kleine

Räume und mit Speisen und Getränken beladene Tische zu sehen waren. Kellner liefen herum und verschwanden hinter den Türen. Schließlich fand sie das Restaurant. Der erste Raum war grün und golden dekoriert. Auf einer kleinen Bühne saßen gelangweilte ältere Männer in Folklorekostümen und spielten Balalaika. Der Raum war voll. Sie fand einen Platz in einem zweiten Saal, dessen Decken, Säulen und Wände vergoldet waren und der größer schien, als er in Wirklichkeit war, weil seine Rückwand verspiegelt war. Vor der Spiegelwand, mit dem Rücken zum Publikum, saß eine junge Frau am Klavier und spielte.

Während Bella auf ihr Essen wartete, betrachtete sie die Gäste an den Nebentischen. Rechts neben ihr saßen zwei aufgetakelte siebzehnjährige Russinnen und ein spanischer Mann. Die Mädchen waren weiß geschminkt und hatten ihre Augen so stark schwarz umrandet, dass ihre Köpfe wie zierliche, kleine Totenköpfchen auf den langen Hälsen saßen. Sie trugen glänzende Kleider, schwarz und dunkelgrün. Oberhalb der Schlüsselbeine lagen dicke Ketten in den Vertiefungen zwischen Hals und Schultern. Die mit dem schwarzen Kleid hatte sich zu sehr angestrengt, den westlichen Herren zu gefallen. Sie war so dünn, dass die breiten Schulterpolster auf den Schultern keinen Halt fanden und wie zwei Beutel auf den Oberärmchen hingen.

Die Mädchen wechselten hin und wieder ein Wort miteinander. Mit dem Spanier sprachen sie nicht. Offenbar konnten sie sich mit ihm nur auf eine einzige Art verständigen, und die hatten sie, dem gelangweilten und verrutschten Aussehen der drei nach zu urteilen, schon hinter sich. Welche Art Konvention den Mann dazu verleitet hatte, mit den beiden anschließend zum Essen zu gehen, wusste er vermutlich selbst nicht. Jedenfalls tat es ihm inzwischen leid.

Am Tisch gegenüber saß eine junge blonde Frau – so schön, dass Bella sie hin und wieder ansehen musste – mit einem verlebten Mann in einem teuren Anzug. Auch diese Frau war teuer ge-

kleidet. Bella hatte den Eindruck, als ob die beiden die Arbeit noch vor sich hätten. Jedenfalls gab sich die Blonde Mühe, hin und wieder ein freundliches Lächeln für ihren Galan zu zeigen. Auch sprach sie ein paar Brocken Deutsch und versuchte, sich mit ihm zu unterhalten.
Fast gleichzeitig brachten die Kellner an beide Tische Sektflaschen in großen, mit Eis gefüllten Kübeln. Die Flaschen wurden sorgfältig geöffnet, und bevor die Kellner den Huren einschenkten, quoll aus den Flaschenhälsen ein bisschen weißer Schaum; so, wie aus manchen Schwänzen ein paar Blasen kommen, bevor es losgeht.
Bella wandte sich ab und sah in den Spiegel. Ihr Blick traf sich mit dem der Klavierspielerin. Die lächelte ihr zu. Bella legte das Geld für ihr Essen auf den Tisch und stand auf. Sie hatte keinen Hunger mehr. Der Anblick von so viel Lust hatte ihr den Appetit verdorben. Und an der frischen Luft ließ sich viel besser nachdenken.
Draußen war immer noch Frühling. Es roch nach Flieder. Der Platz vor dem Bolschoi-Theater war leer. Als sie die Treppen zur Unterführung hinunterging, hatte sie das Gefühl, verfolgt zu werden. Sie wandte sich um, aber es war niemand zu sehen.
Du hast beim letzten Mal einen Unterführungskomplex abbekommen, dachte sie und ging entschlossen weiter. Sie wusste noch immer nicht, wie sie es anstellen sollte, eine Spur von Alexander zu finden, und beschloss, am nächsten Tag das Schieberlokal aufzusuchen. Aber im Augenblick brauchte sie erst einmal etwas zu trinken.

DIE DEVISENBAR im ›Metropol‹ war hoch, dunkel und fast leer. An der Decke drehten sich langsam die Flügel eines altmodischen Propellers. Hinter der Bar lief der Fernseher. Der Bar-

keeper starrte auf den Bildschirm und beachtete sie nicht. Bella setzte sich an einen Tisch in die hinterste Ecke des Raumes. Als sich ihre Augen an die Dunkelheit gewöhnt hatten, sah sie an einem der Nachbartische einen aufwendig gekleideten, älteren Herrn. Er saß dort allein. Auf seinem Tisch standen zwei Gläser. Bella wettete mit sich selbst, dass der, dem das zweite Glas gehörte, nicht älter als fünfundzwanzig war.
In der Nähe des Tresens lag eine Frau im Mantel mit dem Oberkörper auf dem Tisch und schlief.
Dann kam eine müde alte Frau aus einer Tür neben dem Tresen und begann, die Tische und die Aschenbecher zu säubern. Weil der Kellner sich noch immer nicht von dem Fernsehbild trennen konnte, versuchte Bella, ihre Bestellung bei der Alten loszuwerden. Statt einer Antwort deutete die Alte stumm mit dem aschebeschmierten Lappen auf den Kellner. Bella stand auf und ging an den Tresen. Der Kellner machte ihr bereitwillig ein Glas Tonic mit viel Eis zurecht, und mit dem Glas in der Hand kehrte sie an ihren Tisch zurück; vorbei an dem älteren Herrn, dessen sehr junger und sehr hübscher Freund inzwischen wieder Platz genommen hatte. Die beiden Männer unterhielten sich leise und angeregt. Die Alte war wieder verschwunden. Die Frau im Mantel schlief noch immer, und der Kellner sah unentwegt auf den Bildschirm. In dem Film wurde viel und laut geredet. Es ging um irgendeine revolutionäre Etappe. Die Wörter ›Befreiung‹ und ›neuer Mensch‹ kamen ziemlich oft vor.
Als Bella zum zweiten Mal an den Tresen ging, verabschiedete sich gerade die Alte. Sie hatte ihr Kopftuch tief in die Stirn gezogen und trug eine schwere Einkaufstasche. Die Uhr über dem Fernseher zeigte zweiundzwanzig Uhr an. Als Bella auf dem Weg zu ihrem Tisch an der schlafenden Frau vorüberkam, fiel ihr auf, dass deren rechter Fuß aus dem Schuh gerutscht war. Die Frau hatte schwarze Strümpfe an, und der schmale Fuß lag umge-

knickt neben dem Schuh. Durch den feinen Strumpf schimmerten rote Fußnägel.

Bella schob ihren Sessel noch etwas weiter in die dunkle Ecke und wartete.

Nach einer halben Stunde war die Revolution im Fernseher beendet. Erfolgreich, natürlich. Die Nachrichten begannen, und die Ansagerin kündigte einen ausführlichen Bericht über die Vorbereitungen zu einer bevorstehenden Schönheitskonkurrenz an. Bella wäre gern zum dritten Mal an den Tresen gegangen. Doch sie hatte das Gefühl, es sei besser, sich ruhig zu verhalten. Aber es geschah nichts. Dann verließen die beiden Männer die Bar. Nur der Kellner, die Frau am Tisch und Bella blieben zurück. Müde drehten sich die Flügel des Propellers an der Decke. Ein Mann betrat den Raum, Typ: Wenn ich meinem Mechaniker den Playboy gebe, fährt der Wagen nach der Inspektion aus unerfindlichen Gründen gleich viel besser. Als er am Tresen auf Deutsch und mit lauter Stimme drei Wodka und ein Bier bestellte und zwei zu ihm gehörende Mädchen kichernd und stöckelnd neben ihm auftauchten, beschloss Bella, dass es vernünftiger sei, die kommenden Ereignisse vom Fenster ihres Zimmers aus zu beobachten. Sie verließ die Bar, ging durch das menschenleere Foyer zur Treppe, vorbei an Amor und Psyche, die sich auf einem Treppenabsatz und in Marmor liebten, vor einer kostbaren, gläsernen Wand mit eingeschliffenen Lilien, die auf unerklärliche Weise die Revolutionswirren besser überstanden hatte als bestimmte sozialistische Ideale. Hinter der Glaswand waren die müden Klänge einer Tanzkapelle zu hören. Durch einen kleinen Spalt zwischen den geschliffenen Scheiben sah Bella einen Springbrunnen von mindestens zehn Meter Durchmesser, dessen Wasser in einem matten, dekadenten Bogen zurück in das Marmorbecken fiel. Um den Springbrunnen herum standen Tische, weiß gedeckt und leer.

Im Zimmer war es warm. Bella versuchte, das Fenster zu öffnen, was eine Weile dauerte, da die Fensterflügel vom letzten Anstrich zusammengeklebt waren. Drüben, etwa hundert Meter entfernt, stand der Klotz des Karl-Marx-Denkmals. Die Straße vor dem ›Metropol‹ war nur noch wenig befahren. Vielleicht fiel ihr deshalb der Wagen sofort auf, der schnell, aber ohne Sirene herangefahren kam und vor dem Hoteleingang hielt. Zwei Männer in weißen Kitteln sprangen heraus, zwischen sich eine Trage, und verschwanden im Hoteleingang. Bella blieb am Fenster stehen. Die Männer kamen sehr schnell zurück. Diesmal trugen sie schwerer. Auf der Trage lag ein Mensch, zugedeckt auf die gewisse endgültige Weise, bis auf ein Bein, das unter der Decke hervorgerutscht war, schwarz bestrumpft, schlank und ohne Schuh.

Bella sah dem Wagen nach, der so schnell und lautlos verschwand, wie er gekommen war. Sie blieb noch eine Weile am Fenster stehen. Es geschah nichts. Niemand kam. Drüben unter den Büschen stand unverändert Karl Marx. Der Platz vor den beleuchteten Säulen des Bolschoi-Theaters war leer. Die Tulpen davor wirkten schwarz in der Dunkelheit, aber Bella war sicher, dass sie am Tage sehr rot leuchten würden.

Sie schloss das Fenster und verließ ihr Zimmer. Auf der Treppe begegnete ihr der Porsche-Typ mit den beiden Mädchen. Die Bar war geschlossen. Niemand war im Foyer.

DIE VORHÄNGE vor dem Bett waren zurückgezogen. Der Mann auf dem Bett war betrunken und geil. Fünf Hunderter, sagte er, in der Schublade.

Die beiden Frauen knieten vor dem Bett und begannen, ihm die Schuhe auszuziehen. Ihre Kleider waren sehr tief ausgeschnitten.

Sechs, sagte die Blonde. Wir sind zwei, und ich kann Deutsch.

Ich will nicht dein Deutsch, ich will deinen Arsch.
Die Frauen stellten die Schuhe nebeneinander vor das Bett und traten einen Schritt zurück.
Die Hose, sagte er.
Sechs, ich kann Deutsch, wiederholte das Mädchen.
Wird's bald, sagte der Mann freundlich.
Die Frauen näherten sich dem Bett und begannen, dem geilen, betrunkenen Mann die Hose auszuziehen.
Deutsch kann meine Frau auch, murmelte er, ich will's russisch.
Er rutschte auf dem Bett nach oben und lehnte sich mit dem Oberkörper an das Kopfteil. Die Frauen folgten ihm kniend. Er steckte die Hände in die Ausschnitte der Kleider, ließ aber los, als sie ihm die Hose und die Socken auszogen. Die Frauen standen unschlüssig neben dem Bett.
Klamotten aus und anfangen, sagte der Mann und rutschte wieder flach auf die Bettdecke.
Alles aus und die Ärsche zu mir.
Die Mädchen legten die teuren Kleider sorgfältig zusammen, bevor sie auf das Bett stiegen.

BELLA HATTE schlecht geschlafen und war früh aufgewacht. Sie beschloss, aufzustehen und vor dem Frühstück einen Spaziergang zu machen.
Ströme von Moskauern verschwanden in den Metroschächten, um zur Arbeit zu fahren. Die Frauen trugen leere Einkaufstaschen, die Männer Aktentaschen. Bella drängte sich durch die Menge und schlug die Richtung zum Hotel ›Rossija‹ ein, getrieben von der irrsinnigen Hoffnung aller Liebenden, die geliebte Person dort wiederzufinden, wo sie sie zuletzt gesehen haben. Um den Weg abzukürzen, wollte sie über den Roten Platz gehen, aber

der Platz war gesperrt. Einen Augenblick blieb sie unschlüssig neben den Absperrgittern stehen und sah auf die weite, leere, leicht ansteigende Fläche. Sie hörte Worte aus einem unsichtbaren Lautsprecher. Ein großer, offener Wagen überquerte langsam den leeren Platz. Im Fond stand ein uralter Mann. Bella sah deutlich die roten Generalstreifen an seinen Hosenbeinen. Der General hatte die Hand erhoben und fuhr eine unsichtbare Parade ab, langsam und feierlich, vorbei am Lenin-Mausoleum, verschwand weit hinten im Tor zum Kreml, und das graue Pflaster des Platzes lag wieder unberührt in der Morgensonne.
Natürlich fand Bella Alexander nicht im ›Rossija‹. Sie ging zurück in ihr Hotel. Die Bar war noch immer geschlossen, aber das hatte nichts zu bedeuten, sie wurde erst abends geöffnet. Niemand von den Hotelangestellten, die jetzt da waren, hatte am Vorabend Dienst gehabt. Es erübrigte sich, nach den Ereignissen der letzten Nacht zu fragen.
Der Frühstückskellner platzierte sie, offenbar in bester Absicht, neben einen westdeutschen Journalisten, der, wie sich herausstellte, für ein Buch über die neuesten politischen Entwicklungen in der Sowjetunion recherchierte. Ziemlich schnell, und ohne dass Bella ihn ermuntert hätte, begann er, davon zu erzählen. Er beabsichtigte, ein Kapitel über ›Frauen‹ darin aufzunehmen, das würde seine Leser bestimmt interessieren.
Die Frauen hier sind so anders, sagte er mit leuchtenden Augen. Auf jeden Fall gesund, das Gesundheitswesen hier ist ausgezeichnet. Und sie sind so lieb. Sie lieben die Männer, trinken gern Champagner und essen gern fein.
Er machte eine Pause und sah richtig erleichtert aus.
Na ja, so eine Einladung kostet nicht viel, fuhr er fort. Die Frauen sind begeistert und geben sich Mühe. Und dabei arbeiten sie vollkommen selbständig. Wenn man schwarz tauscht, hat man's für ein Ei und ein Butterbrot. Das schreibe ich natürlich nicht, ergänzte er schnell, als Bella begann, ihn sich genauer anzuse-

hen. Meine Leser sind Kommunisten, und da ist man ja schon froh, wenn man sich zu diesem Thema äußern darf.
Ich geb Ihnen einen Tipp, sagte Bella ernst. Lassen Sie Ihren Artikel in der Reklame-Broschüre der Lufthansa erscheinen. Deren Umsatz wird steigen. Moskau hat doch erheblich kürzere Flugzeiten als Bangkok. Vielleicht werden Sie beteiligt. Ihre jetzigen Leser wissen solche gründlichen Recherchen doch gar nicht zu würdigen. Die werden Sie nur als Nestbeschmutzer beschimpfen.
Meinen Sie wirklich?
Bella erhob sich.
Ja, sagte sie, das meine ich wirklich. Einen so dämlichen Journalisten sollte man selbst Kommunisten ersparen.
Das war ein einmalig schöner Abgang, Bella Block, dachte sie, als sie sich ein paar Meter entfernt hatte. Deine Mutter hätte ihre helle Freude an dir gehabt. Leider hat die Sache einen einzigen großen Nachteil: Du hast immer noch Hunger!

IHR ZIMMER war aufgeräumt, die Vorhänge vor dem Bett zugezogen. Sie schob eine der schweren Portieren beiseite, um sich hinzulegen und nachzudenken. Auf dem Bett lag ein Briefumschlag. Er war klein und nicht zugeklebt. Bella öffnete ihn und zog eine bedruckte Karte heraus. Auf der Vorderseite der Karte waren Partisanen zu sehen; über dem stilisierten Bild las sie die Worte:

Seid gegrüßt, Helden des 9. Mai!

Auf der Rückseite der Karte hatte jemand eine Botschaft geschrieben, die schwer zu entziffern war. Bella knipste die Nachttischlampe an und setzte sich aufs Bett. Die Botschaft war in

kyrillischer Schreibschrift verfasst. Die Buchstaben wirkten krakelig, so, als hätte jemand mit links geschrieben oder liegend oder mit zittriger Hand. Bella brauchte lange, um den Text zu entziffern. Als sie endlich herausbekommen hatte, was dort stand, war sie unschlüssig, ob es sich überhaupt um eine Botschaft handelte. Was war gemeint, wenn jemand schrieb: Die Helden des 9. Mai wären mit einer Badewanne zufrieden. Das Dorf – hier folgte ein Name, den Bella nicht kannte – erreicht man jederzeit mit der Metro. Station Kolomenskoje. Manche finden, was sie suchen. Suchen Sie.
Sie stand auf und nahm den Moskauer Stadtplan aus der Reisetasche. Die genannte Metrostation lag im Süden Moskaus. Den Namen des Dorfes fand sie nicht. Bella steckte den Plan und die Karte mit der Mitteilung ein. Sie verließ das Hotel. Ihren Hunger hatte sie vergessen. Er fiel ihr erst wieder ein, als sie nach einer langen Metro-Fahrt wieder auf der Straße war und an einem Lebensmittelgeschäft vorüberging, in dem eine Wurst, oder jedenfalls irgendetwas in Form einer Wurst, im Schaufenster lag. Das Etwas wurde von einem Kunstdarm zusammengehalten. Vermutlich würde es auseinanderfallen, sobald man den Darm entfernte. Bella betrat den Laden trotzdem, wählte unter den zwei vorhandenen Käsesorten, merkte sich den Preis, ging an die Kasse, stellte sich in die Schlange, bis sie neunundfünfzig Kopeken für den Käse losgeworden war, ging mit dem Kassenzettel in die Schlange am Ladentisch zurück, wartete und bekam, eingeschlagen in braunes Packpapier etwa 200 Gramm Käse ausgehändigt, die sie in die Jackentasche schob. Beim Hinausgehen fragte sie eine junge Frau nach dem Weg, und die Frau wies in die Richtung, in der sie das Dorf zu suchen hätte. Jedenfalls das Dorf gibt es, dachte sie erleichtert. Und auch etwas gegen den Hunger. Und sie befingerte zufrieden das Päckchen in ihrer Jackentasche, während sie die angegebene Richtung einschlug.
Aber sie sollte das Dorf so schnell nicht finden. Nach einer

Viertelstunde Fußmarsch erreichte sie ein parkartiges Freilichtmuseum, ging vorbei an einer Kirche mit himmelblauen, goldbesternten Kuppeln, stieg einen Hang hinab und stand plötzlich am Ufer der Moskwa. Als sie sich umwandte, erhob sich hinter ihr, weiß und hoch gegen den unglaublichen blauen Himmel, der schlanke Turm einer sehr alten Kirche. Sie blieb lange stehen, um sich das Bild einzuprägen.

Erst viel später, sie war umhergeirrt, ohne jemanden fragen zu können – die Wege waren leer, sie war über einen uralten, verwilderten Friedhof und durch ein paar fast undurchdringliche Hohlwege gegangen –, fand sie das Dorf. Das Ortsschild war zerbrochen. Nur aus den Resten konnte sie den Namen herauslesen. Die Dorfstraße, an der rechts und links ein paar Häuser lagen, war nicht gepflastert. Man konnte darauf gehen, denn es hatte längere Zeit nicht geregnet. Der gelbe Lehm lag hart in der Sonne. Die Straßenränder waren mit Gras und Frühlingsblumen bewachsen. Bürgersteige gab es nicht. Und offenbar auch keine Bürger.

Die Häuser waren sehr alt, Holzhäuser. Fast alle Scheiben waren zerbrochen. Die breiten, wunderschön geschnitzten Fensterrahmen, vor langer Zeit blau gestrichen, jetzt aber verblasst und verrottet, hingen schief oder zerbrochen an den Hauswänden.

Die Stille, dachte Bella. Mittagsstille, nein, Totenstille im Frühsommer.

Langsam ging sie durch das Dorf. Sie sah ein paar Ratten, die zwischen den Schlüsselblumen am Straßenrand in der Sonne tobten. Sie sah Müllhaufen vor den Häusern in der Sonne liegen. In der Totenstille hörte sie die grünen Fliegen über den Müllhaufen. Ein offener Jauchegraben führte an einem Haus vorbei, das so aussah, als würde es sich jeden Augenblick träge zur Seite neigen und dem Abwasser hingeben. Aus den schiefen Fenstern des Hauses quoll Müll.

Um das andere Ende des Dorfes zu erreichen, brauchte Bella sieben Minuten. Dort begannen Felder, und am Horizont, nicht besonders weit entfernt, war die Silhouette eines Moskauer Neubaugebietes zu erkennen. Bella wandte sich um und ging langsam zurück. Sofort nahmen sie Frühling, Tod und Verfall wieder gefangen. Aber sie betrachtete die Häuschen jetzt aufmerksamer. Feine Schwaden weißen Rauches stiegen aus manchen Schornsteinen. Fast alle zerbrochenen Scheiben waren notdürftig zugeklebt worden. An dem Haus neben der Jauchegrube stand ein wackeliger, dreibeiniger Waschtisch in der Sonne. Bella blieb einen Augenblick stehen und sah hinüber. Auf dem Waschtisch fehlte die Schüssel. Ein sehr gebrechlicher alter Mann erschien, mühsam eine abgeplatzte Emailleschüssel auf den Tisch tragend. Schwärzliches Wasser schwappte ihm beim Gehen über die Hose. Der Alte trug kein Hemd. Langsam und mit fahrigen Bewegungen begann er, die weiße, faltige Haut seiner Arme mit schwärzlichem Wasser abzureiben.

Er wäscht sich mit Dreck, dachte Bella entsetzt und sah zu, wie schwarze Streifen sich auf den Armen und dem Oberkörper des Mannes ausbreiteten. Der Alte war fertig. Er ließ die Schüssel stehen und setzte sich auf einen Holzklotz. Er saß einfach da und ließ die schwarzen Streifen von der Sonne trocknen.

Bella wartete. Es geschah nichts. Die grünen Fliegen summten lauter. Eine Ratte machte sich in der Nähe ihrer Füße zu schaffen. Der Gestank des Jauchegrabens nahm zu. Noch immer war der Alte der einzige Mensch, den Bella gesehen hatte, und sie beschloss, hinüberzugehen und ihn anzusprechen.

Da der Mann sich nicht bewegte, nahm sie an, er sei eingeschlafen. Um ihn nicht zu erschrecken, bemühte sie sich, kräftig aufzutreten, damit er sie rechtzeitig hören könnte.

Als sie vor ihm stand, hob er den Kopf. Er war blind. Um die Augenhöhlen hatte die Haut kleine schwarze Flecken. Bella hatte vorgehabt, ihm die Karte zu zeigen, die sie auf ihrem Bett gefunden hatte. Sie hielt sie schon in der Hand. ›Seid gegrüßt,

Helden des 9. Mai!‹ in goldenen Buchstaben auf rotem Untergrund.
Seid gegrüßt, Väterchen, sagte sie leise. Irgendjemand wird zu Ihnen kommen. Sagen Sie ihm oder ihr, ich bleibe im Hotel. Ich bin dort zu erreichen. Sie müssen nur diese Karte gut aufheben.
Sie nahm eine Hand des Alten und drückte ihm die Karte hinein. Die Haut auf dem nackten Arm bewegte sich, und die trockene Schmutzkruste bekam feine Risse.
Leben Sie wohl, Väterchen.
Ja, murmelte der Alte.
Bella wandte sich um und ging zurück auf die Dorfstraße. Sie hatte das Gefühl, beobachtet zu werden. Aber als sie sich umwandte, sah sie nur die zerschossenen, leeren Augenhöhlen des Blinden und eine Wolke von weißem Flieder gegen den blauen Mittagshimmel.
In der Metro dachte Bella darüber nach, was sie gesehen hatte. Wer hatte sie in dieses Dorf bestellt? Sie war sicher, dass es nicht Alexander gewesen war, wie sie doch heimlich gehofft hatte. Aber wer sonst? Und weshalb hatte er sich nicht gezeigt? Oder sie? Bella fand keine Antwort. Wie immer in solchen Fällen beschäftigten sich ihre Gedanken bald mit ihrem Großvater.

> Der Strom der Revolution zerstört deine
> Hoffnung, deine Träume. Er führt viel
> Schlamm und Schmutz mit sich. Doch
> höre, was er spricht! Sein Dröhnen
> besagt Großes!

Mein Gott, dachte Bella. Wahrscheinlich brauche ich ein Hörgerät.
Aber nicht einmal über diesen blöden Witz konnte sie lachen, als ihr der alte Mann wieder einfiel, geehrter Partisan des 9. Mai, blind und mit Dreck beschmiert.

Vor dem Hotel wurde gerade ein LKW entladen. Bella drängte sich an den Arbeitern vorbei, die lange Hölzer auf den Schultern in die Hotelhalle trugen. Sie hatte den Eindruck, auf einer Baustelle zu sein, und fragte an der Rezeption, was da vorbereitet würde.
Die junge Frau, die sie angesprochen hatte, zeigte stumm auf ein Plakat, das in Bellas Abwesenheit in der Hotelhalle aufgehängt worden war.

Sehen Sie attraktiv aus?
Sind Sie schlank?
Können Sie tanzen?
Haben Sie Sinn für Humor?
MOSKAU SUCHT SEINE SCHÖNSTE FRAU!

Es folgten Zeit und Ort der Veranstaltung und eine Liste von Einladern, darunter die Hauptverwaltung für Kultur, der Kommunistische Jugendverband, Cartier und Yves Saint Laurent.
Und das soll hier stattfinden?, fragte Bella ungläubig.
Nein, sagte die Frau. Hier ist nur eine besondere Veranstaltung für die Presse und die Gäste aus dem Ausland. Die richtige Wahl ist im Sportpalast. Aber da können die Herren nicht so dicht an den Laufsteg. Da sind schon zehntausend Karten verkauft in drei Tagen. Und die Herren müssen ja was sehen, nicht?
Ja, sagte Bella, die Herren müssen was sehen.
Ihre Stimme war zu laut, und die junge Frau sah sie erstaunt an. Bella wandte sich ab und ging die Treppe hinauf.

ICH WERDE lange im Bett bleiben, dachte die Alte, als sie zu sich gekommen war. Ab elf scheint die Sonne ins Fenster. Sie scheint eine Stunde. Das ist gut und schlecht. Gut, weil dann

der Keller warm wird und ich aufstehen kann. Schlecht, weil sie auch die Tauben wärmt. Wenn Tauben es warm haben, fressen sie mehr.
Von ihrem Bett aus sah sie auf das Kellerfenster. Sie sah vor dem Fenster eine Reihe von Mülleimern. Sie sah die Füße der Mülleimer, einen kleinen Teil der metallenen Wände und zwei Tauben, die sich langsam zwischen den Füßen der Mülleimer bewegten.
Nachher werden es mehr, dachte sie, bevor sie wieder einschlief, viel mehr.
Als sie zum zweiten Mal erwachte, hatte sich der Raum erwärmt. Die Sonne war nur noch ein wenig am rechten Fensterrand zu sehen.
Sie sind wie die Ratten, ächzte die Frau, Ratten sind sie. Warum tun mir bloß die Knochen so weh. Nicht genug, dass sie krumm werden.
Sie humpelte in den dunklen Nebenraum, drehte im Dunkeln den Wasserhahn auf und fuhr sich mit nassen, kalten Händen über das Gesicht. Sie ging, so schnell sie konnte, zurück in den Schlafraum und nahm aus dem Küchenschrank eine zerknüllte Tüte.
Ich hab's gerochen, was für ein Glück. Die Tauben lassen so was liegen, mögen das nicht, murmelte sie vor sich hin.
Sie setzte einen kleinen, blauen Emaillekessel auf die Kochplatte. Aus dem Schrank nahm sie eine Schachtel mit Ersatzkaffee und schüttete etwas davon in einen Becher. Sie nahm die zerknüllte Tüte, strich sie sorgfältig glatt und öffnete sie. Vorsichtig klopfte sie die Tüte über dem Becher aus. Ein kleiner Geruch nach Bohnenkaffee stieg ihr in die Nase. Langsam goss sie kochendes Wasser in den Becher.
Bis sechs ist noch viel Zeit, murmelte sie vor sich hin, während sie an die Wohnungstür ging, öffnete und die Stufen zum Gehweg emporkletterte. Das eiserne Treppengeländer war noch warm

von der Sonne. Vor sich sah sie die Mülleimer unordentlich in einer Reihe stehen; umgeben von einer Unmenge von Tauben. Wie Ratten, dachte sie, sie wimmeln durcheinander wie Ratten.
Langsam schlürfte sie den heißen Kaffee. Die grauen Tauben glucksten im Müll. Die Alte stellte den Becher auf die oberste Stufe und schlurfte zu den Mülleimern. Gleich im ersten fand sie ein großes Stück Kuchen. Sie steckte es in ihre Schürzentasche. Der Müll begann in der Sonne zu stinken.

AUSSER DEM STÜCK Käse, das sie wiedergefunden hatte, als sie ihre Jacke in ihrem Zimmer an die Garderobe hängte, hatte Bella den ganzen Tag nichts gegessen. Dementsprechend groß war ihr Hunger, als sie am Abend in den Speisesaal kam. Sie hatte vor, nach dem Abendessen die Kellerkneipe aufzusuchen. Während sie auf dem Bett gelegen und nachgedacht hatte, war ihr der Gedanke gekommen, dass sie ihre Liebe vielleicht erfunden haben könnte, so wie Menschen eine Melodie zu ihrem Vergnügen erfinden oder, wenn's dazu nicht reicht, ein Kuchenrezept. Einfach irgendetwas Schönes erfinden, damit die Welt wieder im Gleichgewicht ist, wenigstens für eine kleine Weile. Aber es hatte nichts genützt. Ihr Verlangen, Alexander zu sehen, war nur noch größer geworden. Und inzwischen war sie ganz sicher, ihn in jenem Lokal zu treffen. War er dort nicht eine Weile verschwunden, so, als hätte eine wichtige Sache ihn festgehalten?
An der Tür zum Speisesaal gab es Gedränge. Bella fiel wieder ein, dass im Hotel eine Schönheitskonkurrenz stattfinden sollte. Sie hatte keine Lust, deshalb auf das Essen zu verzichten, und blieb im Gedränge stehen.
Vorn kontrollierten zwei befrackte Kellner Eintrittskarten. Ne-

ben Bella unterhielten sich zwei Herren. Irgend so ein Bürokrat hat natürlich versucht, Einspruch zu erheben.
Einspruch? Das ist doch für die das beste Geschäft, das man sich denken kann.
Ja, das ist denen natürlich auch klar. Prinzipiell war der Einspruch auch nicht. Es ging um die Badeanzüge.
Um die was?
Die beiden Herren drängten an Bella vorbei. Sie waren zwischen sechzig und siebzig und einigermaßen gut erhalten, die Gesichter jedenfalls. Beide trugen gepunktete Seidentücher um den Hals, um die Falten zu verdecken, und rohseidene Anzüge.
Zu viel Haut, sagte der direkt neben ihr.
Ja, mein Gott, wollen die denn, dass wir die Katze im Sack kaufen?
Ja, das hab ich dem auch klargemacht, entgegnete der andere.
Ne, da mach ich nicht mit. Schließlich muss man alles sehen. Wer garantiert mir denn, dass da keine Orangenhaut – aaah!
Bella entschuldigte sich nicht. Sie strahlte den Kerl an, dem sie ihre hundertfünfzig Pfund im Gedränge auf den Fuß gesetzt hatte.
Vielleicht sollten Sie sich mit Ihren zarten Greisenfüßchen lieber nicht in so ein Gedränge begeben, sagte sie freundlich und hielt dem Kellner ihren Hotelausweis hin. Eine Karte für die Veranstaltung hatte sie nicht, und sie würde auch keine kaufen. Deshalb ließ sie den Kellner einfach stehen, als er ihre Eintrittskarte sehen wollte, und ging an ihm vorbei. Er war zu sehr damit beschäftigt, die Nachdrängenden zu kontrollieren, um hinter ihr herzulaufen.
Nach ein paar Schritten in das Halbdunkel des Speisesaals blieb sie stehen und musterte die Tische. Sie fand einen freien Platz neben dem Springbrunnen. Dann hatte sie viel Zeit, den schönen Saal zu bewundern und sich vorzustellen, wie hier, zwischen Jugendstilkandelabern und kunstvoll geschliffenen Glaswänden,

zu Beginn der Zwanzigerjahre halb verhungerte Künstler in Mantel und Pelzmütze ihre Suppe gelöffelt hatten.

Auf der gläsernen, von unten beleuchteten Tanzfläche tanzten zwei Mädchen nach Lautsprechermusik. Links neben der Bühne stand ein großer runder Tisch. Dort saßen sechs Männer, die Bella in Hamburg für Zuhälter gehalten hätte. Ein siebter Stuhl war frei. Auf der Bühne saß untätig ein Orchester.

Eine Weile fesselten die tanzenden Mädchen Bellas Aufmerksamkeit. Sie mochten etwa zwölf Jahre alt sein und sahen vollkommen gleich aus. In den kurz geschnittenen dunklen Locken saßen zierliche Kränze aus weißen Blüten. Die Mädchen trugen weiße Matrosenkleider, deren große Kragen mit dunkelblauen, glitzernden Litzen besetzt waren und weit über die nackten, zarten Arme fielen. Sie hielten sich umfasst und tanzten mit lasziven, vollkommen übereinstimmenden Bewegungen einen langsamen Walzer. Am Rand der Tanzfläche saß eine Frau allein am Tisch und beobachtete die beiden aufmerksam.

Ein Kellner kam, und Bella gab ihre Bestellung auf. Neben dem Zuhälter-Tisch hatten sich inzwischen Frauen versammelt, die mit Nummern beklebte, handspiegelförmige Schildchen in den Händen hielten. Der Kellner brachte das Essen, und Bella hatte plötzlich das Bedürfnis, sich die Hände zu waschen. Sie stand auf und drängte sich durch die vollbesetzten Tischreihen. Im Waschraum war es still. Neben einem kleinen Tischchen standen zwei alte Frauen. Sie hatten miteinander gesprochen und verstummten, als Bella eintrat. Bella wusch sich das Gesicht und die Hände, legte etwas Geld auf den Teller und ging zurück. Die eine der beiden Alten war dieselbe, die am Abend zuvor die Aschenbecher in der Bar gesäubert hatte. Bella grüßte freundlich, aber die Frau reagierte nicht.

Im Saal war es laut geworden. Auf fast allen Tischen standen Sektflaschen in silbernen Kübeln und Karaffen mit Wodka. Überall wurde Kaviar gegessen. Bella, die das Zeug nicht mochte, aß langsam und vorsichtig einen köstlichen Kartoffelsalat und trank ein Glas Wasser.

Auf der Bühne erschien ein dicker Mann mit offenem Hemd und im schwarzen Anzug. In der linken Hand hielt er ein großes, weißes Tuch, mit dem er sich nach jedem dritten Satz den Nacken und das Gesicht wischte. Von den Zuschauern, besonders von den wenigen Frauen, die im Saal waren, wurde er mit lauten Zurufen und begeistertem Klatschen begrüßt.

Wir Männer lieben das schöne Geschlecht, und heute Abend werden wir viele Stunden Vergnügen tanken, meine Herren! Und davon werden auch Sie etwas abbekommen, meine DAMEN!

Begeistertes Klatschen antwortete ihm.

Er setzte seine Rede fort, und Bella versuchte, nicht zuzuhören. Sie beobachtete die beiden Mädchen, die Platz genommen hatten und mit sanften Bewegungen Eis aßen. Sie saßen am Tisch der Frau, die sie vorhin nicht aus den Augen gelassen hatte. Die Frau sah ihnen sehr ähnlich. So wie sie würden die Mädchen vielleicht in dreißig Jahren aussehen. Sie sprach ununterbrochen auf die Mädchen ein, die nicht antworteten, sondern entrückt und gleichgültig lächelten, während sie weiter gleichmäßig Eis löffelten. Die Stimme des Dicken auf der Bühne war nicht zu überhören.

Und wem verdanken wir das alles? Wem verdanken wir es, wenn endlich Moskaus Frauen öffentlich und vor aller Welt zeigen dürfen, wie schön sie sind? Wem werden wir es verdanken, wenn eines Tages – und wer weiß, vielleicht schon bald – eine Moskauerin die Krone der Miss Universum auf ihrem zauberhaften Köpfchen tragen darf?

Der Dicke hatte seine Rede so dramatisch gesteigert, dass selbst Bella, seinem Blick folgend, den Kopf wandte. Gleichzeitig wandten sich alle Köpfe im Saal dem Zuhältertisch zu. Auf dem Stuhl, der zu Beginn der Veranstaltung leer gewesen war, saß

ein schmaler, älterer Mann in einem altmodischen Anzug. Er hob müde lächelnd die Hand und bedankte sich für den Beifall. Hinter ihm, im Halbdunkel, deutlich zu sehen waren nur die Hände auf der Rückenlehne des Stuhles, schmale, schöne Männerhände, bei deren Anblick Bella ihre Haut fühlte, als sei sie langsam und zärtlich berührt worden, stand Alexander.
Der Mann auf dem Stuhl wandte seinen Kopf über die Schulter nach hinten. Bella sah Alexander an, der sich nach vorn beugte und aufmerksam den Worten des Mannes folgte. Er nickte, nahm die Hände von der Rückenlehne und ging ein paar Schritte zur Seite. Er sprach mit den wartenden Frauen, gab dem Dicken auf der Bühne ein Zeichen, und in das wieder stärker werdende Klatschen hinein sagte der Dicke:
Tania Sukowa. Achtzehn Jahre jung. Hat gerade die Schule beendet, 53 kg, 176 cm und jeder Zentimeter ein Genuss.
Auf den Laufsteg schlenderte eine junge Frau.

WESHALB BELLA in dem Augenblick, als sie Alexander erkannte, an Beyer dachte, war ihr unklar. Sie vergaß ihn auch sofort wieder. Sie war aufgesprungen, hatte dann aber ihren Stuhl zur Seite gerückt, um nicht gesehen zu werden. Eine überflüssige Maßnahme, denn seit Beginn der Fleischbeschau waren alle Scheinwerfer auf den Laufsteg gerichtet. Der Saal lag im Dunkeln.
Nach dem ersten Durchgang – sechsunddreißig Frauen zwischen sechzehn und siebenundzwanzig waren, noch bekleidet, aber mit so kurzen Röcken, dass fachkundige Metzger Schinken und Schenkel eingehend studieren konnten, über den Laufsteg getänzelt – gab es eine kurze Pause.
Es blieb dunkel im Saal, nur die Tanzfläche wurde diskret von unten beleuchtet. Eifrige Kellner brachten Sekt, Wein und

Wodka heran, und die beiden kleinen Mädchen tanzten eng umschlungen und selbstvergessen einen langsamen Foxtrott. Ihre Bewegungen waren vollkommen aufeinander abgestimmt, exakt und hingebungsvoll zugleich. Um sie auf diese Weise abzurichten, war hartes Training nötig gewesen. Bella war fasziniert und angewidert zugleich, aber sie konnte die Kinder nicht übersehen, die zwischen ihr und Alexander auf der Tanzfläche zur Schau gestellt wurden.
Die Männer an dem Tisch neben der Bühne unterhielten sich angeregt.
Der ältere, der zuletzt gekommen und so gnädig den Dank des Publikums entgegengenommen hatte, beteiligte sich nicht an dem Gespräch. Alexander behielt seinen Platz hinter ihm. Hin und wieder wurden zwischen den beiden ein paar Worte gewechselt, die sich immer auf die Frauen neben dem Laufsteg bezogen, denn Alexander wandte sich ihnen anschließend zu. Es sah aus, als seien die Frauen nervös und als versuchte er, sie zu beruhigen.
Bella hatte, seit sie Alexander gesehen hatte, das Gefühl, in einem Albtraum zu sitzen. Sie war unfähig, aufzustehen und hinüberzugehen, unfähig, sich von dem kläglichen Schauspiel der sich auf der Tanzfläche prostituierenden Kinder zu lösen, unfähig, sich endgültig von dem unwürdigen Spektakel auf dem Laufsteg abzuwenden.
Dort hatte inzwischen die nächste Runde begonnen. Aus der erregten Stimmung um sie herum und aus der Aufmachung der Frauen war zu schließen, dass die Fleischbeschau einen Höhepunkt erreicht hatte. Durch den Alkohol angeregt, geizten die Männer nicht mit Zurufen und lauten Bemerkungen. Schon als die Frauen sich in Badeanzügen neben der Bühne versammelten, gerieten einige Zuschauer aus dem Häuschen. Der Lärm wurde noch größer, als die Frauen nacheinander auf den Laufsteg kamen. Irgendjemand musste sie für ihren Auftritt beson-

ders präpariert haben. Fast alle trugen Schuhe mit sehr hohen Absätzen. Beim Gehen schoben sie herausfordernd den Unterleib vor. Die Schultern waren zurückgenommen. Die Brüste trugen sie vor sich her wie auf einem unsichtbaren Tablett. Alle Haare waren sorgfältig von den Beinen und aus den Achselhöhlen entfernt worden – irgendeine Metzgersfrau hat die Gänse gesengt, dachte Bella –, und auf den Gesichtern klebte das gleiche Lächeln.

> Und die Schönen schritten unentwegt vorbei,
> Jede einen Traum im Herzen hegend,
> Unvergleichlich aufzusteigen und sehr frei
> Anzukommen irgendwo in blauer Gegend …

Bei manchen Frauen riefen die Zuschauer ›stop‹, und die so besonders Ausgezeichnete blieb an der Rampe stehen. Ihre Kolleginnen hielten ein Stück Abstand, und sie begann, sich langsam von allen Seiten zu zeigen, wobei sie das unsichtbare Tablett noch etwas höher hob und, wenn sie dem Publikum den Rücken zuwandte, den Hintern kreisen ließ. Die Blicke der Zuschauer hatten dann die gleiche Qualität wie die Hände einer Bauersfrau, die am Marktstand ein nacktes Huhn anfasst und mit harten Fingern sein Fleisch untersucht. War die Frau ausreichend mit Blicken befühlt worden, trippelten alle auf dem Laufsteg noch etwas angestrengter weiter, bemüht, ebenfalls unter die harten Hände der Marktfrau zu geraten.
Wieder und wieder hieß es ›stop‹. Als Letzte wurde eine junge Frau auf hochhackigen, goldenen Sandalen angehalten, sehr dünn, mit großen, hängenden Brüsten. Sie wirkte trotz des hellblauen Badeanzuges vollkommen nackt und begeisterte deshalb das Publikum besonders. Stimmen grölten durch den Saal.
Singen, kann sie singen? Und tanzen?

Der Ansager beeilte sich, die junge Frau zu einer Probe ihres Talents zu animieren. Die sah unsicher auf den dicken Mann im schwarzen Anzug.
Los, los, meine Schöne, sagte er aufmunternd, dir wird doch ein Liedchen einfallen.
Da trat sie langsam zwei kleine Schritte nach vorn – das Publikum wurde plötzlich sehr ruhig – und sang, während sie mit beiden Händen einen nicht vorhandenen Rock hochhob und nach rechts und links kurze Schritte machte. Sie sang ›Kalinka, Kalinka‹. Bei der zweiten Silbe ging sie jedes Mal in die Knie, und ihr großer Busen bewegte sich dabei. Das Publikum war begeistert.
Als der Badeanzugauftritt beendet war, ging ein leichtes Stöhnen durch das Publikum. Man entspannte sich. Das Licht an der Tanzfläche ging an, mehr Sekt wurde bestellt, und die kleinen Mädchen tanzten, diesmal einen Tango.
Bella saß da, starrte Alexander an und rührte sich nicht. Der Kellner kam und fragte nach ihren Wünschen. Sie bestellte ein Glas Eiswasser. Als er zurückkam, lag auf dem Tablett neben dem Glas ein kleiner Briefumschlag. Der Kellner stellte Tablett, Glas und Umschlag vor ihr auf dem Tisch ab und verschwand, ehe Bella ihn etwas fragen konnte. Der Umschlag enthielt die gleiche Karte, die sie schon kannte. Sie las:
›Seid gegrüßt, Helden des 9. Mai!‹
Auf der Rückseite standen nur wenige Worte:
›Am 9. Mai im Gorkipark, 4.00 Uhr, große Bühne.‹
Bella sah sich nach dem Kellner um, aber der war endgültig verschwunden. Das Licht ging aus. Auf der Bühne begann der letzte Durchgang. Der dicke Ansager tat alles, um seine Zuschauer zu überzeugen, dass die Frauen auch im Abendkleid das Anstarren lohnten. Und auch die Frauen wussten, was sie ihrem Publikum schuldig waren. Tiefe Ausschnitte, lange Seitenschlitze, bloße Schultern sollten für zu viel Stoff entschädigen. Aber die Stim-

mung im Saal war ruhiger geworden, und auch mit den Frauen auf der Bühne war eine Veränderung vor sich gegangen. Sie wirkten nervös, und Bella beobachtete, dass Alexander mehrmals beruhigend auf sie einsprach.
Der siebte Mann, dem nach den Worten des Ansagers die Zuschauer das Spektakel verdankten, war nicht mehr auf seinem Platz. Der Stuhl, auf dem er gesessen hatte, blieb leer.
Bella befürchtete plötzlich, Alexander könnte ebenfalls verschwinden. Sie stand auf. Um ihn zu erreichen, hätte sie den Saal durchqueren müssen. Er würde sie auf sich zukommen sehen. Sie wollte nicht riskieren, dass er ebenfalls verschwand. Deshalb drängte sie sich durch die Tischreihen zum Ausgang des Saales. Sie würde an den Waschräumen vorbei durch das Hotel gehen und den Eingang zum Speisesaal neben der Bühne benutzen, um ihn zu treffen.
Der Gang vor dem Speisesaal war leer. Bella schlug die Richtung zu den Waschräumen ein. Als sie um die Ecke bog, sah sie, dass der Gang weiter vorn abgesperrt war. Zwei Milizionäre lehnten an der Wand und rauchten. Sie betrat den Vorraum, hinter dem die Waschräume lagen. Niemand war dort. Die alten Frauen waren gegangen. Der Teller mit den Münzen war verschwunden. Bella sah ihr Gesicht im Spiegel. So sieht eine Verrückte aus, dachte sie gleichgültig, während sie sich abwandte. Sie würde einen anderen Weg zur Bühne finden.

SIE FAND KEINEN. Alle Zugänge zu dem Teil des Saals, in dem sich die Frauen und Alexander aufhielten, waren gesperrt. Während Bella unschlüssig in der Nähe einer Absperrung stand, erschienen Männer mit einer Trage. Sie rannten an Bella vorbei, ohne sie zu beachten; neben ihnen liefen zwei Männer, die Bella für Ärzte hielt. Bella folgte ihnen.

Die Milizionäre standen rechts an der Wand. Einer von ihnen öffnete das Absperrseil, als sie die Sanitäter wahrnahmen. Bella wechselte nach links. Die kleine Gruppe, an der Spitze die Männer mit der Trage, lief durch die geöffnete Absperrung direkt auf eine Menschenansammlung am Ende des Korridors zu, die sich teilte, als die Männer mit der Trage erschienen. Bella hielt sich dicht hinter ihnen, bis sie nahe genug gekommen war, um sich unter die Leute zu mischen. Heftig atmend blieb sie stehen und sah sich um. Sie stand in der Nähe der Saaltür, hinter der sie Alexander vermutete. Links sah sie eine kleinere Tür, die halb offen stand. In dieser Tür waren die Männer mit der Trage verschwunden. Sie wusste, was geschehen würde. Dennoch stand sie in der Menge und sah wartend auf die halb offene Tür. Wenig später erschienen die Männer. Im Gang war es plötzlich sehr still geworden. Man hatte die junge Frau auf die Bahre gelegt, ohne sie zuzudecken. Sie konnte noch nicht lange tot sein. Sie sah aus, als hätte sie einen schmerzhaften Tod gehabt. Ihr Gesicht war verzerrt und verfärbt.

Hat denn niemand eine Decke?, fragte eine leise Stimme neben Bella.

Aus der Tür, die offen geblieben war, kam ein Geräusch, das sich anhörte wie unterdrücktes Schluchzen. Bella drängte sich durch die Menschen, die noch immer stumm dastanden, ging durch die geöffnete Tür, schloss sie hinter sich und stand in einem Raum hinter der Bühne. Niemand folgte ihr.

Sie wartete eine Weile und versuchte, sich genauer zu orientieren. Plötzlich ging die Bühnentür auf. Frauen in Hochzeitskleidern mit glitzernden Krönchen auf dem Kopf stürzten herein. Bella wich zurück an die Wand. Die Frauen sprachen kaum. Der Raum war zu eng für die vielen weiten Tüllröcke. Keine achtete darauf, ob die Kleider zerdrückt wurden. Jede versuchte so schnell wie möglich, sich umzuziehen. Am Boden lagen ein paar Schärpen mit dem Aufdruck ›Yves Saint Laurent‹.

Dann sah Bella Alexander. Er kam durch die Bühnentür, ging zum Ausgang des Raums, schloss die Tür ab und wartete. Er sah gleichgültig auf die hastig und schweigend hantierenden Frauen. Als die Erste fertig war, ihr Hochzeitskleid hatte sie achtlos zur Seite geworfen, so eilig hatte sie es, den Raum zu verlassen, versperrte er ihr den Weg.
Hört einen Augenblick zu, sagte er halblaut.
Seine Stimme war gleichgültig und voller Verachtung.
Sie ist tot. Wir klären die Sache auf. Und ihr haltet den Mund. Wenn ich erfahre, dass eine von euch geredet hat, geht's ihr schlecht. Die kann sich nicht nur die Schönheitskonkurrenz abschminken. Und jetzt haut ab. Wir sehen uns im Sportpalast. Und zwar alle.
Die letzten Worte waren eine Drohung, und Bella hatte überhaupt keinen Zweifel, dass sie wirken würde.

DIE FRAU gab dem Taxifahrer zehn Rubel.
Intourist, elf Uhr, sagte sie.
Wie weit? Der Taxifahrer fragte missmutig zurück. Um die angegebene Zeit lief das Geschäft am besten, und er hatte eine Menge Flaschen im Wagen.
Zehn Minuten, sagte sie, und beobachtete dabei mit aufmerksamen Augen den Hoteleingang.
Ist gut, sagte der Taxifahrer, bis dann.
Die Frau hatte eine halbe Stunde Zeit. Das war nicht viel. Während sie durch die Drehtür des Hotels ging, sah sie auf den Portier. Sie kannte ihn, zwei Rubel. Sie ging an ihm vorüber, küsste ihn rechts und links auf die Wange und legte dabei das Geld in seine Hand. In der Hotelhalle stand eine Gruppe Touristen, Männer und Frauen. Die Frau ging an ihnen vorbei, ohne sie zu beachten, bog nach links ab und setzte sich an einen Tisch in

der Devisenbar. Am Nebentisch saß ein Strichjunge, die übrigen Tische waren leer. Der Kellner sah zu ihr hinüber und dann wieder in den laufenden Fernseher.
Tschapajew, dachte die Frau nach einem Blick auf das Bild, am Schluss stirbt er. Vielleicht sollte ich was essen? Zwei Männer bogen aus der Hotelhalle in die Bar ein. Der Stricher fuhr mit der rechten Hand langsam über den ausgestreckten Zeigefinger der linken und lächelte versonnen.
Die sind nichts für dich, dachte die Frau.
Der Junge hatte es schon begriffen. Er sah wieder gelangweilt vor sich hin.
Der Frau war der Mantel von den Schultern gerutscht. Die beiden Männer standen an der Bar und betrachteten die ausgestellten Brote. Sie gefielen ihnen nicht. Gibt es etwas anderes?, fragten sie den Kellner auf Englisch.
Deutsche, dachte die Frau, das hört man sofort.
Der Kellner schüttelte den Kopf, ohne den Blick vom Fernsehbild zu nehmen.
Die Männer blieben unschlüssig stehen. Sie wandten sich um. Ihr Blick fiel auf die entblößten Schultern der Frau. Sie sahen sich an. Der Kleinere schüttelte den Kopf. Sie wandten sich ab und gingen zurück in die Hotelhalle. Der Junge am Nebentisch grinste ein wenig. Sein Pullover war aus Italien und stand ihm sehr gut. Als die Frau den Pelzmantel hochziehen wollte, bog ein einzelner Mann um die Ecke. Die Frau fand ihn zu alt. Die Alten hatten meistens komplizierte Wünsche. Sie zog den Mantel endgültig über die Schultern. Der Mann kam direkt an ihren Tisch.
Darf ich mich zu Ihnen setzen, sagte er, während er Platz nahm. Wie viel?
Die Frau dachte an ihre Tochter. Sie wollte den Alten nicht, sie hätte gern einen Jüngeren gehabt.
Achthundert, sagte sie.

Ist das nicht ein bisschen viel, sagte der Mann, für die Katze im Sack?
Wir sind zwei, sagte die Frau, ohne den Mantel zu bewegen, die andere ist Jungfrau.
Aber dann die ganze Nacht, sagte der Mann.
Natürlich, sagte die Frau.
Sie stand auf. Der Junge am Nebentisch reinigte sich die Fingernägel. Die Frau ging an die Bar und legte einen Rubel auf den Tresen. Es war zehn Minuten vor elf, und sie hatte keine Lust, mit dem Mann vor dem Hotel zu warten.
Kauf uns was zu trinken, sagte sie zu dem Mann, das Taxi kommt in zehn Minuten.
Zwei Gin-Tonic, rief der Mann dem Kellner zu. Er rief laut, um die Ehrensalve zu übertönen, die die Rote Armee gerade über Tschapajews Grab abfeuerte.
Das Taxi wartete schon. Der Mann ließ die Frau zuerst einsteigen und starrte dabei auf ihre Beine. Sie schienen in Ordnung zu sein.
Brauchen Sie Wodka, fragte der Taxifahrer.
Die Frau sagte nichts. Sie hatte genügend Getränke in der Wohnung, aber sie wollte dem Taxifahrer nicht das Geschäft verderben.
Sechzehn Rubel, sagte der Taxifahrer.
Das ist doppelt so viel wie im Laden, sagte der Mann.
Ja, bloß, dass der Laden um diese Zeit geschlossen ist, antwortete der Taxifahrer. Und selbst wenn er offen wäre, würden Sie sich nicht anstellen.
Der Mann lachte. Er zog zwanzig Rubel aus der Hosentasche und behielt die Scheine in der Hand, während der Taxifahrer in die angegebene Straße einbog und vor dem Haus hielt. Der Mann stieg aus, nachdem er dem Taxifahrer das Geld gegeben hatte. Der Taxifahrer gab der Frau die Flasche und sagte:
Viel Spaß.

Die Frau hakte sich bei dem Mann ein und führte ihn vor das Haus. Sie hatten nur wenige Schritte zu gehen. Vor dem Haus standen Fliederbüsche, die sehr stark dufteten.
Die Frau drückte auf den Klingelknopf, und die Tür öffnete sich automatisch. Im Treppenhaus war es dunkel. An der rechten Wand saß in einem schwach erleuchteten Glaskasten ein älterer Mann und sah ihnen entgegen. Er hatte eine Zeitung vor sich liegen, von der in dem trüben Licht nur die Überschrift zu erkennen war:

MOSKAU EHRT SEINE HELDEN

Die Frau steuerte auf den Glaskasten zu.
Mein Bruder, sagte sie halblaut in das Loch in der Scheibe.
Deine Familie vergrößert sich, sagte der Portier.
Er streckte die Hand aus und nahm das Geld, das die Frau ihm entgegenhielt. Der Mann, der im Hintergrund stehen geblieben war, ging auf den Fahrstuhl zu, und die Frau folgte ihm.
Der ist kaputt, rief der Portier halblaut hinter ihnen her.
Tut mir leid, sagte die Frau. Wir müssen nur in den dritten Stock.
Das Haus hatte acht Stockwerke. Der Mann war erleichtert. Sie ging vor ihm her. Das Treppenhaus war nach außen offen. Der Fliedergeruch verlor sich zwischen dem ersten und dem zweiten Stockwerk. Auf dem dritten Treppenabsatz war die Deckenlampe kaputt. Die Frau versuchte, eine der beiden Flurtüren mit einem Schlüssel zu öffnen. Es dauerte einen Augenblick, bis sie das Schlüsselloch gefunden hatte. Bevor sie die Tür aufschließen konnte, wurde sie von innen geöffnet.
In der Tür stand ein Mädchen in einem durchsichtigen Nachthemd. Ihr nackter Körper war deutlich zu sehen. Ihre Haare waren glatt und blond und sehr lang.
Hallo, sagte das Mädchen.

Vielleicht ist sie fünfzehn, dachte der Mann. Sein Atem ging schneller.
Wollen wir erst mal reingehen, drängte die Frau hinter ihm und schob ihn weiter.
Jungfrau oder nicht, dachte der Mann, hier bin ich richtig, und begann, seinen Gürtel zu lösen.
Die Frau hinter ihm warf dem Mädchen einen Blick zu und zuckte bedauernd die Schulter.
Bist du auch nicht zu alt, sagte das Mädchen und ging voran.
Wo denkst du hin, antwortete statt seiner die Frau. Er ist sehr lieb, und Geld hat er auch.
Na ja, dann …, sagte das Mädchen. Warte, ich helf dir.
Sie begann, das Hemd des Mannes aufzuknöpfen, während die Frau in die Küche ging und die Flasche in den Kühlschrank legte. Sie ließ sich eine Weile Zeit. Als sie zurückkam, trug sie ein bemaltes Holztablett mit drei Gläsern und einer beschlagenen Flasche vor sich her. Der Mann stieß gurgelnde Laute aus, und das Mädchen zog gelangweilt die Schultern hoch, während es der Frau entgegensah.
Langsam, Väterchen, sagte die Frau, lass für mich auch noch was. Jetzt trinken wir erst mal.
Auf dem Flur klappte die Haustür der Nebenwohnung. Spätschicht, dachte das Mädchen und schob den Mann von sich weg.
Lass uns was trinken, sagte es laut.

ALEXANDER ÖFFNETE die Tür und ging als Erster hinaus. Die Frauen drängten hinterher, über den Armen die Tüllkleider. Selbst wenn Bella innerlich dazu in der Lage gewesen wäre, hätte sie ihm nicht folgen können. Sie blieb in der Ecke stehen, bis der Raum leer war. Keine der Frauen hatte sie beachtet. Langsam ging sie zur Tür. Auf dem Korridor war inzwischen die Wache abgezogen worden. Aus dem Speisesaal hörte sie Musik. Sie ging am Portier vorbei die Treppen hinunter, betrat die Straße und ging irgendwohin. Auf einem kleinen Platz blieb sie stehen. Der Platz war voller Menschen, und es war vollkommen still. Es dauerte eine Weile, bis sie begriff, dass sie an einem Treffpunkt für Gehörlose stand. Um sie her verständigten sich die Menschen mit Zeichen.

Bella setzte sich auf einen freien Platz an der Mauer. Und so, in vollkommener Stille und eingekeilt zwischen Menschen, die sich mit schlanken, beweglichen Händen Zeichen gaben, nahm sie Abschied von der Liebe.

Es war ein endgültiger Abschied, und deshalb dauerte er ein wenig länger als gewöhnliche Abschiede, die Bella kurz zu gestalten pflegte.

Als sie aufstand, war ihr ein wenig übel.

Sie ging zurück über die Straße und an einen Taxistand. Sie gab dem Fahrer die Adresse des Schieberlokals. Der Mann fuhr los, und Bella lehnte sich zurück. Die Stadt zu sehen, strengte sie zu sehr an, deshalb schloss sie die Augen. Als der Fahrer eine Weile gefahren war, bat sie ihn anzuhalten.

Wir sind noch nicht da, sagte er.

Ich weiß, ich will mit Ihnen reden.

Der Fahrer hielt am Straßenrand und wandte sich um. Bella öffnete die Augen. Ihr Blick fiel auf ein Lenin-Denkmal. Dann sah sie den Taxifahrer an.

Ich brauche eine Waffe, sagte sie.

Der Fahrer schüttelte den Kopf.

Alles, sagte er, Wodka oder Kaviar oder – er wollte Mädchen sagen, bevor ihm einfiel, dass das nicht unbedingt angebracht sein könnte – oder Männer, aber keine Waffen. Was für eine Waffe?

Eine, die keinen Krach macht, sagte Bella.

Ach so, sagte der Fahrer. Das ist einfach. Kommen Sie morgen ...
Ich brauche die Waffe sofort, sagte Bella.
Ausgeschlossen. Morgen früh, neun Uhr, am Taxistand. Hundert Rubel.
Bella sah, dass er entschlossen war, jetzt nichts mehr zu unternehmen.
Gut, sagte sie. Dann fahren Sie jetzt weiter.
Als sie die kleine Straße erkannte, in der das Lokal lag, ließ sie den Fahrer halten, zahlte und stand einen Augenblick, bis er davongefahren war. Dann ging sie langsam die Straße hinunter. Das Restaurant war geschlossen. Die Tür war mit einem großen Vorhängeschloss von außen gesichert. Die Vorhänge waren zugezogen. Aus den Ritzen drang kein Licht. Erst nach langem Suchen fand sie ein Taxi und fuhr zurück ins Hotel.
In ihrem Zimmer stellte sie den Fernseher an. Es war schon sehr spät, aber das Programm lief noch. Gezeigt wurde eine Modenschau, die offenbar hier die gleiche Funktion hatte wie die Soft-Pornos in den Privatsendern zu Hause. Schöne, stark geschminkte Frauen führten Modelle vor, die es nirgends und für niemanden zu kaufen gab. Gerade wurden Kleider vorgeführt, die breit bestickte Folkloreröcke als besonderen Clou zeigten. Eine süßliche Ansagerin sagte:
Ja, meine Herren, früher haben die Männer auf die schönen Stickereien gesehen, heute würden Sie wohl gar zu gern unter die Röcke schauen, was?
Die Frauen, die die Kleider vorführten, unterschieden sich so sehr von den abgehetzten, übergewichtigen, abgearbeiteten Moskauerinnen, dass Bella kalte Wut fühlte über die Zyniker, die für diese Sendung verantwortlich waren. Wer immer sich dieses Spektakel ausgedacht haben mochte, für Frauen hatte er nur Verachtung übrig.
Sie stand auf und stellte das Gerät ab, gerade als das Orchester

begann ›Wien, Wien – nur du allein‹ zu spielen und die Frauen auf dem Bildschirm mit einem geschickten Handgriff die Röcke lösten und im Bikini weitergingen, den Rock lässig hinter sich herziehend.

Bella legte sich angezogen aufs Bett. Diesmal hatte kein Briefchen auf der Bettdecke gelegen. Sie lag da und starrte gegen die zur Seite gezogenen Vorhänge, immer abwechselnd einmal nach rechts und einmal nach links.

Ein schwacher Lichtschein fiel ins Zimmer. Bella wusste, dass sie sich noch eine Weile wachhalten musste. Endlich hörte sie einen Schlüssel, der vorsichtig im Schloss gedreht wurde. Bella wartete mit angehaltenem Atem. Sie war gespannt, wer ihr diesmal eine Botschaft auf das Bett zu legen gedachte.

Dies ist wahrscheinlich einer der Augenblicke, vor denen Beyer dich gewarnt hat, Bella Block, dachte sie und lächelte leicht in der Dunkelheit. Sie hatte nicht gehört, dass die Tür geöffnet wurde, und sah den Mann erst, als seine Silhouette schwarz vor dem Fenster stand.

Hier, sagte sie halblaut. Ich bin hier.

Alexander wandte sich um und kam langsam auf das Bett zu. Wieder musste Bella lächeln. Beyer war ihr noch einmal eingefallen mit seiner Bemerkung, dass es besser sei, auf der Suche nach ihrer Liebe eine Waffe mitzunehmen. Alexander stand jetzt vor ihr.

Setz dich, sagte sie.

Ihre Stimme war leise und klar. Ihre Augen, die an die Dunkelheit gewöhnt waren, sahen ihn an. Er trug auch jetzt keine Uniform. An den Händen hatte er feine Handschuhe. In den Fingern hielt er einen altmodischen, großen Türschlüssel. Er setzte sich auf die Bettkante.

Ich könnte dich verschwinden lassen, sagte er nach einer Weile. Es gäbe ein paar Schwierigkeiten mit der Leiche, aber das wäre nicht das Hauptproblem. Du warst Polizistin, und ich weiß nicht,

ob du dich abgesichert hast. Was wir, ich und meine Freunde in der Stadtverwaltung, nicht gebrauchen können, sind internationale Verwicklungen.
Neben dem Ärger, den ihr jetzt schon habt, sagte Bella leise.
Wir haben keinen Ärger. Irgendjemand erledigt hin und wieder ein Mädchen. Wir kommen dahinter, und die Sache ist vergessen. Irgendein Racheakt vermutlich. Nicht nur wir machen schließlich Geschäfte. Wahrscheinlich versucht die Konkurrenz uns eins auszuwischen.
Seine Stimme war vollkommen gleichgültig.
Aus seinen unbestimmten Bemerkungen schloss Bella, dass die Miliz bisher keinen Erfolg bei der Aufklärung der Morde gehabt hatte. Sie schwieg.
Morgen früh um zehn geht dein Flugzeug. Das Ticket lasse ich hier. Du wirst aus Moskau verschwinden. Und dich hier nie wieder sehen lassen. Ich weiß, dass eure Aufklärungsmethoden besser sind als unsere. Vielleicht würdest du schneller herausfinden, was hier vorgeht. Wahrscheinlich bist du sogar deshalb gekommen. Aber wir können dich hier nicht gebrauchen.
Bella schwieg noch immer.
Sie dachte darüber nach, dass die Liebe aus dem miesesten Gockel einen wunderschönen Hahn machen konnte. Und darüber, dass sie als Kind Hähne gehasst hatte, weil sie sich auf den Rücken der Hühner festbissen. Und über die dämlichen Hühner, die sich hinterher schüttelten und so taten, als sei nichts geschehen.
Um zehn, sagte sie gefügig.
Alexander stand auf und zog ein Stück Papier aus der Jackentasche, das er auf den Nachttisch legte.
Dein Flugschein, sagte er. Und denk nicht, dass wir nicht aufpassen.
Nein, sagte sie, das denke ich nicht. Ich denke auch nicht über deine Geschäfte nach und über die verkommene Moral, die solche Geschäfte möglich macht: Ich reise nur ab.

Wortlos ging Alexander hinaus.
Bella blieb einen Augenblick reglos liegen. Dann stand sie auf, zog sich aus und ging unter die Dusche. Das Wasser war viel zu heiß und ließ sich nicht regulieren. Nackt lief sie ans Fenster und stellte sich in den Luftzug.

> Am Abend sind über den Restaurants
> Die heißen Lüfte wild und taub,
> Und die betrunkenen Rufe lenkt an Land
> Ein frühlingshafter fauler Hauch …

Aber die Luft, die von draußen hereinkam, war lau und duftete stark nach Flieder.
Warum soll dein Großvater immer recht haben, dachte sie. Und weshalb soll eine Stadt, in der es stinkt, nicht nach Flieder riechen?

BELLA HATTE nur zwei Stunden geschlafen. Trotzdem fühlte sie sich nicht schlecht – der Tag versprach, interessant zu werden. Nachdem sie geduscht hatte – diesmal war das Wasser zu kalt gewesen, aber gerade das hatte ihr gutgetan –, packte sie ihre Reisetasche. Wie immer hatte sie nur wenige Sachen mitgenommen, die sie jetzt auf dem Bett ausschüttete, um nachzusehen, ob ein Buch darunter war, das sie leicht in die Jackentasche stecken konnte. Sie würde heute genug Zeit zum Lesen haben. Irgendetwas hatte sich am Boden der Reisetasche verhakt, und sie schlenkerte die leere Tasche hin und her. Aber das Schütteln nützte nichts. Sie drehte die Tasche um und sah hinein. In einer Ecke, fast unter das eingerissene Futter gerutscht, steckte etwas Schwarzes. Sie griff hinein und hielt ein kleines Notizbuch in der Hand – das schwarze Notizbuch der Frau, die vor ein paar

Wochen neben ihr gestorben war. Bella setzte sich mit dem Notizbuch aufs Bett und starrte darauf, als käme es aus einer anderen Zeit. Und in gewisser Weise stimmte das ja auch. Sie blätterte. Der Kassenbon lag noch zwischen den ersten Seiten. Auf der Rückseite stand ein Wort, flüchtig mit Bleistift hingeschrieben. Bella ging mit dem Zettel ans Fenster, um das Wort besser lesen zu können. Es gab keinen Zweifel: Auf dem Kassenbon stand der Name des zerfallenen Dorfes, in das sie vor ein paar Tagen bestellt worden war. Sie steckte den Bon in die Jackentasche, ging zurück zum Bett und sah sich das Notizbuch näher an. Als sie es gründlich durchgeblättert und ein wenig gerechnet hatte, wusste sie, dass die Hure Olga Melnik auch in diesem Jahr dreißigtausend Rubel eingenommen hätte. Das Notizbuch war vom Vorjahr. Säuberlich waren die wöchentlichen Einnahmen eingetragen worden, dazu die Ausgaben für Taxifahrer, Ärzte und einen gewissen Kolja, der entweder ein Portier, ein Zuhälter oder beides sein konnte. Jedenfalls hatte er gut verdient bis zum Februar diesen Jahres. Und noch etwas wusste Bella, nämlich die Adresse der Frau, denn auch die war fein säuberlich vorn in das Notizbuch eingetragen worden.

Bella stopfte ihre Sachen in die Reisetasche, das Notizbuch steckte sie zu dem Kassenbon in die Jacke. Dann holte sie ihren Stadtplan hervor, breitete ihn auf dem Fußboden aus und begann, sich einen Plan zurechtzulegen. Bis vierzehn Uhr hatte sie Zeit. Das würde wohl der schwierigste Teil des Tages werden. Sie konnte unmöglich riskieren, am Vormittag die Wohnung der Frau aufzusuchen oder in das Dorf zurückzukehren. Sie musste versuchen, sich irgendwo aufzuhalten, wo viele Menschen waren, immer vorausgesetzt, es gelang ihr, mögliche Bewacher am Flughafen abzuschütteln. Einen kurzen Augenblick dachte sie darüber nach, ob sie vielleicht doch lieber abreisen sollte. Aber sie wusste, es war nicht möglich. Es war für sie einfacher, ein paar Tage in Moskau unterzutauchen, als nach Hause zu fahren und

nicht zu wissen, wer die Frauen umbrachte. Und das Problem Alexander konnte ebenfalls nicht ungelöst zurückgelassen werden – auch wenn die Lösung sich erst ganz vage abzeichnete.
Als sie gegen acht Uhr den Frühstücksraum des Hotels betrat, saßen dort nur wenige Gäste. Wahrscheinlich frühstückten die meisten in ihren Zimmern. Das hatte den Vorteil, dass die Kellner dort relativ unbeobachtet Kaviar verschieben konnten. Und die Mädchen, die in ihren kostbaren Kleidern am Morgen im Frühstücksraum vielleicht ein wenig deplatziert gewirkt hätten, konnten sich in aller Ruhe ein Frühstück spendieren lassen.
Ein mürrischer Kellner brachte Bella eine Tasse Kaffee, zwei Scheiben Brot, Butter und Käse. Bella trank den Kaffee, belegte das Brot, wickelte es in eine Serviette und steckte es in ihre Jackentasche. Sie ging ins Foyer, kaufte die einzige westdeutsche Zeitung – den ›Vorwärts‹ –, nahm ihre Reisetasche und verließ das Hotel. Es war kurz vor neun Uhr, als sie am Taxistand ankam.
Der Fahrer, mit dem sie verabredet war, stand als Erster in der Reihe der wartenden Wagen. Der kleine blasse Typ im Parka, der ihr gefolgt war, seit sie die Zeitung gekauft hatte, ging an ihr vorbei zum nächsten Taxi.
Bella setzte sich in den Wagen. Fragend sah sich der Fahrer um. Zum Flughafen, sagte sie. Legen Sie die Waffe auf den Vordersitz. Ich gebe Ihnen das Geld, wenn ich das Taxi bezahle.
War etwas teurer, sagte der Mann. Hundertzwanzig. Aber dafür ist es allererste Qualität. Damit können Sie ein Schwein schlachten.
Bella war davon überzeugt, dass der Taxifahrer recht hatte.
Auf der Gorki-Straße hielt das Taxi an einer Kreuzung. Eine Menschenansammlung behinderte den Verkehr. Bella beugte sich vor und sah durch das Fenster über den Menschen – viele ältere waren dabei – die zarte, nachdenkliche Gestalt Puschkins. Sie hielten in der Nähe des Puschkin-Denkmals. Sie war auch

diesmal nicht dazu gekommen, nachzusehen, ob dort Blumen lagen. Aber sie konnte den Taxifahrer fragen.
Na klar, sagte er, immer. Und wenn Sie in einem Monat wiederkämen, würden Sie dort ein Blumenmeer sehen und die schönsten Gedichte hören können. Am 6. Juni hat er nämlich Geburtstag.
Und was ist das jetzt für eine Menschenansammlung? Ach, die, sagte er verächtlich. Irgendeine Politsekte. ›Pamjat‹ nennen sie sich. Wollen Russland erneuern. Vorwärts, wir gehen zurück. Die haben's mit der Moral. Oder was sie dafür halten. Gegen Ausländer, gegen Juden und so – ich kann sie nicht ausstehen. Das ist nicht Erneuerung, das ist nationalistischer ...
Endlich, er unterbrach sich und fuhr an.
Bella warf im Vorüberfahren einen Blick auf die Menschenmenge, die sich um das Puschkin-Denkmal gedrängt hatte. Ein paar Milizionäre in Uniform standen dazwischen. Niemand beachtete sie. Zwei alte Frauen trugen ein Transparent. ›Russland erwache‹, las sie.
Die Straße zum Flughafen hatte vier Spuren auf jeder Seite. Der Taxifahrer fuhr links außen und benutzte zum Überholen den Grasstreifen, der die entgegengesetzten Fahrbahnen trennte. Jedes Mal, wenn er überholte, dachte Bella, es sei das letzte Mal. Trotzdem hatte die Raserei einen Vorteil. Das Taxi, in dem ihnen der Mann im Parka gefolgt war, war offensichtlich zurückgeblieben. Wenn nur der verrückte Taxifahrer einen Augenblick zuhören würde. Durch lautes und lang anhaltendes Schreien gelang es ihr schließlich, dem Mann klarzumachen, dass er so bald wie möglich nach rechts abbiegen solle. Er strahlte sie fröhlich im Rückspiegel an, als er verstanden hatte, worum sie ihn bat. Wenig später begriff Bella, weshalb. Offenbar sah er in dem Manöver, von der linken auf die rechte Spur der stark befahrenen Straße zu kommen, eine neue Herausforderung seiner Fahrkunst.
Bella schloss die Augen nach dem ersten Beinahe-Zusammen-

stoß und öffnete sie erst wieder, als die Geräusche fahrender Autos nur noch von ferne zu hören waren. Sie fuhren auf einer kleinen Straße durch Felder. Vor ihnen war ein Waldstück zu sehen.
Bella bat den Fahrer anzuhalten.
Sie stieg aus und ging einen Augenblick am Straßenrand entlang. Das andere Taxi folgte ihnen nicht.
Als sie zum Wagen zurückkam, war der Fahrer ebenfalls ausgestiegen. Er lehnte an der Motorhaube. In der Hand hielt er einen großen, eisernen Schraubenschlüssel.
Hundertzwanzig, sagte er. Das Ding liegt auf dem Vordersitz. Und vier Rubel für die Fahrt. Wenn Sie bei mir wohnen wollen, kostet das nochmal zehn Rubel die Nacht. Verpflegung extra. Könnte ich aber besorgen.
Bella lehnte sich an die andere Seite der Motorhaube und betrachtete den Mann genauer. Er mochte etwa dreißig Jahre alt sein, vielleicht auch älter, hatte einen kräftigen, untersetzten Körper – zu viele Muskeln für einen, der nur Taxi fährt, dachte sie – halblange, dunkelblonde Haare, die über den Rollkragen seines Pullovers hingen, und ein offenes und gleichzeitig abgebrühtes Lächeln.
Weshalb haben Sie das Taxi hinter uns abgehängt, fragte Bella.
Da saß einer drin, der mir nicht gefiel, sagte er gleichgültig. Was ist, bekomme ich jetzt mein Geld? Ich muss schließlich weiter.
Ich nehme das Zimmer, sagte Bella. Kann ich einen eigenen Schlüssel haben?
Klar, sagte der Mann, aber erst das Geld.
Drei Nächte, sagte sie. Ich zahle im Voraus. Es ist nicht nötig, dass Sie etwas zu essen besorgen. Ich werd schon irgendwo was finden. Ich fliege am Freitag zurück. In der Wohnung hinterlasse ich einen Zettel, wo Sie mich treffen sollen, um mich zum Flughafen zu bringen. Falls ich Sie vorher nicht mehr sehen sollte, setzte sie hinzu, als sie sein erstauntes Gesicht sah.

Was dachten Sie denn, sagte er, dass ich mir inzwischen ein Hotel nehme? Wir werden uns schon treffen.

Bella stieg ein. Das Päckchen, das auf dem Vordersitz lag, nahm sie an sich. Der Fahrer ging um den Wagen herum und klopfte mit dem Schraubenschlüssel prüfend gegen die Räder. Dann warf er ihn auf den Rücksitz, stieg ebenfalls ein und fuhr los.

Diesmal mied er die Hauptstraße. Auf Umwegen erreichten sie Moskau. Eine Zeit lang, am Stadtrand, fuhren sie durch einen Birkenwald. Bella betrachtete die schwarz-weißen Stämme und die hellgrünen Blätter ohne irgendwelche sentimentalen Anwandlungen.

Als der Fahrer den Wagen anhielt, wollte sie aussteigen, aber er bedeutete ihr, sitzen zu bleiben. Er stieg aus, bog um eine Hausecke und kam nach ein paar Minuten zurück.

Alles in Ordnung, sagte er und öffnete den Kofferraum.

Bella nahm ihre Reisetasche und folgte ihm.

Er führte sie in eine Zweizimmerwohnung im dritten Stock eines älteren Wohnblocks mit einer winzigen Küche und einem Bad, das nachträglich eingebaut worden war.

Sie können das Wohnzimmer haben, das Sofa ist groß genug zum Schlafen. Bettzeug ist im …

Es klingelte, und der Fahrer bedeutete ihr, ruhig zu sein. Vorsichtig rutschte Bella in einen Sessel. Der Fahrer blieb stehen und rührte sich nicht. Es klingelte noch einmal. Nichts geschah. Dann hörten sie deutlich das Geräusch sich entfernender Schritte.

Wir haben die Schritte nicht kommen hören, dachte Bella.

Der ist noch nicht weg, sagte sie leise.

Der Fahrer nickte ihr anerkennend zu. Er stand vorsichtig auf und stellte sich an das Fenster, ohne den Vorhang zu öffnen. Er blieb lange dort stehen. Im Haus war es vollkommen still. Bella begann müde zu werden. Dann machte er ihr ein Zeichen. Sie erhob sich und stellte sich neben ihn.

Unten überquerte der blasse Mann im Parka gerade die Straße. Auf dem gegenüberliegenden Bürgersteig sah er sich noch einmal um, bevor er endgültig verschwand.
Ich heiße Mischa, sagte der Fahrer. In der Küche ist Kaffee. Bis später.
Er verließ die Wohnung. Bella blieb am Fenster stehen. Wenig später sah sie ihn eilig davongehen. Er hat sein Taxi nicht vor der Wohnung geparkt, weil er von Anfang an mit Besuch gerechnet hat, dachte sie.
Sie ging in die Küche, setzte einen zerbeulten Kessel mit Wasser auf den Herd und suchte Kaffee und eine Kanne. Es war erst später Vormittag, und sie hatte noch eine Weile Zeit.

BELLA GING die Treppe hinunter, vorbei an den aufmerksamen Blicken des Pförtners, der ihren Gruß freundlich erwiderte. Vielleicht hatte Mischa ihn informiert.
Das Viertel, in dem die Wohnung lag, war gebaut worden, als die Segnungen der Fertigbauweise noch nicht über die Moskauer hereingebrochen waren. Die Häuser machten einen freundlichen, soliden Eindruck. Sie kam an Grünanlagen und an Parkbänken vorüber, auf denen alte Frauen saßen, die kleine Kinder beaufsichtigten. Vereinzelte Männer mit Bierflaschen neben sich lagen auf den Bänken. Die Bierflaschen holten sie aus einem Keller, an dem Bella wenig später vorüberging. Vor dem Kellereingang lagen Kisten in ungeordneten Haufen. Auf der Kellertreppe hockten ein Mann und eine Frau, die nicht warten konnten, bis sie eine Parkbank erreicht hatten. Offenbar hatten sie nur einen Flaschenöffner. Der Mann hatte seine Flasche schon geöffnet und trank gierig, während die Frau versuchte, an den Öffner heranzukommen, den er noch in der Hand hielt. Noch nie hatte Bella so wütende, unverhohlene Gier gesehen

wie auf dem Gesicht der Frau. Sie schämte sich ihres Blickes und ging schnell weiter.

Die Sonne hing als Goldklumpen am Himmel. Die Stadt war voller Menschen; viele alte Leute waren unterwegs, an deren Brust Orden glänzten und deren Gesichter traurig waren hinter dem offiziellen Lächeln.

Der Tag der Partisanen, dachte Bella.

Sie überholte einen weißhaarigen Alten, der von einem Mädchen mit rotem Halstuch geführt wurde. Er war blind. Hin und wieder fuhr er mit braun gefleckter, zittriger Hand über die breite Ordensspange an seiner Brust. Dann lächelte er. Sein Lächeln war so unsicher, dass es Bella das Herz zerschnitt. Sie flüchtete in den nächsten Metroeingang und fuhr zum Gorki-Park.

Am Eingang und auf den ersten hundert Metern war dort das Gedränge so groß, dass ein Verfolger sie hier bestimmt aus den Augen verloren hätte. Später, als sich die Menschen verteilt hatten, sah sie Tulpenfelder vor sich, die wie Fahnen in der Sonne leuchteten.

Dann hörte Bella Musik.

Nein, dachte sie, bitte nicht.

Aber das änderte nichts. Je näher sie der großen Bühne kam, desto deutlicher hörte sie die Klänge eines Posaunenorchesters. Posaunenmusik stimmte Bella, jedenfalls wenn sie gut gespielt wurde, jedes Mal wehmütig. Ereignissen dieser Art fühlte sie sich noch nicht gewachsen. Aber es half nichts. Ein Blick auf die Uhr zeigte, dass es kurz vor zwei war. Sie musste ausharren. Also suchte sie sich auf einer der vielen Bänke, die um die Tanzfläche vor der Bühne aufgestellt waren, einen Platz und versuchte, sich dadurch abzulenken, dass sie die Tanzenden beobachtete. Erst später, aber da war es bereits zu spät, merkte sie, dass das genau das Falsche gewesen war.

Vor ihr auf der Tanzfläche waren etwa tausend Jahre versammelt. Alte Männer und alte Frauen, sehr einfach gekleidet, die

Frauen mit Strickjacken über den Kleidern, mit schiefgetretenen Absätzen, die Brust mit Orden geschmückt, drehten sich zu den Klängen eines langsamen Walzers. Manche stützten sich gegenseitig beim Tanzen. Dabei lächelten sie. Und Bella sah in ihren Gesichtern die Erinnerung an Nächte ohne ausreichende Kleidung im Schnee. Vor ihren Augen hängten die Deutschen noch einmal Partisanen an den Bäumen auf. Verbrannten noch einmal Kinder bei lebendigem Leib. Verhungerten noch einmal ihre Kameraden zusammen mit den Bauern in eingeschlossenen Dörfern. Und das Lächeln der alten Leute war ungläubig, so als könnten sie noch immer nicht fassen, dass gerade sie davongekommen waren. Sie, nicht tapferer als die anderen. Nur mehr Glück hatten sie gehabt. Und sie umfassten sich fester, als wollten sie sich vergewissern, dass sie noch lebten. Und als wollten sie die Erinnerung festhalten, die mit ihnen sterben würde.
Bella sah auf die jungen Leute, die um die Tanzfläche herumstanden. Ausgeschlossen von den Erinnerungen der Tanzenden, Unverständnis in den Gesichtern. Sie hatten noch nie Musik gehört in dem Bewusstsein, schuldig zu sein ohne Schuld. Die tanzenden, trauernden Alten kamen ihnen komisch vor. Achselzuckend gingen sie weiter. Die Trauer war nicht ihre Trauer. Die Musik war nicht ihre Musik.
Und erst jetzt, nach einem Blick in die Gesichter der Jungen, fing Bella endlich an zu heulen.
Der Nachteil bei Menschen, die nicht oft weinen, ist der, dass sie, wenn sie einmal damit angefangen haben, nur schwer wieder aufhören können, da aus geheimnisvollen Gründen alle bis dahin unbeweinten und vergessenen Kränkungen plötzlich wieder auftauchen und beweint werden wollen. Eingerechnet die Dummheiten, die sie sich im Laufe ihres Lebens selbst zugefügt haben.
Bella war erst dabei, das hilflose kleine Mädchen zu beweinen,

das sie gewesen war, bevor sie entdeckt hatte, dass Jungen genauso viel Angst vor Schlägen hatten wie sie und sie deshalb nur schneller zu sein brauchte; sie war noch lange nicht dabei angekommen, darüber zu heulen, dass sie wie eine hypnotisierte Kuh auf einen ihrem Großvater ähnelnden Milizionär gestarrt hatte, anstatt ihren Verstand zu gebrauchen, und ihr Schluchzen war gerade besonders herzerweichend, als sich eine leichte Hand auf ihre Schulter legte. Sie reagierte nicht. Sie blickte erst auf, als die Hand auf der Schulter liegen blieb, sie sanft rüttelte und eine tröstende Stimme zu hören war:

> Anfang und Ende kennt es nicht
> Das Leben. Und der Zufall lauert
> Auf alle. Unabwendbar dauert
> Nacht oder göttergleiches Licht.

Hinter ihr stand eine drahtige, schmale, alte Frau in einem bunten Hosenanzug. Darüber hatte sie eine Herrenweste gezogen. Um den Kopf trug sie ein nach Bäuerinnenart gewickeltes Kopftuch. Im Mundwinkel hing eine schwarze Zigarettenspitze mit einer fast aufgerauchten Zigarette.
Kommen Sie, sagte die Alte.
Sie wandte sich um und verschwand so schnell im Gedränge, dass Bella Mühe hatte, ihr zu folgen. Nur einmal wandte sie sich um.
Bleiben Sie hinter mir, zischte sie, ohne die Zigarettenspitze aus dem Mund zu nehmen, in der inzwischen eine neue Zigarette steckte.
Bella gehorchte. Hinter der Alten verließ sie den Gorki-Park, hinter ihr ging sie über die Straße, über einen großen Parkplatz und in ein weitläufiges, flaches Gebäude, an dessen Vorderfront auf einem Transparent eine Kunstausstellung angekündigt wurde. Die Frau ging immer noch schnell.

Sie betraten einen halbdunklen, sanft beleuchteten, großen Raum. Die Alte drehte sich kurz um und wies Bella mit einer energischen Bewegung einen Platz zu. Sie selbst ging weiter, holte von einem Büfett im Hintergrund zwei Stieltöpfchen mit türkisch gebrautem Kaffee und setzte sich Bella gegenüber an den Tisch.
Der Kaffee ist hier besonders gut, sagte sie.
Sie sah Bella über den Rand ihrer Tasse mit harten, braunen Knopfaugen an.
Ich hoffe, Sie haben genügend Geld, um ihn für uns beide zu bezahlen.
Bella nickte.
Ich erzähle Ihnen jetzt eine Geschichte, fuhr die Alte fort. Die können Sie glauben oder nicht. Wenn Sie mir glauben, werden Sie mir dann hinterher einen Dienst erweisen?
Bella sah sie an und wartete.
Ich bin vierundsechzig. Vor drei Jahren wurde ich aus der Partei ausgeschlossen. Bis dahin habe ich bei der Moskauer Miliz gearbeitet. Weshalb ich ausgeschlossen wurde, spielt keine Rolle. Natürlich bin ich nach wie vor Kommunistin.
Sie verzog verächtlich das Gesicht. Ihre Verachtung galt denen, die sie ausgeschlossen hatten.
Seit ein paar Monaten passieren hier seltsame Dinge. Es werden Frauen ermordet, junge Frauen, schöne Frauen, meist Prostituierte. Die Miliz kann oder will die Sache nicht aufklären.
Wieder verzog sich ihr Gesicht vor Verachtung. Aus der Westentasche fingerte sie eine neue Zigarette und stopfte sie in die schwarze Spitze. Ihre Finger waren krumm und die Fingernägel verdickt, aber sie bewegte die Hände schnell und geschickt. Als die Zigarette brannte, tat sie einen tiefen Zug.
Alte Frauen halten den Laden hier zusammen, fuhr sie fort. Sie hüten die Kinder, die Korridore in den Hotels, die Metro, die Hauseingänge. Sie sind auf den öffentlichen Klos, sie putzen die

Büros und Fabriken, sie fegen die Straßen, na ja, Sie haben es selbst gesehen. Wir sind überall. Wir sind selbstverständlich. Wir sind so selbstverständlich, dass wir gar nicht vorkommen.
Sie machte eine Pause und trank einen Schluck Kaffee.
Weder in den Wohnungsbauplänen noch in den Rentenberechnungen.
Sie schwieg wieder einen Moment, biss sich auf die Unterlippe und nahm den Zigarettenstummel aus der Spitze. Der Stummel war sehr kurz. Sie drückte ihn mit dem Daumen im Aschenbecher aus.
Ich weiß, wer die Frauen umbringt, sagte sie leise und sah Bella triumphierend ins Gesicht.
Bella sah die Frau an und antwortete nicht. Auch die Frau sagte nichts. Bella hatte Zeit, ihre Gedanken zu ordnen. Sie versuchte herauszufinden, an welchem Punkt sich der Charakter ihrer Reise geändert hatte. Sie war nach Moskau geflogen wegen einer sentimentalen Anwandlung – sieh an, Bella, du machst Fortschritte, dachte sie zwischendurch belustigt. Vor ein paar Tagen hast du noch ›Liebe‹ gedacht.
Und nun steckte sie in einer unübersehbaren Geschichte, in der die schönsten Leichen nur so herumlagen, die Miliz-Mafia ihr auf den Fersen war und jetzt auch noch eine verrückte Alte sie als Verbündete gewinnen wollte. Denn das wollte die Frau ohne Zweifel. Es fragte sich nur, in welcher Sache und wer noch dabei war. Kurz ging ihr auch der Gedanke durch den Kopf, ob es nicht doch besser gewesen wäre, der Aufforderung Alexanders zu folgen und das Land zu verlassen. Sie verwarf den Gedanken, obwohl sie nicht einmal genau wusste, weshalb sie geblieben war. Natürlich, es wäre gegen ihre Ehre gewesen, ihm einfach Folge zu leisten. Aber auch ein unbestimmtes Gefühl hielt sie hier, ein Gefühl, als hätte sie noch eine Rechnung zu begleichen, oder als hätte diese Stadt noch etwas für sie bereit, das sie auf keinen Fall versäumen durfte.

Prüfend sah sie auf die alte Frau, die sich gerade die vierte Zigarette angesteckt hatte.
Würden Sie sagen, dass die gesamte Miliz korrupt ist?
Bellas Frage kam unvermittelt, aber es schien, als habe die Alte gerade auf diese Frage gewartet.
Natürlich nicht, sagte sie verächtlich; entweder weil sie die Frage dumm fand oder weil sie fand, dass sich zu wenige ihrer ehemaligen Kollegen aus dem schmutzigen Geschäft heraushielten. Ich kenne ein paar, denen man ihren Mut noch nicht abgekauft hat. Ziemlich dumme Kerle – jetzt wusste Bella, wem der verächtliche Ton gegolten hatte – und ehrlich wie neugeborene Lämmer. Aber ›Rechtschaffene sind ebenso schädlich wie der Dummkopf‹, sagt ein altes russisches Sprichwort. Und die sind eine Illustration dazu. Und ich will Ihnen auch noch gleich ein anderes Sprichwort sagen: ›Die Wahrheit macht nicht satt.‹ Wenn Sie die beiden Sprichwörter zusammen nehmen, dann haben Sie mein Problem schön beisammen. Ich weiß, wer die Mädchen umbringt. Aber würde ich es den Dummköpfen sagen, dann würden sie mir nicht glauben. Ich bin aus der Partei ausgeschlossen worden. Daraufhin habe ich meine Arbeit verloren. Rechtschaffen wie sie sind, glauben sie mir kein Wort mehr. Es wird schon etwas dran gewesen sein, denken sie sich in ihrem Spatzenhirn. Sie lachte, zog den Stummel aus der Zigarettenspitze und drückte ihn zwischen ihren harten, krummen Fingern aus. Die Reste krümelte sie in den Aschenbecher.
Ich habe zwei Fragen, sagte Bella. Erstens: Weshalb erzählen Sie gerade mir Ihre Geschichte? Zweitens: Weshalb denken Sie, dass ich Ihnen nützlich sein könnte?
Statt einer Antwort sprang die Frau auf, lief zum Eingang des Raumes, sah nach rechts und links und saß auch schon wieder Bella gegenüber am Tisch. Die ganze Aktion hatte keine halbe Minute gedauert. Es war ein langer Raum, und die Entfernung zum Eingang betrug etwa dreißig Meter.

Ich hab Zeit, mich fit zu halten, sagte sie auf Bellas erstaunten Blick.
Und nun zu Ihren Fragen. Erstens: Natürlich habe ich noch ein paar Beziehungen. Eine Frau, die Block heißt, interessiert mich eben. Ich hab mir aus Ihrem Visa-Antrag ein paar Informationen besorgt. Und dann die Bücher in Ihrem Zimmer. Wenn ich im Hotel arbeite, sehe ich mir immer an, was die Leute lesen und was sie anstreichen. Es gibt nicht viele, die Attila József lesen, solche wie er sind aus der Mode.

> Die künftigen Menschen werden Kraft und Zartheit sein.
> Sie werden die eiserne Maske der Wissenschaft
>   zerbrechen,
> um die Seele auf dem Antlitz des Wissens sichtbar zu
>   machen.
> Sie werden Brot und Milch küssen
> und mit der Hand, die das Haupt des Kindes streichelt,
> aus dem Gestein Metalle und Eisen schürfen.
> Mit den Gebirgen werden sie Städte errichten.
> Ohne Hast werden ihre riesigen Lungen
> Gewitter und Stürme einatmen,
> und die Ozeane werden ruhen.
> Immer erwarten sie den unerwarteten Gast
> und haben für ihn gedeckt
> den Tisch und auch ihr Herz.
> Möget ihr ihnen ähnlich sein,
> daß eure Kinder mit Lilienfüßen
> unschuldig das Blutmeer durchschreiten,
> das zwischen uns liegt und ihnen.

Vielleicht ist es das, dachte Bella. Vielleicht bin ich hier geblieben, um von einer verrückten Kommunistin ein Gedicht über die Zukunft der Menschen zu hören, das ein ungarischer Kom-

munist geschrieben hat, kurz bevor er sich 1927 umbrachte. Und das alles im Land deines Großvaters, zwischen organisierten Verbrecherbanden und irrwitzigen Hoffnungen auf Erneuerung.
Und zweitens: Ihnen wird man glauben. Sie werden denen die Geschichte erzählen, die ich Ihnen erzähle, und man wird ...
Das werde ich nicht tun, sagte Bella. Weshalb sollte ich mich in eine Sache einmischen, von der ich nichts weiß und die mich nichts angeht?
Das geht Sie was an, antwortete die Alte. Ich habe Ihr Gesicht bei der Miss-Wahl beobachtet. Und im Gorki-Park. Ich kann Menschen beurteilen.
Die Miliz ist hinter mir her, sagte Bella. Ich kann Ihnen nichts nützen. Ich fliege in zwei Tagen zurück. Bis dahin muss ich mich verstecken: Und es könnte auch sein, dass ich noch eine Rechnung begleichen muss.
Sie verstehen gar nichts, sagte die Alte ungehalten. Dass Sie sich hier nicht einmischen können, weiß ich selbst. Darum geht's überhaupt nicht. Und vor der Miliz kann ich Sie verbergen. Was die Rechnung angeht – ich nehme doch an, dass es sich um diesen Alexander handelt –, da haben wir denselben Feind. Kommen Sie jetzt, wir müssen gehen.
Sie stand auf, und Bella blieb nichts weiter übrig, als ein paar Rubel auf den Tisch zu legen und ihr zu folgen. Erst jetzt sah sie, dass sie sich in einer Foto-Ausstellung befanden. Große Porträts von Majakowski, Jessenin und Block – er hatte zarte Schatten unter den großen hellen Augen und eine weiße Blume im Knopfloch – hingen an den Wänden. Vor dem Porträt ihres Großvaters standen kleine Mädchen in schwarzen Schulkleidern mit weißen Kragen und großen weißen Haarschleifen über den ernsten Gesichtern.
Die Alte lief sehr schnell. Sie war so sicher, dass Bella ihr folgte, dass sie sich bis zur Metrostation nicht ein einziges Mal nach ihr umgedreht hatte.

Als sie aus dem Metroschacht wieder ans Tageslicht kamen, standen sie mitten in einem Neubauviertel. Ein Wartehäuschen mit zerbrochenem Betonfußboden, zwei Weidensträucher mit abgerissenen Zweigen, Schutthalden.
Ich zeige Ihnen, wie wir leben, sagte die Alte. Sie sollen mir nicht blind glauben. Was Sie mit eigenen Augen gesehen haben, behalten Sie am besten.
Sie ging, immer noch ohne sich umzuwenden, voran. Dann frage ich Sie noch einmal, ob Sie mir helfen werden, sagte sie nach einer kurzen Pause.
Sie gingen auf einer Straße ohne Bürgersteige. Die Häuser hatten keine Vorgärten. Offene Mülleimer, zerschlagene Haustüren, abgebrochene Klingelleisten – wie soll man jetzt jemanden finden, wenn man ihn sucht, dachte Bella. Vor einem niedrigen Betonblock hielten sie an.
Unser ›Kulturzentrum‹, sagte die Alte und ging voran.
Ein durchdringender Gestank nach Bier und Urin schlug ihnen entgegen, sobald sie die Schwingtür geöffnet hatten. Rechts an der Wand standen Männer vor mehreren Zapfstellen. Sie warteten auf leere Biergläser, die andere Männer gerade benutzt hatten, hielten sie unter eine sprudelnde Gläserdusche, zapften Bier und stellten sich mit dem gefüllten Glas an einen der hohen Tische in der Mitte. Der Fußboden war mit Bierpfützen und Urinlachen bedeckt.
Die Alte nahm einem Betrunkenen zwei Gläser ab, spülte sie aus, füllte sie mit Bier und brachte sie an den Tisch. Bella schüttelte den Kopf. Selbst wenn sie gewollt hätte, sie hätte hier nicht trinken können. Sie spürte, dass ihr von dem Gestank übel wurde. Neben ihr stand ein alter Mann, dessen Hose wahrscheinlich an ihm festgewachsen war ...
Bella stürzte hinaus, blieb neben einem verlotterten Bäumchen an der Eingangstür stehen und holte tief Luft. Auf dem Boden lag Erbrochenes. Sie ging ein paar Schritte weiter.

Verschwinde, zischte eine Frau neben ihr.
Bella sah genauer hin. Eine dicke Frau mit hochgeschnürten Brüsten in einem rosa Pullover und kurzem, rotem Rock starrte sie wütend an. Neben Bella tauchte die Alte auf.
Reg dich ab, Soja, sagte sie beruhigend. Die ist keine Konkurrenz für dich.
Konkurrenz oder nicht, wer hier rumsteht, verdirbt mein Geschäft, antwortete die Dicke. Als sie einen jungen Mann in Arbeitskleidern aus der Tür der Bierhalle kommen sah, klemmte sie entschlossen die weiße Plastikhandtasche unter den Arm und steuerte auf ihn los.
Die Arbeiterklasse auf dem Weg nach Hause, sagte die Alte. Wird eben manchmal aufgehalten. Modepuppen können die sich natürlich nicht leisten. Die hier machen es billiger. Hauptsache, sie machen es. Und falls Sie gedacht haben sollten, bei uns gäbe es nur Luxusnutten, so steht's doch in den Zeitungen, dann wissen Sie es jetzt eben besser. Kommen Sie weiter. Sie sollen das Wohnviertel richtig kennenlernen.
Bella folgte der Alten, die zwischen den Wohnblocks weiterlief, als sei sie hier zu Hause. Es gab immer noch keinen Baum oder Strauch, der diesen Namen verdient hätte. Nur Mülleimer und zerbrochene Gehwegplatten, die in offene Hauseingänge führten.
An einer Hausecke trafen sie auf eine kleine Menschenansammlung. Die Alte blieb stehen, winkte Bella heran und drängte sich durch die Menschen nach vorn.
Auf der Erde saß ein sehr junger Mann vor einer umgekippten Holzkiste. In seiner Mütze, die auf einer Ecke der Kiste lag, hatte sich ein Haufen Papiergeld angesammelt. Vor sich auf der Kiste hatte er ein kleines, grünes Filztuch ausgebreitet, auf dem drei eiserne Fingerhüte standen.
Alles?, fragte er gerade den Mann, der vor ihm stand. Macht zehn Rubel.

Der Mann warf ein paar Scheine in die Mütze. Geschickt verschob der Spieler die Fingerhüte.
Bella wandte sich ab, bevor das Spiel zu Ende war und der Mann seine zehn Rubel verloren hatte. Als sie den Kreis verließ, kam ihr der blasse Mann im Parka entgegen. Sie zögerte, wusste nicht, ob er sie gesehen hatte, und schob sich langsam seitlich in einen Hauseingang.
Der Blasse war nicht allein. Er hatte einen Jüngling bei sich in Jeans und Pullover, der eine grauweiße Schlägermütze tief in die Stirn gezogen trug und die Hände unruhig in den Hosentaschen hielt. Bella kannte eine Menge Leute, die diesem Prachtexemplar an Brutalität lieber nicht im Dunkeln begegnet wären. Während der Blasse sich durch die Menschenansammlung drängte, blieb sein Begleiter am äußeren Rand stehen, Kaugummi kauend und mit unruhigen Händen. Um ihn herum entstand ziemlich schnell ein leerer Raum. Instinktiv waren die Leute zur Seite gewichen. Den Mann störte das nicht, eher schien er es für selbstverständlich zu halten. Als aus der Menge ein schriller Pfiff kam, schlenderte er langsam in den Kreis. Wieder wichen die Leute vor ihm zurück, ohne dass er sie dazu aufgefordert hätte. Durch die Gasse, die sich hinter ihm bildete, konnte Bella den Jungen mit den Fingerhüten am Boden hocken sehen. Er hatte die Mütze gegen die Brust gepresst. Der Blasse war dabei, die Scheine in seine Jackentasche zu stopfen. Der Schläger sah, dass es für ihn nichts mehr zu tun gab. Vollkommen beherrscht und mit großer Wucht trat er gegen die Kiste, drehte sich um und verließ mit dem Blassen die Runde.
Niemand sagte ein Wort. Der Junge hielt die Hände vor sein rechtes Schienbein und verzog das Gesicht vor Schmerz. Langsam und mit gesenkten Köpfen verließen die Umstehenden die Straßenecke. Sie schämen sich, dachte Bella verwundert.
Schließlich saß der Junge allein dort, den Kopf an die Hauswand gelehnt und die Augen geschlossen.

Pack, zischte die Alte. Der braucht Ihnen nicht leidzutun. Der legt bald wieder los. Er gehört nur zu einer anderen Bande. Sie begaunern sich gegenseitig. Der hier gehört noch zu den Anfängern. Dabei hat er noch Glück gehabt. Letzte Woche ist einer seiner Kollegen auf einer Bombe in den Himmel gefahren. In Einzelteilen, natürlich. Auch bei uns schläft eben die Konkurrenz nicht. Im ganzen Land gibt es an die zweihundert große Verbrecherbanden. ›Familien‹ würde man wohl in Italien sagen. Die bekämpfen sich, wo sie können.
Der Mann im Parka, sagte Bella. Ich habe ihn schon mal gesehen. Ich dachte, er gehört zur Miliz. Heute Morgen hat er jedenfalls versucht ...
Na und, unterbrach die Alte sie böse. Das müsste Ihnen doch inzwischen klar geworden sein, dass ein Teil der Miliz direkt in die dreckigen Geschäfte verwickelt ist. So wie Ihr netter Freund. Kein besonders großes Licht. Aber ein übler Typ. Los, kommen Sie, wir wollen hier verschwinden. Wenn er Sie gesehen hat, wird er gleich mit Verstärkung zurückkommen. Wenn die Sie erst mal im Auto haben, dann ist alles verloren.

WIEDER WAREN sie in der Metro gelandet. Die Fahrt dauerte lange. Bella hatte Zeit, die Leute um sich herum zu betrachten. Dabei wurde ihr klar, weshalb es so anstrengend war, in Moskau durch die Straßen zu gehen oder in der Bahn zu fahren. Die Menschen waren gleichsam roh zu besichtigen. Ohne Schminke, ohne Kleider, die etwas vortäuschten, lag ihre Persönlichkeit offen zutage. Wo sie zu Hause mit einem Blick über gelackte Larven, geschniegelte Klamotten, gestylte Einheitsware hinwegsehen und sich auf ihre eigenen Gedanken konzentrieren konnte, wurde sie hier von jedem einzelnen Menschen aufgehalten; angehalten, über ihn nachzudenken. Das war sehr anstrengend.

Bellas Augen trafen auf einen kleinen, abgearbeiteten Mann mit ernstem Gesicht. Er hatte eine leere Einkaufstasche in den Händen. Am Revers seines einfachen Jacketts steckte ein Lenin-Abzeichen; eins von den Abzeichen, die man an jeder Straßenecke kaufen konnte.

Sie schloss die Augen und öffnete sie erst wieder, als die Alte sie energisch anstieß.

Draußen sank gerade die Sonne. Der Frühlingsabend war mild. Neben dem Metroeingang standen die Menschen an Eis- und Sinalcobuden. Schnell gingen sie daran vorbei, Bella wieder zwei Schritte hinter der voranstürmenden Frau, und bogen in einen schmalen Weg ein. Rechts sah Bella in dem erleuchteten Schaufenster eines Lebensmittelladens drei Fischdosen liegen. Durch das Fenster konnte sie die Schlange an der Kasse erkennen – alte Frauen mit Einkaufstaschen, einige mit Ordensspangen an der Brust.

Sie werden doch nicht etwa glauben, dass sich alle an ihrem Ehrentag etwas Ordentliches zu essen leisten können, flüsterte die Alte neben Bella. Manche fressen Müll. Ich werd's Ihnen zeigen. Sehen Sie die da.

Sie zeigte auf eine unförmige Frau in einem zeltartigen Überwurf und mit Stiefeln, an denen die dicken Kreppabsätze nach hinten standen.

Die Ordensspange hat sie unter dem Mantel. Die Ehre lässt eben nicht zu, mit Orden in der Mülltonne zu wühlen. Wollen wir hinterhergehen? Die Mülltonnen sind da vorn.

Hören Sie auf, sagte Bella leise. Das geht mich nichts an. Sie können ja mal bei uns ...

Das ist mir egal, erwiderte die Alte. Ich will, dass es den Leuten hier gut geht.

Sie hat recht, dachte Bella und sah hinter der Frau mit den schiefen Absätzen her, die in der Dämmerung verschwand.

Vor ihr bog die Alte in einen breiten Kiesweg ein. Rechts und links am Weg standen alte Frauen mit Kopftüchern, die Papierblumen in den Händen hielten, kleine, bunte Inseln in der Dämmerung, unter harten Gesichtern und dunklen Höhlen eingefallener Münder.

Der Weg führte in eine Kirche. Sie gingen durch die Tür, und plötzlich befand Bella sich in einem Strom kleiner, uralter Kopftuchfrauen, die im Halbdunkel gegen eine goldstrahlende Altarwand drängten. Es roch nach Tränen, nach Kerzen und ungelüfteten Kleidern. In der Luft lag der Singsang hoher, dünner Greisinnenstimmen.

Sehen Sie genau hin, zischte wieder die Frau neben Bella.

Bella stand wie gelähmt inmitten der kleinen Alten, die sie nicht beachteten, vollkommen versunken in ihre Andacht.

Denken Sie nicht, dass die alle fromm sind, zischelte die Alte neben ihr. Es ist nur der einzige Platz, an dem sie sich einbilden, ein bisschen Liebe und Trost ergattern zu können. Von denen hier hat keine mehr als sechzig Rubel im Monat. Das garantiere ich. Unsere Mülleimerregimenter.

Mutter, dachte Bella, du hast dich geirrt. Du musst dich geirrt haben.

Und sie hörte ihre Mutter antworten: Na und? Ohne Hoffnung kann der Mensch nicht leben.

Und zum ersten Mal in ihrem Leben hatte Bella das Bedürfnis, ihre Mutter zu schlagen.

Weshalb sind es nur Frauen?, fragte sie leise.

Sie stand neben ihrer Begleiterin an die Wand gedrängt und sah auf die Gesichter unter den Kopftüchern.

Wir sind eben zäh, antwortete die Alte ebenso leise. Diese hier haben ihre Söhne für den Krieg gegeben. Zwanzig Millionen, was glauben Sie denn, wer die geboren hat? Manche warten noch immer. Man kann sie erkennen, wenn man Bescheid weiß. Sie sind noch nicht ganz tot. Die Hoffnung hält sie am Leben. Vielleicht sind sie unsterblich. Oder wahnsinnig, was weiß ich.

Die Männer, soweit sie wiedergekommen sind, hatten Arbeit. Die hier nicht. Die Rente berechnet sich nach dem letzten Verdienst. Die hier haben nicht verdient. Sie haben nur gegeben. Kommen Sie, wir wollen gehen.
Wieder hatte Bella Mühe, der Alten zu folgen. Im Halbdunkel war sie kaum von den anderen Frauen zu unterscheiden. Kurz vor dem Ausgang verlor sie sie tatsächlich aus den Augen, weil sie zwei Frauen beobachtet hatte, die sich mit dem Zeichen der Altgläubigen begrüßten. Suchend trat sie in die Tür und sah sich um. Sie konnte die Alte nirgends entdecken. Dafür fesselte ein großer, schwarzer Wagen ihre Aufmerksamkeit. Er parkte neben dem Eingang zur Kirche und war vorher ganz bestimmt noch nicht dort gewesen. Zwei Männer saßen auf den Vordersitzen. Es war zu dunkel, um die Gesichter zu erkennen. Aber Bella war fast sicher, dass der eine der Typ mit der Schlägermütze war. Sie drückte sich zurück in den Vorraum der Kirche.
Sie sind da, sagte die Alte leise neben ihr. Auf Sie warten die nicht. Aber die müssen Sie ja trotzdem nicht sehen. Wir nehmen den rückwärtigen Ausgang. Kommen Sie.
Vorsichtig und möglichst unauffällig schob sich die Alte mit dem Rücken an der Wand entlang auf die Altarwand zu. Hinter der Wand kamen gerade die Chorsänger hervor. Die niedrige Pforte in dem Gitter, das das Volk von der Altarwand fernhielt, war geöffnet. Schnell schlängelten sich die beiden durch und verschwanden hinter der Altarwand.
Los, da, nehmen Sie. Die Alte drückte Bella ein leeres Glas in die Hand, das auf der Erde gestanden hatte.
Auch die Alte hatte plötzlich ein Gefäß in der Hand. Mit ausgestrecktem Arm trug sie es vor sich her, und Bella tat es ihr nach. Der Pope, Bella sah nur einen wilden, schwarzen Bart und kohlschwarze Augen unter der runden schwarzen Kopfbedeckung, sah ihnen erstaunt entgegen, lächelte aber milde, als er die ausgestreckten Hände mit den Gläsern sah. Er machte

ein Kreuzzeichen über den Gläsern, als die Frauen nahe genug waren.
Danke, Vater, murmelte die Alte.
Und auch Bella murmelte danke, Vater, und folgte der Alten, die schnell auf eine kleine Tür zuging. Aufatmend standen sie gleich darauf im Freien, an der Rückseite der Kirche.
Der Idiot hat nicht mal gemerkt, dass die Gläser leer waren, kicherte die Alte.
Sie warf das Glas auf einen Abfallhaufen hinter der Kirche. Bella folgte ihrem Beispiel.
Sie liefen durch einen Park. Auf den Bänken saßen junge Leute, Pärchen meistens, und ältere Frauen mit kleinen Kindern.
Die Großmütter nehmen die Kinder mit auf die Bank, damit die Eltern eine Weile allein sein können. Für die Jungen ist kein Platz in der Wohnung, sagte die Alte im Vorübergehen leise.
Bei uns wird es Frühling, wenn die Leute auf den Bänken sitzen, nicht, wenn der Schnee taut. Los, kommen Sie, wir brauchen etwas zu trinken. Ein Schnaps wird uns guttun.
Ich brauche nichts, sagte Bella.
Aber die Alte hörte nicht zu. Sie lief über die Straße, wobei sie es gerade noch schaffte, vor einer anfahrenden Straßenbahn über die Schienen zu kommen. Bella ließ die Straßenbahn vorüberfahren und fand die Alte fünfzig Meter weiter auf der anderen Straßenseite in einer Schlange, die schnell größer wurde.
Sie standen vor einem Alkoholladen inmitten von zerlumpten Männern, ordentlichen Hausfrauen, Männern mit Aktentaschen, in Uniform oder Straßenanzügen, Jugendlichen in Jeans und Pullovern – aber so verschieden sie alle gekleidet waren, so ähnlich waren sie sich in ihren Gesten und Gesichtern.
Eine Ansammlung von Alkoholikern, die sich ihre tägliche Ration besorgen, dachte Bella.
Um die Schlange herum, die schnell vorrückte und immer wieder nachwuchs, lungerten sabbernde, stinkende Männer und

Frauen. Sie hatten kein Geld für den dringend benötigten Stoff und bettelten die Leute, wenn sie aus dem Laden kamen, um einen Schluck Schnaps an.

Die Schlange rückte vor.

Im Laden war es warm. Es roch säuerlich. Auf dem gekachelten Fußboden stand eine undefinierbare Lache.

Sie warteten. Dann geschah ein Unglück. Der Frau, die vor der Alten eingekauft hatte – eine Flasche Wodka für acht Rubel, ganz offensichtlich ihr letztes Geld –, rutschte die Flasche aus den zitternden Händen, fiel auf den steinernen Fußboden und zerbrach. Die Verkäuferin begann laut zu schimpfen, die Menschen gingen ein wenig zur Seite, um der Wodkapfütze auszuweichen, und die Frau stand plötzlich allein neben der zerbrochenen Flasche. Sie war unfähig, sich zu rühren, und der Ausdruck auf ihrem Gesicht war so verzweifelt, dass Bella einen Augenblick fürchtete, sie könne versuchen, sich auf den Boden zu legen und den Schnaps aufzulecken. Sie tat es nicht. Die Schlange drängte sie beiseite. Jetzt standen die anderen schon mit den Füßen in der Pfütze. Der Frau blieb nichts anderes übrig, als den Laden zu verlassen.

Die Alte hatte eine Flasche Wodka gekauft, und sie gingen.

Die Schlange draußen war eher noch länger geworden. Vor der Tür vermischte sich der Geruch nach Wein, Schnaps und Bier, der aus dem Laden kam, mit dem Geruch von Frühling.

Kommen Sie, wir fahren zu mir, sagte die Alte.

Bella folgte ihr. In ihrem Rücken bettelte die Frau vergeblich um Wodka.

Sie fuhren in das zerfallene Dorf, das Bella schon kannte. Unterwegs sagte die Alte nichts, und auch Bella schwieg. Die Metro war voller Menschen, die von den Festlichkeiten zurück nach Hause fuhren. Zwischen ihnen saßen vereinzelt kleine Kopftuchfrauen, unbeachtet und mit entrückten Gesichtern.

Auf dem Weg ins Dorf trafen sie kaum noch Menschen. Sie gingen über den alten Friedhof in das nach Flieder und Fäulnis

riechende Dorf. Auch auf der Dorfstraße zeigte sich niemand. In der weichen Abendluft kräuselten sich zarte Rauchwölkchen über den verrutschten Holzdächern. Auf einem Holzklotz saß der blinde, alte Mann und hielt sein Gesicht dahin, wo die Sonne untergegangen war.
Die Alte rief einen leisen Gruß zu ihm hinüber, ging aber weiter und betrat das Nachbarhäuschen.
Wasser haben wir nicht, sagte sie, während sie die Haustür aufschloss. Aber manchmal geht das Licht.
Sie drehte an dem Schalter neben der Tür. An der Decke ging eine Glühbirne an, über die ein Korb und ein Tuch gehängt waren. Gelb-rosa Lichtstreifen fielen auf hölzerne Wände, einen gescheuerten Tisch und auf zwei Hocker. Es roch nach Holz und war warm.
Die Alte öffnete das Fenster. Aus einem hölzernen Bord nahm sie zwei Gläser und setzte sie auf den Tisch. Um die Lampe an der Decke sammelten sich dicke, surrende Nachtfalter.
Kommen Sie ans Fenster, sagte die Alte, so geht's nicht.
Sie schob die beiden Hocker vor die Fensterbank, goss Wodka in die Gläser, knipste das Licht wieder aus und stellte die Gläser auf der Fensterbank ab, bevor sie sich leise ächzend auf einem der Hocker niederließ.
Draußen war es jetzt dunkel. Als ihre Augen sich daran gewöhnt hatten, sah Bella die Schatten der Nachbarhäuser. Aus einigen Fenstern drang ein schwacher Lichtschein. Am Himmel erschienen die ersten Sterne. Es war still. Einmal gluckste eine Drossel im Traum.
Warten Sie einen Augenblick, sagte die Alte. Ich werde es Ihnen gleich erklären.
Sie trank einen Schluck Wodka, stellte den Becher auf die Fensterbank zurück und zündete sich eine Zigarette an. Im Licht der Streichholzflamme waren die Runzeln in ihrem Gesicht schwarz.

Vierzig Millionen, sagte sie leise. Man sagt, dass vierzig Millionen bei uns nicht genug Geld für Essen und Kleidung haben. Vielleicht sind es noch mehr. Die meisten sind Frauen. Sie haben sie gesehen. Das geht Sie nichts an, ich weiß, aber Sie müssen es wissen. Es gibt Leute, die das ausnutzen. Hetzparolen gegen Ausländer, gegen Juden, gegen alles Neue, gegen die Umgestaltung. Ein paar von den alten Frauen sind darauf hereingefallen. Wenn man alt ist, wird man nicht mehr beachtet. Als alte Frau kann man überall hin. Überall sitzen, überall helfen, Fabriken fegen – umsonst natürlich. So haben sie sich das Gift besorgt. Sie sitzen auch in den Hotels auf den Gängen. In den Hotels beobachten sie die Huren, die viel Geld verdienen. Die sich den Ausländern hingeben. Und sie bringen sie um. Sie vernichten einfach die Unmoral. Sie glauben, ein gutes Werk zu tun. Sie glauben, sie retten Russland.
Bella dachte an die Frau im schwarzen Kleid, die an jenem ersten Abend in Moskau neben ihr am Tisch gesessen hatte. Grüner Tee war in der Tasse gewesen. Und der Kellner hatte nach einer alten Frau gerufen, die verschwunden gewesen war.
Die Frau in der Bar, im Februar – sie hatte einen Zettel in der Handtasche mit dem Namen dieses Dorfes, sagte sie.
Ja, so hat es angefangen, antwortete die Alte. Sie hat dort regelmäßig gegessen. Manchmal habe ich dort ausgeholfen. Die Alten haben da abends den Dreck weggemacht. Die Arbeit ist beliebt. Das Fleisch, das übrigbleibt, kann man mitnehmen. Ich mochte das Mädchen. Aber es war nicht nur das.
Sie schwieg, trank Wodka und steckte sich umständlich eine neue Zigarette an. Als sie weitersprach, war ihre Stimme dünner.
Wir, sagte sie, unser Land – wir waren die Ersten, die die Befreiung der Frauen – ich hab manchmal Schwierigkeiten, das alles mitanzusehen.
Ich wollte ihr erklären, dass das, was sie da tut, falsch ist. Nicht wegen der Moral. Moral interessiert mich nicht. Das ist was für

die Kleinbürger. Manche nehmen sie auch als Thema für Schulungsabende. Nein, es ist nur einfach so, dass die Frauen, solange sie sich prostituieren, dazu beitragen, die Herrschaft der Männer zu verewigen. Sie im Westen sehen das anders, nehme ich an. Sie leben in Unterdrückerverhältnissen. Und den meisten von Ihnen scheint das zu gefallen. Aber ich bin Kommunistin und deshalb gegen jede Art von Herrschaft, besonders gegen die von Männern über Frauen. Das wollte ich ihr erklären. Ich weiß nicht, ob sie es begriffen hätte. Ich hätte es eben versucht, wenn sie gekommen wäre. Aber sie kam nicht. Und ein paar Tage später kam sie auch nicht mehr in die Bar. Sie haben mir dann erzählt, was passiert ist. Natürlich nicht, wer sie umgebracht hat. Das habe ich selbst herausgefunden, etwas später, als schon zwei andere Frauen …
Die Alte sprach nicht weiter. Sie sah aus dem Fenster.
Woher …
Das kann Ihnen egal sein, sagte sie, ehe Bella den Satz beendet hatte.
Sie hatte ihren Wodka ausgetrunken, und Bella schob ihr den zweiten Becher hin. Sehr undeutlich sah sie auf dem Nachbargrundstück den alten Mann unter den Büschen herumtasten. Auch die Frau hatte ihn gesehen.
Bleib sitzen, Genosse, rief sie halblaut in die Dunkelheit. Ich komme gleich. Den haben sie auch vergessen, unsere Oberen, sagte sie gleichmütig. Hat ja auch nur seine Augen …, sie unterbrach sich und schwieg wieder.
Man wird die Alten festnehmen, sagte sie schließlich. Unsere Mafia lässt sich genauso wenig auf der Nase herumtanzen wie Ihre. Es hat ein bisschen gedauert. Immerhin kommen auch noch ein paar andere als Täter in Frage. Von den zweihundert konkurrierenden Mafia-Clans sitzen natürlich auch ein paar in Moskau. Und alle möchten von dem Kuchen etwas abhaben. Da musste die Konkurrenz genau beobachtet werden. Aber jetzt

sind sie ihnen auf der Spur. Ein paar Tage noch, dann wird man sie festnehmen.
Was geschieht mit ihnen?, fragte Bella.
Ich weiß es nicht, sagte die Alte. Eigentlich sind sie krank. Vermutlich wird man sie hinrichten. Ich bitte Sie: Sorgen Sie dafür, dass das nicht geschieht. Sie wissen, dass die Frauen krank sind. Man muss ihnen helfen. Wenn Sie wollen, erzähle ich Ihnen ...
Ich will nicht mehr hören.
Bella stand auf.
Dieser Kerl, mit dem Sie zusammen waren, sagte die Alte laut und stand ebenfalls auf, dieser Kerl, der zur Miliz gehört, er ist kein großes Licht, aber der organisiert hier die dreckigsten Geschäfte. Wollen Sie, dass die alten Frauen ihm in die Hände fallen? Er hat das allergrößte Interesse daran, sie so schnell wie möglich verschwinden zu lassen. Nicht nur sein Mädchenhandel ist in Schwierigkeiten. Kaum eine will noch für ihn arbeiten. Auch die übrigen Geschäfte leiden, ganz zu schweigen von seinem Ansehen bei den Vorgesetzten. Sieben Mädchen sind in den letzten drei Monaten umgebracht worden. Der sieht seine Felle wegschwimmen. Glauben Sie, der lässt sich das gefallen? Wir brauchen Öffentlichkeit, das Ausland wird sich einsetzen. Natürlich haben die Frauen unrecht. Aber wo ist denn hier überhaupt Recht? Sie sind krank. Man muss ...
Ich kann Ihnen nicht helfen, sagte Bella. Sie sah auf die Alte herab, die ihr bis zur Schulter reichte. Gehen Sie zu Ihren Freunden, die werden Ihnen glauben. Ich glaube Ihnen ja auch, wollte sie hinzusetzen, schwieg aber und wandte sich zur Tür.
Als sie unter dem immer noch geöffneten Fenster entlang zur Straße zurückging, spürte sie die Blicke der Alten auf ihrem Rücken, bis sie unter den Fliederbüschen am Dorfeingang angekommen war. Es war jetzt so dunkel, dass auch der weiße Flieder nicht mehr leuchtete.

Er wird sie tatsächlich verschwinden lassen, dachte sie. Er muss. Die geben nicht mehr auf. Er wird sie beiseite schaffen. Oder sie ihn.

ES WAR SINNLOS, die Wohnung der Frau aufzusuchen, deren Adresse sie im Notizbuch mit sich herumtrug. Sie war im Februar gestorben. Wenn sie allein gewohnt hatte, wohnten jetzt andere dort. Und wenn nicht – was hätte sie eigentlich fragen wollen? Wie lebt eine Frau im Sozialismus, die sich verkauft? Würden Sie mir, bitte, sagen, weshalb Ihrer Freundin (oder Tochter) französisches Parfüm wichtiger war als die Würde der Frau? Hätten Sie etwas dagegen, mir zu erklären, weshalb Prostitution zum Sozialismus gehört? Sie müssen nämlich wissen, dass ich zu Hause eine alte Mutter habe, die möchte gern wissen, was aus dem Sozialismus geworden ist, für den sie fast gestorben wäre. Damals in Spanien. Sie ist nämlich auch Veteranin. Die Veteranen werden doch bei Ihnen geehrt, wie ich höre. Am 9. Mai – und das ganze Jahr; durch schöne kleine Wohnungen und eine ausreichende Rente und gesundheitliche Betreuung. Wie das in von Männern regierten Ländern auch sonst üblich ist. Männer denken nämlich immer an das Wohl aller. Sie denken nicht an Macht oder Einfluss oder Karriere – und wenn, dann dient das nur dem Wohl aller. Und besonders dann, wenn sie regieren. Immer haben sie nur das Wohl des Volkes im Sinn. Nie denken sie an sich selbst.
Bella merkte, dass sie sich in Wut gedacht hatte. Das geht dich nichts an, Bella Block, versuchte sie, sich zu beruhigen. Und außerdem ist das eine sehr oberflächliche Betrachtungsweise, würde jedenfalls deine Mutter sagen.
Sie sah den Rest der Fahrt auf eine Familie, die ihr gegenübersaß und schlief. Die Frau hatte den Kopf an die Schulter des

Mannes gelegt. Seine Wange lag auf ihrem Kopf. Beide hatten die Arme fest um zwei Kinder geschlungen, die aneinander und an die Eltern gesunken waren und schliefen. Alle vier trugen hellblaue Kunststoffanoraks und Trainingshosen. Ihre Gesichter waren erschöpft und gleichzeitig im Schlaf gelöst. Sie waren weit weg und so rührend anzusehen, dass Bella sich beruhigte.
Bella Block – beruhigt durch den Anblick einer Kleinfamilie, dachte sie beim Aussteigen. Es wird Zeit, dass ich dieses Land verlasse.
Aber zwei Nächte und einen Tag hatte sie noch vor sich.

IN DER WOHNUNG von Mischa brannte noch Licht. Bella war erleichtert. Es war schön, nach Hause zu kommen und mit jemandem zu reden. Auch wenn die Wohnung da oben nicht ihr Zuhause war und der Jemand ein Moskauer Taxifahrer, den sie kaum kannte. Während sie die Straße überquerte, fiel ihr ein, dass sie nichts zu essen gekauft hatte.
Schade, dachte sie. Wir hätten zusammen essen können. Sie betrat den Hausflur. Als der Pförtner sie sah – es war derselbe, der schon am Morgen dort gesessen hatte –, legte er den Zeigefinger der linken Hand an den Mund und winkte sie mit der rechten zu sich heran.
Sie sollten jetzt lieber nicht raufgehen, sagte er, als Bella vor der Sprechöffnung stand. Er hat Besuch.
Aber ich habe ...
Kommen Sie rein, sagte er statt einer Antwort hastig.
Es war deutlich zu hören, dass sich oben rumpelnd der Fahrstuhl in Bewegung setzte. Bella trat schnell durch eine seitliche Tür in die Pförtnerkabine.
Schnell, hier, der Pförtner drängte sie unter den Tresen an der Frontseite. Sie hockte direkt unter der Sprechöffnung, nur ver-

deckt durch die hölzerne Tischplatte. Neben sich entdeckte sie ihre Reisetasche. Jetzt wurde die Fahrstuhltür geöffnet. Schritte kamen auf die Pförtnerkabine zu, und jemand blieb vor der Sprechöffnung stehen.
Wir hätten ihn gern gesprochen, sagte eine Männerstimme. Länger wollen wir nicht warten. Hier ist unsere Telefonnummer. Sie werden sie ihm geben, Genosse, und er wird sich bei uns melden, wenn er zurückkommt. Wann sagten Sie, wollte er zurück sein?
Ich gebe ihm die Nummer. Aber ich weiß nicht, wann er zurückkommt, sagte der Pförtner. Er arbeitet sehr viel.
So, er ist viel unterwegs. Aber irgendwann wird er schlafen wollen. Dann kommt er. Und Sie geben ihm die Nummer. Gute Nacht, Genosse.
Die Schritte entfernten sich. Bella blieb sitzen, bis die Haustür ins Schloss fiel. Mühsam kroch sie unter der Tischplatte hervor. Die Tasche ließ sie erst einmal stehen.
Das muss nichts bedeuten, sagte der Pförtner, als sie neben ihm stand. Wahrscheinlich hat er wieder irgendetwas angestellt. Aber er hat Protektion – bisher ist er noch immer mit einem blauen Auge davongekommen.
Weshalb steht meine Tasche hier unten? Wusste er, dass er Besuch bekommen würde?
Ich hab sie runtergeholt, antwortete der Pförtner. Er hat darum gebeten.
Er nahm den Telefonhörer ab, wählte und wartete. Komm rüber, sagte er dann. Sie sind weg. Ja, sie ist hier.
Er legte den Hörer auf.
Setzen Sie sich doch, bitte.
Er schob mit dem Fuß einen Schemel zu Bella hinüber. Die setzte sich und sah den Pförtner fragend an.
Mischa wird wissen, worum es geht, sagte er achselzuckend. Ich habe keine Ahnung. Wollen Sie ein Stück von der Zeitung?

Bella schüttelte den Kopf. Er hatte ihr ein Stück von der Sportzeitung angeboten.

Dann kam Mischa. Er trug eine Papiertüte im Arm, in der Bella etwas zu essen vermutete, und in der Hand einen quadratischen, verschnürten Pappkarton. Er lächelte. Seine Haare hingen noch etwas strähniger über den Rollkragen. Der Pullover war derselbe, den er am Tag zuvor angehabt hatte.

Man müsste ihn unter die Dusche stellen, dachte Bella. Und die Haare schneiden, dann ist er vielleicht ganz nett.

Sie lächelte durch die Scheibe zurück und griff nach ihrer Tasche.

Lassen Sie die Tasche bei ihm, sagte Mischa. Man soll sich nicht mit unnötigem Gepäck belasten.

Gehorsam schob Bella die Tasche unter den Tisch.

In der Wohnung verriet nichts, dass kurz vorher Fremde da gewesen waren. Wenn sie etwas gesucht hatten, so hatten sie sich jedenfalls bemüht, keine Spuren zu hinterlassen. Aber vielleicht hatten sie wirklich nur gewartet. Das Geschirr in der Küche, das sie am Morgen benutzt hatte, war abgewaschen worden. Vielleicht hatte das auch der Pförtner erledigt.

Bella setzte sich an den Küchentisch und sah zu, wie Mischa den Tisch deckte. Es gab den unvermeidlichen Kaviar, kleine runde Kuchen mit saurer Sahne übergossen, andere kleine runde Kuchen mit Rosinen, eine Pfanne mit Bratkartoffeln und Fisch, dick panierte Hähnchenschenkel, ein Stück von dem weißen Käse, den Bella schon kannte, und eine kleine Schüssel mit Obstsalat. Aus der Pappschachtel kam eine fette, bunte Torte zum Vorschein.

Gut, wenn man überall Freunde hat, sagte Mischa. Ein Moskauer Taxifahrer kann praktisch alles besorgen. Wie Sie ja selbst wissen.

Er lachte leise, während er sich setzte. Vor sich hatte er zwei Wassergläser stehen, die er halb mit Wodka füllte.

Ich trinke nicht, sagte Bella und dachte, dass sie gern mit ihm schlafen würde. Aber sie wusste nicht, wie sie das Duschproblem lösen sollte, ohne taktlos zu sein.
Schön dumm, sagte er achselzuckend.
Er trank das Glas mit einem Zug leer und schob es beiseite.
Dann sollten Sie wenigstens etwas essen.
Er sah sie an, und plötzlich verzog sich sein Gesicht zu einem breiten Grinsen. Sie sind scharf auf mich, was? Finden Sie nicht, dass Sie ein bisschen zu alt für mich sind?
Bella war sprachlos. Aber nur eine kleine Sekunde. Dann merkte sie, dass das eine wunderbare Vorlage gewesen war. Ausgezeichnet geeignet, um sie in ein Tor zu verwandeln.
Besser alt als ungeduscht, sagte sie und grinste so breit zurück, wie sie konnte.
Erst muss ich was essen. Wenn ich Hunger habe, tauge ich zu gar nichts. Und wenn Sie darauf bestehen, dass ich hinterher wieder duschen soll, dann sagen Sie es lieber gleich. Denn dann wird es nichts mit uns. Und Frauen, die vom Bett direkt ins Badezimmer rennen, die kann ich auch nicht ausstehen. Na?
Ich geh schon mal vor, sagte Bella statt einer Antwort.
Sie ging ins Schlafzimmer, zog sich aus und kroch unter die Bettdecke. Dann lag sie da, starrte gegen die braun-gelb gestreifte Tapete, gegen den braunen Kleiderschrank, gegen die Kartons und Bündel, die auf dem Kleiderschrank lagen, zuletzt gegen die dunkelbraunen Vorhänge – und schlief ein.
Sie schlief lange. Als sie erwachte, schien die Sonne durch die Ritzen der Vorhänge. Sie stand auf und lief nackt durch die Wohnung. Im Wohnzimmer war die Couch als Bett benutzt worden. In der Küche standen die Reste des Essens vom Abend. Neben der Wodkaflasche lag ein Zettel. Bella steckte einen angetrockneten Rosinenkuchen in den Mund, während sie las.
Wir sehen uns heute Abend. Werde versuchen, etwas schneller zu duschen. M.

Sie lächelte.
Neben dem Zettel lag ein Bleistiftstummel. Sie nahm ihn und schrieb.
Hoffentlich. Wenn ich heute Abend nicht komme, treffen wir uns morgen um 9.00 Uhr im Wald, an der alten Stelle. B.
Sie blieb am Tisch sitzen, aß wunderbar matschige Torte aus dem Pappkarton, noch ein Rosinenstückchen und die Reste des Obstsalats. Als der Kaffee fertig war, trank sie einen Schluck, ging unter die Dusche, setzte sich, eingewickelt in ein großes Badetuch, zurück an den Küchentisch und dachte nach.

DIE WORTE kommen von weit her.
Es gibt einen Sinn. Ja, ja.
Wir sind nicht vergessen.
Der ewige Vater. Das ewige Russland.
Wir sind nicht vergessen.
Niemand darf sein Auge beleidigen.
Niemand – ja, ja.
Es sind viele.
Überall sehen wir sie.
Seine Ohren und seine Augen werden beleidigt.
Zündet die Kerzen an – aber es genügt nicht.
Unser Land wird beschmutzt.
Fremde Sitten. Fremdes Geld.
Hört mir zu, ja, ja.
Es genügt nicht.
Es kommen bessere Zeiten.
Ein sauberes Land, sauber,
ein jeder an seinem Platz.
Niemand ist vergessen.
Wofür sind eure Söhne gestorben,

mein Sohn lebt
mein Sohn lebt
mein Sohn lebt
Wir werden dafür sorgen, dass unser Land wieder
geachtet ist unter den Völkern,
niemand wird Hunger haben.
Schuhe – ich hätte gern ein Paar Schuhe.
Immer um sechs, wir treffen uns immer um sechs,
wir gehen jetzt an die Arbeit.
Es gibt so viel Arbeit.
Sie sind überall.
Sie zeigen ihre nackten Glieder überall.
Schamlos. Ja, ja.
Die Stimme ist ganz nah.
Komm, mein Söhnchen, komm.
Wir wollen dir vergeben.
Trink, mein Söhnchen, trink nur.

Geht nach Hause, Menschen. Geht jetzt nach Hause. Wir freuen uns, dass ihr gekommen seid. Wir werden gemeinsam unser schönes altes Russland erneuern. Wenn wir gemeinsam gegen die jüdische Herrschaft in der Wissenschaft, in der Kunst, in der Kultur kämpfen, werden wir unser Land retten. Bald haben wir eigene Sonntagsschulen. Die Kirchen und die Klöster werden wieder Stätten des Trostes sein. Geht jetzt nach Hause. Und tut eure Pflicht. Jeder an seinem Platz. Und denkt daran: Der Nichtrusse ist unser Unglück.
Der Redner schwieg. Die Menschen verließen den Puschkin-Platz. Sie gingen nach Hause. Oder an die Arbeit. Einige gingen, um zu töten.

ALS BELLA am späten Nachmittag auf die Straße trat, fühlte sie sich so gut wie schon lange nicht mehr. Sie hatte dem Pförtner den Zettel für Mischa gegeben. Er würde ihre Tasche noch einen Tag aufbewahren. Die Liste mit den Aufträgen ihrer Mutter hatte sie weggeworfen. Sie würde die Stadt auf ihre Weise ansehen. Sie war frei – ohne Gepäck, ohne sentimentale Gefühle, neugierig auf die Stadt und gespannt auf den Abend.
Bis zu dem Sportpalast, in dem die Miss-Wahl stattfinden sollte, war es weit, und sie hatte sich vorgenommen, zu Fuß zu gehen. Sie ging durch ruhige Seitenstraßen, vorbei an Fabrikmauern aus dem neunzehnten Jahrhundert. Vor den Mauern blühte lilafarbener Flieder. Die Mauern strahlten so viel Wärme aus, dass Bella eine Weile mit dem Rücken an eine warme Mauer gelehnt stehen blieb. Während sie dort stand, kamen die Menschen hastig und schweigsam aus den Toren und zerstreuten sich in alle Himmelsrichtungen.
Sie kommen aus einem Bild von Baluschek, dachte sie. Sechzig Jahre zu spät.
Auch als sie über den Swerdlow-Platz kam, blieb sie eine Weile stehen. Die schnellen Zeichen der Gehörlosen, die plötzliche Stille, die die Menschen auf dem Platz umgab, faszinierten sie noch einmal.
Vor einem sorgfältig restaurierten Bojarenhaus in der Kropotkin-Straße blieb sie zum letzten Mal stehen. Je näher sie dem Sportpalast in Luschniki kam, desto mehr Menschen strömten zusammen. Zwölftausend, hatte die Frau an der Rezeption gesagt. Im Park vor dem Sportpalast standen zwei riesige, fahrbare Mac-Donald-Wagen. In langen Schlangen standen die Menschen nach Hamburgern an. Viele trugen Abzeichen, die die US-amerikanische Flagge und die rote Fahne mit Hammer und Sichel zu einem Emblem zusammenfassten. Kinder liefen mit Sternenbanner-Papierfähnchen herum. Im Sportpalast waren Kinder nicht zugelassen. Außer als Wettbewerbsteilnehmerinnen, natürlich.

Die jüngste der Bewerberinnen um den Titel der ›Miss Moskau‹ war sechzehn.
Vor dem Eingang des Sportpalastes standen im Gedränge Händler mit Eintrittskarten. Für Rubel war keine Karte zu bekommen. Bella wollte nicht ohne Karte hineingehen, um Aufsehen zu vermeiden, deshalb war sie gezwungen, einem Devisenschieber Geld zu geben.
Die Halle war so überfüllt, dass der Verdacht, die Devisenschieber hätten ihre Karten zusätzlich drucken lassen, nicht von der Hand zu weisen war. Unmöglich hätte ein verantwortungsvoller Organisator so viele Karten ausgeben können. Das Publikum war das Gleiche wie bei der Veranstaltung im ›Metropol‹; nur war es etwas größer. Die Prominenz gab sich ein wenig offizieller. Vor so viel Volk war das sicher nötig. Neu waren die – ja, was sind das eigentlich, dachte Bella, Journalisten? Reporter? Aasgeier?
Schwitzende Männer, jeden Alters und in großer Zahl, lungerten um die Bühne herum, auf der das Spektakel stattfinden sollte. Sie warteten, sie klebten aneinander, hielten ihre Kamerarüssel probeweise vor ein Auge, stießen dabei mit dem Ellenbogen dem Nebenmann in den Wanst, feuerten sich gegenseitig mit zotigen Bemerkungen an – besonders beliebt war eine Kameraposition, die die Frauen von unten ins Bild bekam –, klickten probeweise und nahmen sich auf jede erdenkliche Art wichtig.
Bella wandte sich ab, bevor sie eine Entscheidung über die richtige Bezeichnung der einzelnen Exemplare dieser Horde getroffen hatte. Ihre Aufmerksamkeit wurde von etwas anderem in Anspruch genommen.
Neben ihr, sie hatte sich ein ganzes Stück nach vorn gedrängt und einen Platz am Ende einer Bankreihe ergattert, saß eine Frau mit ihrer Tochter. Die Tochter, vielleicht siebzehn, mit dicken, blonden Zöpfen, rosig und ein wenig rundlich, starrte mit unbewegtem Gesicht vor sich hin.
Natürlich, sagte die Mutter gerade, bei zweitausendsiebenhun-

dert Bewerberinnen, da ist es nicht einfach, in die engere Wahl zu kommen. Und wenn sie den Wettbewerb länger ausgeschrieben hätten, hätten sich bestimmt noch mehr gemeldet. Heutzutage glaubt ja schon jeder Bauerntrampel – und trotzdem. Wenn du auf mich gehört hättest. Du isst einfach zu viel Kuchen. Und die Haarfarbe, natürlich. Das müssen wir ändern. Du wirst sehen, sie sind alle dunkelhaarig. Oder rot. Rot ist auch gut. Das lässt sich aber machen. Das Wichtigste ist jedenfalls, dass du jetzt gleich genau aufpasst. Kannst du gut sehen? Willst du meinen Platz?
Das Mädchen schüttelte stumm den Kopf. Dabei sah es zur Seite. Seine Augen trafen sich mit denen Bellas. Die schüttelte vorsichtig den Kopf und lächelte.
Ungläubig sah das Mädchen sie an.
Es geht los, sagte die Mutter aufgeregt. Da, ach, mein Gott, wenn man bedenkt! Einen Polarfuchsmantel und eine Auslandsreise! Mit Begleitperson! Sieh hin!
Widerwillig hob das Mädchen den Kopf. Auch Bella sah nach vorn. Auf der Bühne begann der Auftrieb. Bella wandte den Blick gelangweilt ab. Wieder trafen ihre Augen die des Mädchens neben sich. Da erhob sie sich ein kleines Stückchen von der Bank, wackelte kurz mit dem Hintern hin und her, machte ein blasiertes Gesicht und setzte sich wieder. Endlich lachte das Mädchen.
Jeden Tag eine gute Tat, Bella Block, heute ein Mädchen vor dem Schwachsinn gerettet, morgen ...
Sie stockte in ihren Überlegungen: Um die Bühne hatten sich unauffällig – die bestimmte unauffällige Art, die sie sogar im Dunkeln erkannt hätte – Milizionäre aufgebaut. In Zivil, mit unauffälligen Pullovern, unauffälligen Hosen und unauffälligen Jacken.
Nur die unauffälligen Bärte tragen sie noch nicht. Da sind die Unsrigen ihnen voraus, dachte Bella belustigt.
Unter ihnen waren auch der blasse Mann, diesmal ohne Parka,

und der Typ mit der Schlägermütze. Unwillkürlich kroch Bella ein wenig in sich zusammen, obwohl sie wusste, dass sie von dort unten mit ziemlicher Sicherheit nicht zu identifizieren war.
Die Männer hatten die Anweisung, das Publikum davon abzuhalten, allzu dicht an die Bühne zu kommen. Nur den Fotografen war das erlaubt. Etwa dreihundert behinderten sich gerade gegenseitig.
Bella wandte sich um und sah nach oben zu den Saaltüren. Die durch die Bankreihen nach oben führenden Gänge waren nur schmal, aber mit etwas Geduld würde sie sich durchschlängeln können. Sie bat das Mädchen, den Platz für sie freizuhalten – wegen der Ablenkung traf sie ein giftiger Blick der Mutter –, und begann, sich durch den Gang nach oben zu drängen. Auch die Tür und, wie sie später feststellte, alle anderen Türen waren bewacht. Sie zeigte ihre Karte vor und kam auf den Gang vor den Eingangstüren. Auch hier herrschte dichtes Gedränge. Wenige Schritte weiter stand ein Reporter, der einem älteren Mann ein Mikrophon hinhielt.
Würden Sie sagen, Herr Professor Kon, dass dieser Wettbewerb mit unseren Moralvorstellungen vereinbar ist?
Bella blieb stehen. Kon – das war doch dieser Soziologe, der die Zukunft der Frauen in der Familie sah, damit die Nation von Trunksucht und Aggressivität geheilt würde.
Mir hat der Wettbewerb Spaß gemacht, sagte Kon gerade. Eine gute Unterhaltung, durchaus ästhetisch. Und was die Moral angeht: Ist weibliche Schönheit etwa etwas Schämenswertes?
Sie hätte sich die Antwort denken können. Was sollte ein Scharlatan auch Vernünftiges sagen.
Bella drängte sich weiter durch den Gang. An einem Tisch wurde Saft ausgeschenkt. Sie erstand ein Glas Saft, lehnte sich an die Wand neben dem Tisch und trank. Wenn sie sich eine Sekunde früher die Frauen an dem Tisch genauer angesehen hätte, wäre sie vielleicht an einen anderen Stand gegangen. Aber sie

hatte den Saft schon hinuntergeschluckt. Und sie fiel nicht tot um. Im Gegenteil, der Saft schmeckte wunderbar.

Sie hatte ausreichend Zeit, die beiden Alten zu betrachten, die neben dem Tisch standen und die Gläser auswuschen, sobald sie zurückgegeben wurden.

Sie liefen auch durch den Gang, suchten auf Fensterbänken und Treppenstufen nach leeren Gläsern und brachten sie zum Spülbecken zurück. Beide Frauen waren älter als achtzig. Sie trugen festliche Kopftücher, die kleinere ein weißes, unter dem die dünnen weißen Haare straff nach hinten gekämmt und kaum zu sehen waren; die größere ein schwarzes, mit roten Rosen bedrucktes. Die mit dem Rosenkopftuch hatte Bella schon einmal gesehen. Sie hatte in der ›Metropol‹-Bar die Aschenbecher gesäubert. Bei beiden Frauen war die Kinnpartie eingefallen. Scharfe Falten liefen von den Nasenflügeln zu den Mundwinkeln und von den Mundwinkeln hinunter zum Kinn. Sie sprachen nicht miteinander, weil Reden überflüssig gewesen wäre. Sie waren durch einen unsichtbaren, gemeinsamen Willen miteinander verbunden, den Bella so deutlich spürte, als sei er mit Händen zu greifen.

Sie war beunruhigt und erleichtert zugleich. Nun brauchte sie nicht mehr darüber nachzudenken, wie sie an den Ort des Geschehens kommen würde – sie musste nur die beiden Alten im Auge behalten und ihnen folgen, wenn es so weit war. Aber sie wusste nicht, was geschehen und ob es ihr gelingen würde zu verhindern, dass sich die alten Frauen endgültig ins Unglück stürzten.

Wenn die beiden die Einzigen sind, ging es ihr plötzlich durch den Kopf.

Sie versuchte, über die sich drängenden Menschen hinweg herauszufinden, ob an den anderen Tischen im Gang ebenfalls alte Frauen aushalfen. Aber sie konnte nicht erkennen, wer dort arbeitete.

Es sind nur die zwei, sagte neben ihr eine Stimme, die sie kannte. Du hättest verschwinden sollen, als es noch Zeit war.
Bella spürte einen winzigen, kurzen Stich irgendwo unterhalb des Bauchnabels. Sie lehnte sich zurück an die Wand und sah unbeteiligt geradeaus über die Menge hinweg auf die gegenüberliegende Tür.
Wir können kein Aufsehen gebrauchen. Sobald wir da unten fertig sind, werden die beiden verreisen. Und du mit ihnen. Wir haben nicht die Absicht, sie offiziell festzunehmen, falls du das etwa glaubst.
Natürlich nicht, sagte Bella. Sie könnten sich einen guten Anwalt nehmen. Der Prozess könnte einiges von euren Geschäften zutage fördern, was euch nicht angenehm ist. Und auch ich bin eine überflüssige Zeugin.
Ihre Augen suchten weiter die Menge ab. Sie musste herausfinden, ob Alexander sie gerade zufällig entdeckt hatte, oder ob er sie schon länger bewachen ließ.
Ja, sagte er, überflüssig. Und dumm. Falls du tatsächlich geglaubt hast, du könntest dich unbemerkt in der Stadt bewegen. Wir waren über jeden deiner Schritte informiert. Selbst im Museum waren unsere Leute neben dir.
Er log. Sie war nicht im Museum gewesen. Er war ein mieser Angeber. Und er log. Er hatte sie zufällig entdeckt.
Bella wandte ihm ihr Gesicht zu, sorgfältig darauf bedacht, ihre Erkenntnis vor ihm zu verbergen. Er sah genau so aus, wie sie ihn sich vorgestellt hatte. Bleich unter der braunen Haut. Auf der Oberlippe glänzte ein dünner Schweißfilm. Seine Augen suchten unruhig die Menge ab.
Er hat Angst, dachte sie. Wovor hat er Angst? Vor den beiden Alten? Das kann nicht sein. Er sieht aus, als sei er in die Enge getrieben worden. Auf keinen Fall kann er hinnehmen, dass einer der Frauen beim Schönheitswettbewerb etwas passiert. Dann ist es aus mit ihm. Seine Gönner werden ihn fallen lassen.

An der gegenüberliegenden Saaltür entstand ein kleines Gedränge. Es schien Bella, als hätten dort die Wachen gewechselt. Jedenfalls stand dort jetzt der Typ mit der Schlägermütze.
Die beiden Alten wuschen noch immer Gläser aus.
Neben ihnen am Spülbecken stand eine kleine Frau im bunten Hosenanzug, eine fast aufgerauchte Zigarette in einer schwarzen Spitze im Mundwinkel. Sie redete unentwegt auf die beiden ein.
Auch Alexander hatte sie bemerkt.
Verdammt, sagte er, was hat die hier zu suchen? Die hat gerade noch gefehlt.
Bella wusste, was die Frau wollte. Obwohl sie nichts verstehen konnte von dem, was die Alte sprach, war ihr klar, dass sie versuchte, die beiden davon zu überzeugen, dass sie ihr Vorhaben aufgeben sollten. Es war sinnlos, sie würden festgenommen sein, bevor sie überhaupt die Bühne erreichten. Mit dem Gift in der Schürzentasche, oder wo immer sie es bei sich trugen.
Gebt es mir, sagte sie. Ich weiß, was ihr vorhabt. Mich verdächtigt niemand. Wenn man es nicht bei euch findet, kann man euch nichts tun. Wenigstens heute nicht. Gebt es mir. Ihr könnt mir vertrauen.
Sie redete auf die Alten ein wie auf zwei störrische Maulesel. Ihre Worte erreichten sie nicht.
Weshalb nicht, dachte Bella. Was ist los mit ihnen? Was – und dann fiel ihr ein, weshalb die beiden nicht reagierten. Sie hatten gar nicht vor, bis zur Bühne zu kommen.
Glaubst du …, sie wandte sich an Alexander, merkte, dass er sich von der Wand löste, um im Gedränge unterzutauchen, und folgte ihm. Sie war nicht die Einzige, die sich für ihn interessierte. Schon nach wenigen Schritten kamen ihr zwei Männer entgegen.
Alexander blieb stehen. Es war offensichtlich, dass er versuchte, den Männern zu entgehen. Sie kamen auf ihn zu. Bella sah deutlich die Knüppel in ihren Händen, auch wenn nur das kürzere

Ende aus dem Ärmel hervorsah. Wie sie es anstellten, trotz des Gedränges auszuholen, Alexander zu treffen und sofort wieder zu verschwinden, würde ihr immer unbegreiflich bleiben.
Alexander war zu Boden gesackt. Um ihn herum wichen die Menschen zur Seite. Er lag direkt vor dem Tisch mit den Saftgläsern.
Bella sah nach links hinüber. Die Wachen hatten sich von der Tür gelöst und drängten sich durch die dichte Menge. Der Typ mit der Schlägermütze hatte sie erkannt. Er grinste ihr über die Köpfe der Leute hinweg zu. Sein Lächeln war sehr unangenehm. Es war besser, ihm und seinen Kollegen nicht zu begegnen.
Hinter dem Stand waren die beiden Alten hervorgekommen. Sie knieten neben Alexander. Die mit dem rosenbedruckten Kopftuch hatte seinen Kopf auf ihren Schoß gebettet. Die andere – eine dünne, weiße Haarsträhne hatte sich gelöst, war unter dem Kopftuch hervorgerutscht und hing Alexander in die Stirn – hielt ihm ein Glas an den Mund.
Trink, mein Söhnchen, trink.
Die zarte Greisinnenstimme war das Letzte, was Bella hörte, bevor sie im Gewühl untertauchte.

BELLA STAND an einen Baum gelehnt und wartete. Sie war ohne Gepäck. Sie hatte beweglich sein wollen, und das war ja auch richtig gewesen. Sie wartete schon seit einer Stunde, aber noch immer kam kein Taxi, und wenn es nicht bald kommen würde, würde das Flugzeug ohne sie starten.
Dann sah sie einen Wagen, der langsam näher kam. Es war kein Taxi. Vielleicht hatte Mischa den Wagen gewechselt. Es war auch nicht Mischa, der neben ihr hielt. Bella fasste das Messer fester. Der Mann öffnete die Beifahrertür.
Gruß von Mischa, sagte er. Kann nicht kommen. Ich fahre Sie.

Kurz vor dem Flughafen bat Bella den Mann anzuhalten. Sie stieg aus und steckte das Messer tief in den Straßengraben.
Am Flughafen gab sie dem Mann alle Rubel, die sie noch hatte, und ging so schnell und unauffällig, wie sie konnte, durch die Abfertigung. Sie war die Letzte, die an Bord ging. Wenig später startete die Maschine. Bella sah aus dem Fenster auf die hellgrünen Spielzeugbirken, die in der Dämmerung zurückblieben. Sie schloss die Augen und lehnte sich in den Sitz zurück.
Block, natürlich:

> Dunkel wurde der Abend,
> Doch nicht alle erkannten
> Die flüchtigen Zeichen
> Und das Gesicht zum Mond gedreht,
>
> Wusste in all den Finsternissen,
> Die zerflattert verschwanden,
> Von hoffnungslosen, künftigen Tagen
> Unser bleicher Planet.

Nichts war übrig. Sie war nach Moskau geflogen, um die Liebe zu begraben. Krieg war zwischen den Geschlechtern. Hier wie dort.
Aber die Stadt, dachte sie verzweifelt, die Stadt liebe ich trotzdem.
Einen doppelten Wodka bitte, sagte sie zu dem Steward, als er an ihr vorüberging.